KB044908

미
래 로부터의

탈
출

MIRAI KARA NO DASSHUTSU

ⓒ Yasumi Kobayashi 2020

First Published in Japan in 2020 by KADOKAWA CORPORATION, Tokyo.
Korean translation rights arranged with KADOKAWA CORPORATION, Tokyo
through JM Contents Agency Co..

미
래
로
부
터
의

未来からの脱出

탈
출

고바야시 야스미 장편소설 ─ 김은모 옮김

검은숲

차례

미래로부터의 탈출

드디어 숲의 출구 같은 것이 보였다.

부웅, 부웅, 부웅.

날갯소리가 시끄럽다.

올려다보자 파리 몇 마리가 머리 위를 날아다니고 있었다.

머리가 어질어질했다.

사부로는 소맷자락으로 이마의 땀을 닦았다. 그리고 헉헉 어깨숨을 쉬었다.

출구까지는 고작 몇십 걸음으로 보였다. 하지만 다리가 좀처럼 말을 듣지 않았다. 앞으로 내디디려고 해도 마음과 달리 두 다리가 꼬인다.

사부로는 애가 탔다. 몸이 마음대로 움직이지 않아 답답했다.

나는 대체 몇 살일까?

스스로 생각하기에도 어이없는 의문이었다. 자신의 나이도 모르는 건, 사리분별을 못 하는 어린아이나 인지 기능이 쇠약해진 노인 정도다.

자신이 어린아이일 리는 없다. 그렇다면 늙은이다. 자기가 몇 살인지조차 모르는 영감쟁이.

나는 정말로 괜찮을까? 무사히 이 숲에서 빠져나갈 수 있을까? 애당초 숲에서 나가겠다는 내 판단은 옳았을까? 도대체 거기서 달아나야 할 이유는 있었을까? 아니, 있었더라도 그게 망상이 아니라고 어떻게 단정하지?

사부로는 천천히 심호흡을 했다.

좋아. 다시 한 번 냉정하게 생각해보자. 나는 내 머리를 믿어도 될까.

그리고 갑자기 웃음을 터뜨렸다.

터무니없다. 문제 자체가 틀렸다. 자신의 머리를 믿어도 될지 자기 머리로 어떻게 판정한다는 말인가.

그렇다면 누구에게 판정을 받지? 그 녀석들? 아니다. 틀렸다. 녀석들은 나를 속였다. 믿어서는 안 된다…….

……하지만 그 자체가 망상이라면? 나는 그저 늙어빠져서 성가시기만 한 영감쟁이일지도 모른다.

하기야 그게 오히려 바람직하다고 할 수 있다. 늙은 몸으로 혼자서는 다 짊어질 수 없을 만큼 엄청난 음모에 맞서야 한다는 사실보다, 내가 노망난 치매 노인이라는 사실이 훨씬 받아들이기 쉽고 대처하기도 쉽다.

그냥 그렇게 할까. 이대로 몸을 돌려 되돌아가서 녀석들에게 한마디 하면 된다.

미안해. 길을 잃어버렸지 뭐야.

사부로는 고개를 저었다.

안 된다. 아직 포기하지 마라. 만약 내가 치매라면 머지않아 녀석들이 나를 따라잡겠지. 그리고 나름대로 적절한 조치를 해줄 것이다. 그러니 지레 안절부절못해서 돌아갈 필요는 없다. 문제는 내가 치매도 뭐도 아닐 경우다. 그럴 경우는 달아나지 않으면 절망적인 미래가 기다리는 셈이다.

사부로는 웃옷 호주머니를 뒤졌다.

작게 접어서 넣어둔, 노랗게 변색되고 얼룩이 가득한 종이를 꺼냈다.

종이에는 사라질 것처럼 희미한 곡선이 한 줄 그려져 있었다. 거의 직선에 가깝지만 군데군데 구불구불 휘어진 것이 지렁이처럼 생긴 곡선이다. 곡선은 평범한 낙서처럼 보였다. 적어도 지도 같지는 않았다. 지도는 현실세계의 복사판이어야 한다. 아니면 길을 안내하는 기능을 하지 못한다. 지도에는 현실세계의 표시물이 적혀 있어야 제 기능을 할 수 있다. 따라서 지형도 건물도 표시돼 있지 않고, 오직 곡선 한 줄뿐인 지도는 존재할 수 없다.

하지만 사부로는 어떤 이유에선지 이 종이를 지도라고 판단했다. 그렇다면 왜 지도로 보이지 않는 걸까? 바로 지도임을 들켜서는 안 되기 때문이다. 누구에게? 물론 녀석들에게.

그렇게 생각하면 앞뒤가 딱 맞는다.

사부로는 이 지도를 어떻게 보는지 알고 있었다.

사부로는 종이를 비스듬히 위로 들어 햇빛에 비추었다.

뒤편에 있는 얼룩이 비쳐 보였다. 곡선은 다양한 형태의 수많은 얼룩 사이를 통과했다. 그 어느 얼룩과도 겹치지 않고. 물론 우연일지도 모른다. 하지만 사부로는 우연이라 생각하지 않았다. 누군가가 의도적으로 그린 곡선이라고 단정했다.

숲속을 나아가자 얼룩과 얼룩 틈새가 숲속에 뻗은 짐승 길하고 모양 및 길이가 일치한다는 사실을 깨달았다.

처음에는 기분 탓인가 싶었지만, 사부로는 그렇지 않다는 데 걸어보기로 했다. 그리고 종이를 지도라고 가정하고 곡선을 따라 나아갔다.

그러자 이곳에 다다랐다. 숲의 출구다.

이로써 이 종이가 지도라는 사실이 증명됐다. 내 망상이 아니었다!

아니, 잠깐만. 정말로 그럴까?

사부로는 속으로 곰곰이 따져봤다.

지도가 가리키는 대로 나아갔더니 숲의 출구에 다다랐다는 것 자체가 내 망상이라면 어쩌지?

이 지도를 따라 걸어왔다는 기억은 있다. 하지만 잘 생각해보면 모호한 부분도 있다. 이게 지도라고 철석같이 믿은 탓에 기억도 상황에 유리하게 만들어진 건 아닐까?

물론 그럴 가능성은 있으리라. 하지만 그렇게까지 의심하고 들면 이제 아무것도 믿을 수가 없어진다.

사부로는 다시 걸음을 옮겼다. 다소 비틀거렸지만 겨우겨우 앞으로 나아갔다.

조금씩이라도 앞으로 나아가는 것이 중요하다. 그리고 숲을 빠져나간다.

그런데 숲에서 빠져나간 다음에는 뭘 어쩌면 좋을까?

사부로는 자신이 숲을 나가서 뭘 어째야 할지 모른다는 사실을 깨달았다. 목적을 잊어버린 걸까? 아니면 처음부터 명확한 목적은 없었던 걸까? 왜 그렇게 중요한 사항을 모르는 걸까? 어쩌면 역시 나는 인지 기능에 장애가 있는 걸까?

부웅, 부웅, 부웅.

날갯소리가 너무 시끄러워서 생각을 정리할 수 없었다.

사부로는 위를 올려다봤다.

파리가 날아다니고 있었다. 상당히 큰 파리다.

눈이 아물아물해서 파리들이 이중으로 보였다. 몇 마리인지조차 확실치 않았다.

젠장, 내가 대체 어떻게 된 거람?

사부로는 불필요한 자극을 피하기 위해 두 손으로 귀를 막은 후, 한쪽 눈만 뜨고 파리의 상태를 파악하려 했다.

파리는 여전히 거기에 있었다. 그런데 뭔가 이상했다.

양손으로 귀를 막은 채 감은 눈을 천천히 떴다.

이중으로 보이던 각각의 파리가 서서히 하나로 합쳐져 갔다.

아무래도 두 눈에 생긴 방향의 차이를 뇌가 잘 처리하지 못했던 모양이다. 그런데 왜 그런 현상이 일어난 걸까.

이중으로 보이던 파리가 완전히 하나로 합쳐졌다.

그러자 사부로는 자신의 뇌가 혼란에 빠진 이유를 이해했다.

인간의 뇌는 두 눈의 방향 차이로 보이는 사물과의 거리를 추정한다. 멀리 있는 것을 볼 때 두 눈의 시선은 거의 평행이지만, 가까이 있는 것을 볼 때는 좌우의 시선이 각자 약간 안쪽을 향한다. 물론 두 눈의 방향 차이만이 사물까지 거리가 얼마나 되는지 아는 방법은 아니다. 멀리 있는 사물은 가까이 있는 사물보다 작게 보이므로 외관의 크기로도 거리를 추정할 수 있다.

한 눈으로 파리 몇 마리를 봤을 때 파리는 수십 센티미터 거리에 있는 것으로 느껴졌다. 하지만 두 눈으로 봤을 때 시선의 방향에는 거의 차이가 없었다. 즉, 외관의 크기로 따졌을 때는 수십 센티미터 거리에 있었던 파리가, 시선의 방향으로 따졌을 때는 수백 미터 거리에 있었던 셈이다. 이 두 가지 모순되는 정보 때문에 사부로의 뇌가 혼란에 빠진 것이다.

파리의 크기가 몇 밀리미터라는 고정관념만 없애면 아무런 모순도 없다.

그렇다. 파리들의 크기는 인간과 거의 비슷했다.

사부로는 심장이 세차게 뛰었다.

저건 실제로 존재하는 걸까, 아니면 내 뇌가 만들어낸 환영일까?

환영이라면 별 위험이 없으리라. 하지만 실제로 존재한다면?

놈들이 적대적으로 나올 것이라는 근거는 없다. 하지만 거대한 파리가 우호적이리라 여기는 것도 너무 낙관적인 사고방식이다. 어쩌면 좋지? 숲에서 나가는 편이 나으려나? 아니면 나무 사이에 숨는 편이 좋을까?

숲 바깥이 어떤지는 잘 모른다. 어쩌면 탁 트인 장소라 나가는 순간 파리들에게 공격당할 가능성도 있다. 그렇다면 숲속에 숨는 편이 나을지도 모른다.

파리들은 날갯소리와 함께 빙빙 돌면서 천천히 내려오기 시작했다. 아무래도 사부로의 모습을 포착한 모양이다. 파리의 시력이 어느 정도인지는 모르지만, 사부로에게 파리가 보이니까 파리에게도 사부로가 보일 가능성이 높을 것 같았다. 비행기가 착륙하려면 활주로가 필요하지만 파리에게는 아마 필요 없으리라. 앞으로 몇 초 안에 제일 가까이에 있는 파리 한 마리가 사부로 근처에 착지할 것이다.

사부로는 무턱대고 달렸다.

상황이 어떻든 놈들의 시야에서 사라져야 한다. 그리고 어떻게든 몸을 숨길 곳을 찾아서 숨는다. 놈들이 떠날 때까지 몇 시간이고 숨어 있는 거다.

잠시 달리자 날갯소리는 여전했지만 파리들 모습은 나무들에 가려져 보이지 않았다. 즉, 저쪽에서도 사부로가 보이지 않을 것이다.

사부로는 무릎을 털썩 꿇었다. 안 그래도 지쳤는데 뜀박질까지 하는 바람에 숨도 제대로 못 쉴 지경이었다. 숨죽여야 한다고 생각했지만 호흡이 흐트러졌고, 억지로 숨을 참으려 하자 마구 기침이 나왔다. 파리의 청각이 얼마나 좋은지는 모르지만, 그리 예리하지 않기를 비는 수밖에 없었다.

사부로는 팔다리가 떨리는 것을 느끼면서도 숨을 곳을 찾아 주위를 살폈다. 주변에는 나무뿐이었다. 마침맞게 숨기 좋은 구멍이 눈에 띌 리는 없다.

사부로는 위를 올려다봤다.

나무에 오르면 잎이 무성한 나뭇가지 사이에 숨을 수 있을지도 모른다. 하지만 지금 체력으로는 1미터도 못 올라갈 것 같다. 그렇다면 아래밖에 없다.

사부로는 나무 밑동을 살피며 돌아다녔다. 가까이 붙어서 자란 두 그루 나무 사이에 사람 한 명이 간신히 들어갈 만한 틈새가 있었다. 숨기에 딱 좋다고 할 수는 없지만, 지금은 여기뿐이었다. 사부로는 그 틈새에 몸을 욱여넣었다. 그리고 팔을 뻗어 땅에 흩어진 낙엽을 긁어모아 자기 몸 위에 덮었다.

제대로 숨었는지 확인할 방법조차 없다. 그저 잘 숨었다고 믿는 수밖에.

날갯소리가 커졌다. 아무래도 내려오는 모양이다.

어쩌지? 완전히 내려오기 전에 도망칠까?

그러나 달아난들 금방 따라잡힐 것이 불 보듯 뻔했다. 그럴 바에야 상대에게 들키지 않기를 빌며 여기에 숨어 있는 편이 그나마 희망적이리라.

쿵, 하고 충격이 느껴졌다. 파리 괴물이 착지한 모양이었다.

사부로는 낙엽 사이로 얼굴을 내밀어 괴물의 동태를 확인하고 싶은 마음을 간신히 억눌렀다. 아직 들키지 않았을 가능성이 있다. 그리고 그 가능성에 거는 수밖에 없다.

부스럭부스럭, 하고 마치 사람이 걷는 듯한 소리를 내며 다가오는 기척이 느껴졌다.

조바심을 내서는 안 된다. 쥐 죽은 듯이 가만히 있어야 한다.

발소리가 사부로 바로 옆까지 다가왔다.

제발 그냥 지나가라.

하지만 무정하게도 파리의 발소리는 거기서 멈췄다.

부탁이야. 이대로 지나가. 만약 안 지나갈 거면 고통 없이 단숨에 끝내줘.

그러나 파리가 취한 행동은 둘 중 어느 것도 아니었다.

일그러져서 아주 알아듣기 힘든 목소리였다. 하지만 틀림없이 인간의 말이었다.

"어서 와. 네가 돌아오기를 내내 기다렸어."

제1부

1

낮 동안은 멍하니 텔레비전만 볼 뿐이었다.

홀에는 큼지막한 텔레비전이 몇 대 있다. 각 텔레비전마다 다른 영상이 나온다. 대개는 영화나 드라마지만, 가끔 음악 방송이나 스포츠 중계방송이 나올 때도 있었다.

사부로는 영화나 드라마를 이따금 봤지만, 대부분이 예전에 한 번 본 방송이었으므로 집중해서 보지 않았다. 하물며 스포츠 중계방송에는 흥미가 없었다. 생중계일 리 없었기 때문이다. 경기에 나선 선수들은 모두 사부로가 젊은 시절에 활약한 사람들 뿐이었다. 만약 생중계라면 선수들은 분명 정교한 안드로이드거나, 경기 전체를 컴퓨터 그래픽으로 만든 셈이다. 하지만 사부로는 녹화 영상일 것이라고 짐작했다. 고작 스포츠를 중계하려고 그만한 노력을 들일 리는 없으니까.

하지만 다른 고령자들은 스포츠 중계방송에 푹 빠져 있었다. 물론 스포츠를 관전한다는 인식이 없는 사람들도 있을지 모른다. 그들은 드라마나 음악 방송도 같은 표정으로 들여다보니까.

"이거 녹화한 거지?" 어느 날 사부로는 큰맘 먹고 마침 옆에 있던 노인에게 확인해봤다.

텔레비전 앞에는 의자 수십 개가 드문드문 놓여 있다. 의자를 드문드문 놓아둔 건 휠체어를 타고 보러 오는 거주자를 배려한 조치이리라. 실제로 텔레비전 앞에 있는 열몇 명 중 거의 절반은 간병인이 움직이는 휠체어나, 스스로 조작하는 전동 휠체어에 앉아 있었다.

"응?" 그 노인은 당황한 것 같았다. "무슨 소리야?" 그는 지팡이가 있으면 자기 힘으로 걸을 수 있는 것 같았다.

"이 선수는 내가 젊을 적에 활약했어. 그런데 지금 이렇게 젊을 리가 없잖아."

"흠. 그런가." 노인은 딱히 흥미가 없는 것 같았다.

"이봐, 찜찜하지 않아?" 사부로는 답답한 마음이었다.

"뭐가 찜찜한데?"

"우리는 주야장천 옛날에 녹화한 영상만 보고 있는 거잖아."

"그게 뭐 어때서?"

사부로는 대화를 계속할지 말지 망설였다. 이곳 사람들은 치매를 앓는 비율이 상당히 높다. 만약 지금 자신이 말을 건 상대가 치매라면 완전히 시간 낭비다.

하지만 잘 생각해보면 서두를 이유가 없다. 여기서는 시간이 얼마든지 있으니까. 각자가 인생의 골인 지점에 다다르기까지는.

사부로는 대화를 이어나가기로 했다. "스포츠는 드라마와 달리 각본이 없어. 그래서 어떻게 진행될지 예상하기 어렵고, 바로 그 점 때문에 재미있는 거지. 결과를 다 아는 경기를 봐서 뭐하겠어?"

노인은 고개를 모로 꼬았다. 그리고 느릿느릿 말했다. "각본이 있는 드라마도 충분히 재미있는걸."

"그건 결과를 모르니까 그런 거고……."

"그럼 당신은 이 경기의 결과를 아나?" 노인은 조금 화난 목소리로 물었다.

"그건……." 사부로는 열심히 기억을 더듬었다. 하지만 생각나지 않았다. "이 경기 결과는 기억이 안 나. 하지만……."

"그럼 괜한 소리 말고 즐기면 되잖아. 기억도 안 나는 경기를 보고 '옛날 경기를 보여주지 말라'는 건 너무 자기 위주 아닌가?"

"그런 소리가 아니라……."

"좀 조용히 해주지 않겠어?" 뒤에서 노부인이 말했다. "나, 지금 이 시합 보는 중인데."

"떠드는 건 이 영감쟁이야." 노인이 사부로를 가리켰다. "이 방

21

송에 불만이 있대."

"아니, 나는 그저 사실을 지적했을 뿐인데……."

노부인은 발끈한 표정으로 사부로를 노려봤다.

그 순간 사부로는 받아칠 기력을 잃었다. 이 남자의 말은 지
당하다. 다들 즐겁게 텔레비전을 보고 있는데 굳이 '이건 이상하
다, 이 방송은 재미있을 리 없다'라고 주장하는 것만큼 무의미한
짓은 없다. 그런 주장을 해봤자 아무도 득을 보지 않는다.

사부로는 단념하고 조용히 그 자리를 떠났다.

사부로는 평소 전동 휠체어를 타고 다녔다. 전혀 못 걷는 건
아니지만 방 끄트머리에서 끄트머리까지 걷는 데 1분 가까이 걸
리는 형편이라 휠체어를 타는 편이 편리했기 때문이다.

홀 한구석에 죽 늘어선 커다란 책장에는 학술서부터 만화까
지 다양한 책이 꽂혀 있다. 홀 자체가 상당히 넓어서 소장된 책
이 초중등학교 도서실만큼은 될 듯했다. 서가의 책은 누구나 자
기 방에 들고 갈 수 있다. 책뿐만 아니라 진열된 갖가지 영상 디
스크도 방에 들고 가서 개인용 모니터로 봐도 된다.

사부로는 책 몇 권을 뽑았다. 하지만 빌릴지 말지 망설였다.
재미있어 보이기는 했지만, 예전에 읽은 책인지 아닌지 당장 판
단이 되지 않았기 때문이다. 읽은 것 같기도 했고, 읽지 않은 것
같기도 했다. 같은 책을 두 번이나 읽는 건 시간 낭비다.

잠시 망설인 후, 문득 방금 전 노인의 말이 떠올랐다. "기억도
안 나는 경기를 보고 '옛날 경기를 보여주지 말라'는 건 너무 자

기 위주 아닌가?"

왜 이 말이 마음에 걸리는지 잠시 생각하다 이유를 알고 사부로는 쓴웃음을 지었다.

방금 전 노인의 말은 이 상황에도 들어맞는다. 옛날에 읽었더라도 기억나지 않으면 읽지 않은 것이나 마찬가지다. 읽었는지 읽지 않았는지 기억나지 않는다면, 읽으면 그만이다. 가령 두 번째더라도 재미있게 읽는다면 아무 손해도 없다.

사부로는 책 몇 권을 무릎에 얹고 전동 휠체어를 움직여 자기 방을 향해 복도를 나아갔다.

복도를 나아가던 사부로는 뭔가 위화감을 느꼈다.

처음에는 휠체어에서 나는 소리가 귀에 거슬리는 줄 알았다. 전동 휠체어는 나지막하게 윙윙거리는 소리를 내기 때문이다. 하지만 그런 소리는 익숙해지면 귀에 거슬리지 않는다. 오히려 자동차를 운전하는 듯한 기분이 들어서 경쾌하게 들리기까지 한다.

그렇다면 뭘까.

사부로는 무릎 위에 시선을 떨어뜨렸다.

역시 방금 전 일이 마음에 걸린 것이다.

텔레비전 방송도 책도 기억나지 않는다면, 몇 번을 봐도 상관없다. 몇 번이든 즐기면 된다. 확실히 그건 하나의 진리다. 그러나 한편으로 그래서는 안 된다는 기분도 들었다.

만약 몇 번 보고 읽어도 전혀 기억에 남지 않는다면, 과연 보고 읽는 의미가 있을까? 보거나 읽는 건 내용을 기억에 남기기 위해서 아닐까? 기억에 남김으로써 인간은 변화한다. 그것이야말로 성장 아닐까? 그런데 뭘 보거나 읽어도 기억에 남지 않는다면 나는 더 이상 성장할 수 없다는 뜻인가?

사부로는 갑작스레 분노를 느꼈다. 무엇에 분노한 건지는 본인도 몰랐다. 기억력이 시원치 않은 자기 자신에게 화가 난 걸까. 아니면 자신을 포함하여 그와 같은 노인들을 바보 취급하는 이 시설의 시스템에 화가 난 걸까. 혹은 노화라는 현상을 생물에 부여한 신에게 화가 난 걸까.

어쩌면 나는 이 책을 이미 수십 번이나 읽은 게 아닐까. 이 책뿐만이 아니다. 서가에 있는 책과 영상 디스크를 전부 읽고 봤는지도 모른다.

그러고 보니 예전에도 이런 생각을 한 것 같았다. 나는 거기서 책을 고를 때마다 매번 지금과 비슷한 생각을 한 게 아닐까.

사부로는 우울해졌다. 이곳 생활은 평온해 보이지만, 매일 아무 변화도 없이 똑같은 행동과 생각을 되풀이한다면, 그건 일종의 지옥 아닐까.

사부로는 가슴이 쿵쿵 뛰고 숨쉬기가 괴로워졌다.

이대로 죽어버리는 게 아닐까 싶었다.

아니다. 고작 스트레스로 죽을까 보냐. 그저 일시적으로 마음이 동요해서 그런 것이다.

사부로는 애써 천천히 숨을 쉬었다.

진정하자. 전혀 불안해할 것 없다. 침착하게 생각하는 거다. 그러면 내가 어떤 상황에 놓여 있는지 확실해질 것이다.

나는 매일 같은 일상을 되풀이하는 게 아닐까 불안해졌다. 하지만 뭔가 근거가 있는 건 아니다. 그런 기분이 들 뿐이다. 즉, 기분 문제다. 그런 건 신경 쓰지 않으면 된다.

그런데 어떻게 하면 신경 쓰지 않을 수 있을까. 매일매일 똑같은 일을 반복하는 게 아니라고 스스로에게 믿음을 주려면 어떻게 해야 할까.

그건 그렇게 어려운 일이 아닐지도 모른다. 뭔가 증거를 하나 찾아내면 된다. 내 일상은 도돌이표를 그리고 있지 않다는 증거를. 그런데 그 증거는 어디 있지?

물론 내 머릿속에 있을 것이다. 만약 도돌이표를 그리고 있다면, 내 기억에는 한계가 있으리라. 예를 들어 어제의 기억이 전혀 없다면 나는 매일 똑같은 하루를 반복하고 있을 가능성이 높다.

자, 나는 어제 뭘 했더라?

물론 오늘과 거의 똑같다. 아침에 일어나서 식당에서 밥을 먹고, 재미없는 녹화 방송을 보고, 책 몇 권을 빌려서 방으로 돌아갔다.

완전히 똑같은 하루를 반복한 것처럼 보이지만, 실은 그렇지 않다. 식단도 텔레비전 방송도 오늘과 달랐고, 빌린 책도 오늘과 달랐다. 애당초 어제는 그 비위에 거슬리는 노인과 말다툼도 하지 않았다.

사부로는 안도했다.

나는 매일 똑같은 하루를 반복하는 게 아니야.

하지만 그 전날은 어땠지? 만약 도돌이표를 그리는 주기가 이틀이라면?

그저께는 어제처럼 쉽게 기억나지 않았다. 하지만 어렴풋하게는 기억났다. 오늘과도 어제와도 다른 하루였다.

그럼 그 전날은 어떨까?

역시 사흘이나 지난 일은 그렇게 쉽사리 기억나지 않았다. 하지만 그것이 사부로가 사흘 주기로 같은 날을 보낸다는 증거는 될 수 없다. 애당초 정확하게 며칠 주기로 같은 날을 반복한다면, 다른 노인들 모두 주기가 같아야 이상해지지 않는다. 그런 우연은 있을 리 만무하다.

하지만 기억에 한계가 있는 한, 내 정신이 멀쩡한지는 증명이 불가능하지 않을까? 기억 말고 다른 방법이 필요하다. 예를 들면 일기 같은. 그렇다. 나라면 일기를 쓰려고 마음먹겠지.

아니다. 분명히 나는 일기를 쓰고 있다. 적어도 어제는 일기를 쓴 기억이 있다.

사부로는 자기 방에 있는 책상 서랍을 열었다.

서랍 속에는 일기장이 있었다.

글씨가 적힌 페이지 중에 제일 끝 페이지를 펼쳐봤다. 거기에는 기억하고 있는 어제 일이 적혀 있었다. 물론 그걸 쓴 기억도 분명했다.

그전 페이지를 보자 역시 기억하고 있는 그저께 일이 적혀 있었다. 페이지를 더 앞으로 넘기자 기억은 점점 희미해졌지만, 어쩐지 그런 일이 있었다는 인식은 남아 있었다.

첫째 날은 어떨까 싶어 첫 페이지를 펼쳤다.

김빠지게도 평범한 일기가 적혀 있었다. 아주 평범한 일상이다. 아침에 일어나서, 뭘 먹고, 뭘 보고, 뭘 읽었는지. 그것만 보면 전혀 이상할 것 없다. 하지만 그 위치를 고려하면 뭔가 이상했다.

시설에 온 첫날 쓴 일기로는 몹시 부자연스럽다. 누구나 첫날에는 앞으로의 포부나 인상을 쓰는 법이다. 그런데 마치 여기서 10년은 산 것처럼 무미건조한 일기를 써놓았다.

즉, 이건 첫날에 쓴 일기가 아니다. 첫 페이지에 적혀 있다고 해서 무조건 제일 처음 쓴 일기라고는 할 수 없다. 이게 두 번째 일기장이라면 첫 페이지부터 평범한 일상을 적어도 이상하지 않다. 아니, 두 번째는커녕 백 번째 일기장일지도 모른다. 그렇다면 이것 말고도 일기장이 더 있을 것이다.

책상 서랍에는 다른 일기장이 없었다.

그렇다면 다른 곳에 보관해놓은 걸까?

사부로는 방 안을 샅샅이 뒤졌다. 그러나 일기장 같은 물건은 찾지 못했다. 그렇다면 이 방 말고 다른 곳에 보관해둔 걸까. 아니면 버린 걸까.

일기장을 버릴 수는 있다. 하지만 대개 일기 쓰는 것 자체를 그만둘 경우에 그렇다. 이 정도로 매일 부지런히 일기를 쓰는 사람이 옛날 일기장을 그리 쉽게 처분할 리 없다. 그렇다면 어딘가에 보관해둔 것이다.

아니면 자기 말고 다른 사람이 가지고 갔던가.

이 방은 평소 잠가두지만, 이곳 직원들은 여벌 열쇠를 가지고 있으니 언제든지 꺼내갈 수 있다.

이곳 직원이 가져갔다면 성가시다.

사부로는 진절머리가 났다.

이 시설의 직원은 짜게 평가해도 아주 유능한 편이다. 거주자의 일거수일투족을 살펴서 각자의 상태를 적확하게 파악한다. 예를 들어 평소보다 몸동작이 약간 느릿하다고 느끼면 즉시 체온, 혈압, 심박 수를 측정하고 안정시키거나 약을 먹이는 등 필요한 조치를 취한다. 식단도 각자의 건강 상태와 취향에 맞춰 세세하게 배려한다. 또한 하루의 일정도 획일적이지 않아, 각각의 생활 패턴에 맞춰 그때그때 알맞게 변경된다.

원래 같으면 더할 나위 없이 극진한 대접이라 아무 불만도 없을 것이다. 하지만 사부로를 포함한 거주자 몇 명은 극심한 불만을 품고 있었다.

직원들과 의사소통이 되지 않기 때문이다. 직원들은 일본어를 하지 않는다. 단 한마디도.

그들은 미지의 언어를 사용한다. 거주자 대부분의 모국어가 일본어인 이 시설에서 일본어를 하는 직원이 한 명도 없다니, 이상한 사태라고 봐도 되리라.

직원들끼리 대화하는 걸 보면, 그들끼리는 의사소통에 문제가 없는 것 같다.

거주자 중에는 영어나 중국어, 한국어를 하는 사람도 있지만, 그들도 직원이 하는 말은 전혀 못 알아듣는 모양이다.

직원들은 하나같이 일본인보다 살빛이 조금 검지만, 무슨 인종인지 확정하기는 쉽지 않다. 백인, 흑인, 동양인, 오세아니아 계열 등 다양한 인종의 특징을 모조리 갖추고 있기 때문이다.

사부로는 직원들의 말과 몸놀림을 주의 깊게 관찰하며 어떻게든 대화의 실마리를 찾으려 했지만, 이제는 완전히 포기했다. 평범한 언어라면 외래어를 받아들였을 테지만, 외래어 같은 단어는 들리지 않았다.

일본어로 말을 걸어도, 알고 있는 외국어로 말을 걸어도 직원들은 늘 미지의 언어로 대답했다. 다만 직원들은 언제나 적확하게 대응하므로, 실은 일본어나 영어를 이해하는 게 아닐까 싶기도 했다. 다만 이쪽이 뭐라고 말하지 않아도 직원들은 각 거주자에게 적확하게 대응하니까 어쩌면 이쪽 말을 이해하지 못할 가능성도 있었다.

저쪽이 이쪽 말을 할 마음이 없다면, 이쪽이 저쪽 말을 배우자고 결심한 거주자도 몇 명 있었지만, 직원들은 자신들의 말을 가르칠 마음이 전혀 없는 것 같았다. 직원들의 말과 동작에서 단어의 의미를 추측해 말을 걸어도 아무 반응이 없었다. 보통은 외국인이 자기네 말을 한마디라도 하면 기뻐하는 반응을 보이는 법이건만, 그들은 일본어로 말을 걸었을 때와 마찬가지로 무시했다.

대체 여기는 어떤 시설일까?

사부로는 의문을 느끼고 여기에 들어온 경위를 떠올리려고 했다.

하지만 도무지 확실치가 않다. 어쩐지 바쁘게 여러 가지 절차를 밟은 것 같기는 하다. 자기 혼자 한 것 같기도 하고, 누군가에게 도움을 받은 것 같기도 했다.

똑똑히 기억나지 않는다니, 역시 무슨 기억 장애가 있는 걸까. 어쩌면 여기에 처음 왔을 때는 증상이 아주 심각했고, 최근에야 개선된 게 아닐까?

애당초 이 시설은 뭘까? 일본어도 영어도 통하지 않는, 또는 통하지 않는 척하는 직원에게 노인 돌보는 일을 맡기다니. 뭔가 실험이라도 하는 걸까? 하지만 그런 실험에 참가하기로 동의한 적은 없다. 어쩌면 동의한 사실까지 잊어버린 걸까? 설령 그렇더라도 지금 현재는 그럴 의사가 없으니까 이런 취급을 당할 이유는 없다.

그러나 지금 이 상황에서 빠져나갈 방법은 전혀 떠오르지 않았다. 직원들에게 불평해도 아무 반응도 돌아오지 않는다. 거주자들과 이야기를 나누기도 하지만, 다들 사부로와 다를 바 없이 이런 상황에 처한 이유는 모르는 것 같았다.

사부로는 지금 자신이 어떤 상태인지 어느 정도 어렴풋하게 인식은 하고 있었다.

자신은 약 백 살 정도다. 아흔몇 살인지, 백몇 살인지는 모른다. 대강 그 언저리다. 다른 거주자도 그 정도이리라. 하기야 얼굴에 드러나는 나이는 개인차가 크니까 훨씬 젊은 사람이나 훨씬 나이 많은 사람이 있을지도 모른다.

장소는 아마도 교토 교외 지역이리라. 콕 집어서 어디라고는 할 수 없지만, 창문으로 보이는 산의 풍경도 그런 느낌이다.

다른 거주자에게 물어봐도 대개 비슷하게 대답한다. 도쿄 근교라거나 외국이라고 하는 사람도 있지만, 소수의 의견이니까 아마 착각이리라.

지금까지 몇 번이나 집에 돌려보내 달라거나 시설 밖으로 내보내 달라고 직원에게 부탁한 기억은 있지만, 늘 감이 좋은 직원들이 그때만큼은 아무 반응도 보이지 않았다.

기묘한 일은 더 있다. 사부로가 기억하는 한, 새로운 거주자는 한 명도 없었다. 그것만이라면 그저 사부로가 기억하지 못할 뿐일지도 모른다. 하지만 거주자의 가족이 전혀 면회를 오지 않는 건 도무지 이해되지 않았다. 게다가 사부로 말고 다른 거주자는 그 사실에 별 의문을 보이지 않는 것도 신기했다.

의도적으로 가두어놓았다면 인권 문제다. 그러나 직원에게 그렇게 주장해도 아무 반응이 없다. 거주자끼리 의논해봐도 해결

책은 나오지 않아 거의 포기한 상태다.

사부로는 답답해서 속이 탔다.

이 같은 상황은 언제까지 계속될까? 혹시 평생 계속되는 걸까?

자신의 수명이 얼마나 남았을지는 모르지만, 아무리 짧은들 여생을 여기에 갇혀 지낸다고 생각하자, 사부로는 진심으로 진저리가 났다.

하지만 이 상황에서 벗어나려면 뭘 어떡해야 할까.

아무 방법도 떠오르지 않아 사부로는 별생각 없이 일기장을 눈앞에서 팔락팔락 넘겼다.

뭔가가 눈에 들어왔다.

어느 페이지에 뭔가 적혀 있었던 것 같다. 물론 어느 페이지에도 글이 적혀 있지만, 그것과는 다른 뭔가가 있었다.

뭐가 어떻게 다른지 말로는 잘 설명할 수 없지만 뭔가가 달랐다.

사부로는 일기장을 한 장씩 넘기며 확인했다. 하지만 어느 페이지에도 딱히 기묘한 내용은 적혀 있지 않은 것처럼 보였다. 글씨도 다소 진하고 연한 곳은 있지만, 전부 똑같은 글씨체로 보였다.

기분 탓일까. 뭔가 새로운 일이 시작될 것 같은 느낌이었는데.

사부로는 다시 일기장을 팔락팔락 넘겼다.

이 메시지를 봤다……

지금 이건 뭐지? 나는 방금 페이지를 팔락팔락 넘겼다. 특정한 한 페이지를 본 건 아니다. 그런데 왜 문장이 눈에 들어온 거지?

사부로는 마음을 가라앉히고 다시 한 번 페이지를 팔락팔락 넘겼다.

페이지를 넘길 때마다 글씨가 팟, 팟, 팟 눈에 뛰어들었다. 한 페이지에 한 글자씩 미묘하게 색깔이 진한 글씨가 있는데, 페이지를 빨리 넘기면 그 글씨가 연달아 보이면서 문장이 되는 것이다.

마치 어릴 적에 봤던 애니메이션 〈루팡 3세〉의 오프닝 화면 같았다. 그리고 이건 암호다.

그렇게 생각하자 사부로는 가슴이 조금 두근거렸다.

대체 누가 남긴 암호인지는 모른다. 하지만 내 일기장에 있으니 내게 보내는 암호가 틀림없다.

사부로는 들뜨는 마음을 억누르고 문을 잠갔는지 확인한 후, 창문에 커튼을 쳤다. 방 안에 몰래카메라는 보이지 않지만, 만약 있다면 쉽게는 찾지 못하도록 해놓았을 것이다.

사부로는 침대에 드러누워 얼굴 위로 일기장을 들었다. 이 각도라면 침대 속에 카메라를 설치하지 않은 한, 촬영하지 못한다. 다른 각도에서는 그저 침대에 드러누워 자기 일기장을 읽는 것처럼 보일 것이다.

다시 한 번 일기장을 팔락팔락 넘겼다.

이 메시지를 봤다면 신중하게 행동하라. 메시지를 봤다는 걸 들키면 안 된다. 여기는 감옥이다. 도망치기 위한 힌트는 여기저기에 있다. 조각을 모아라.

그게 전부였다. 각도를 바꾸거나 일기장을 넘기는 속도를 바꾸어서 몇 번 더 확인했지만, 다른 문장은 눈에 띄지 않았다.

이건 뭐지? 이래서는 암호를 풀었더니 '이건 암호다'라는 문장이 나온 거나 다름없잖아. 장난인가?

아니다. 그렇지 않다. 암호라면 암호를 보내고 싶은 사람 말고는 몰라야 할 것이다. 이 암호 시스템은 일종의 콜럼버스의 알이다. 여기에 암호가 있는 줄 모르는 상태에서는 눈에 들어오지 않지만, 일단 알아차리면 간단히 해독할 수 있다. 따라서 중요한 내용을 적을 수는 없다.

그렇다면 왜 이 암호를 심은 걸까? 암호가 있다는 사실밖에 전달할 수 없는데.

그렇구나! 바로 암호가 있다는 사실을 내게 전하고 싶었던 거다! '힌트'와 '조각'은 분명 다른 암호를 가리킨다. '적에게 들킬 가능성이 있으니까 여기에 전부 다 적을 수는 없지만, 중요한 내용은 다른 암호에 적어놨으니까 그걸 찾아라'라는 의미다!

적? 적이라니 누구지?

사부로는 암호문을 다시 읽었다. 암호문에 '적'이라는 말은 없었다. 그러나 암호로 적은 시점에서 '적'이 있다고 상정했음이

틀림없다.

여기가 감옥이라면 직원들은 간수다. 암호 작성자가 상정한 '적'은 분명 직원들, 또는 직원들 위에 있는 자이리라.

신중하게 행동하라.

직원들이 '적'이라면 주변은 적 천지다. 중과부적이라는 말도 있지 않은가.

아니다. 오히려 그 반대다. 직원의 수는 기껏해야 스물몇 명. 한편 거주자는 백 명이 넘는다. 일제히 들고일어나면 노인이라도 직원들을 제압할 수 있지 않을까.

……정말로?

조급한 행동은 금물이다. 일단 상황을 분석하고 나서 전략을 짜야 한다.

직원들은 전부 한통속이라고 봐야 한다. 반면에 거주자는 조직을 이루지 못한 상태다. 여기가 감옥이라는 사실을 전달하고 동료를 늘리는 데도 어느 정도 시간이 걸린다. 직원들이 일본어를 할 줄 모른다고 안심해서는 안 된다. 직원들이 '적'이라면 당연히 일본어를 모르는 척하고 있을 가능성이 높다. 직원들이 없을 때 거주자들을 몰래 설득할 필요가 있다.

2

시설 내부는 자유로이 돌아다녀도 상관없다. 물론 치매 증상이 심한 사람과 몸이 부자유스러운 사람은 항상 직원의 보호 아래 있지만, 사부로는 그런 간병이 필요 없었다.

다만 자유로이 돌아다닐 수 있다고는 하나, 직원 전용 공간에는 들어갈 수 없고 건물 밖으로도 못 나간다. 밖으로 통하는 문은 지문 인증 같은 시스템으로 잠겨 있는 듯하다. 대신에 중정은 자유로이 드나들 수 있다.

"거기 당신." 사부로는 직원들 이름을 모르므로 그렇게 불렀다. "밖을 좀 구경하고 싶은데, 내보내주지 않겠어?"

여자 직원은 한순간 미소 지은 후, 사부로에게서 멀어졌다.

"어휴. 내가 무슨 말을 하는지 모르겠나? 밖에 내보내달라고."

하지만 직원은 뒤돌아보고 웃음을 짓더니 그대로 가버렸다.

예상했던 일이었다. 일단 정공법으로는 안 될 모양이었다.

사부로는 매일 식사와 목욕 시간 말고는 전동 휠체어로 중정을 산책했다. 산책하면서 밖으로 나가기 위한 힌트가 없는지 구석구석 찾아다녔다.

사부로가 늘 앉는 벤치의 널빤지 사이에 뭔가가 끼워져 있었다. 작은 빨간색 골무처럼 보였다. 왜 이런 게 여기에 있는지 설명되지 않았다. 여기는 사부로가 찜해놓고 이용하는 곳이므로 사부로 말고 다른 거주자가 발견할 일은 없으리라 추정됐다.

이건 분명 암호에 적혀 있던 그 조각이다.

사부로는 그렇게 직감했다. 근처에 직원이 없는 걸 확인하고 골무를 끄집어냈다. 골무는 전부 여섯 개였다.

손가락에 전부 끼워서 사용하는 걸까?

사부로는 신중하게 골무를 확인했다. 노안이라 가까이 있는 것은 잘 보이지 않지만, 시설에는 독서용 돋보기가 여기저기 놓여 있다. 사부로는 그중 하나를 늘 가지고 다녔다.

얼핏 보기에는 별다른 점 없이 평범한 고무 골무였다. 하지만 사부로는 골무 표면, 손가락의 아랫면에 해당하는 부분에 미세한 소용돌이무늬가 있다는 걸 알아차렸다.

지문이다.

사부로는 최대한 더러워지지 않도록 조심해서 골무 여섯 개를 호주머니에 넣었다. 그리고 천연덕스러운 얼굴로 홀에 돌아갔다. 홀 가장자리의 소파에 앉으면 출입구가 눈에 들어온다. 사부로는 소파에 앉아 출입구 근처에 사람이 없기를 기다렸다가 문에 다가갔다.

문이 여닫힌 상황을 기록하거나 감시카메라로 촬영하고 있을 가능성은 있지만, 뭔가 사건이 일어나지 않는 한 기록을 확인하지는 않을 거라 믿고 시도해보기로 했다. 만약 비상벨이 울려도 사태가 더 이상 악화될 일은 없다. 감시가 다소 엄해지는 정도이리라. 그때는 감시가 다시 느슨해지기를 기다리면 된다.

사부로는 직원이 문 옆에 있는 장치에 검지를 가져다대는 모습을 봤으므로, 지문이 있는 골무를 손가락에 끼우고 장치에 대봤다.

비상벨이 울릴 것을 각오하고 눈을 꼭 감았지만, 비상벨은 울리지 않았다. 대신에 문이 소리 없이 열렸다.

사부로는 망설이지 않고 전동 휠체어를 움직여 밖으로 나갔다. 뒤에서 문이 닫혔다. 자동이라면 당연한 움직임이지만, 사부로는 가슴이 약간 철렁했다.

땅은 포장되어 있지 않았지만 비교적 평평했다. 휠체어를 타고도 문제없이 나아갈 수 있을 듯했다.

시설 주변은 중정과 거의 비슷해 보였지만, 수십 미터 앞에 숲이 있었다. 건물 밖에 숲이 있다는 건 창문으로 보고 알고 있었지만, 숲으로 들어간다는 상상은 해본 적이 없었다.

숲속으로 들어가야 할까? 이대로 탈출해 마을까지 가서 누군가에게 이 시설에 대해 호소하면 전부 끝날까? 하지만 숲속을 어느 방향으로 얼마나 나아가야 마을이 나올까. 그런 지식은 전혀 없었다. 자칫하면 숲속에서 길을 잃고 조난당할지도 모른다. 하다못해 휴대전화라도 있으면 도움을 청할 수 있겠지만, 물론 그런 건 없었다.

숲속으로 들어가기보다는 일단 시설 주변을 조사해야 할지도 모른다. 그러나 시설 주변에서 어정거리면 직원에게 들킬 가능성이 있다. 이건 천 년에 한 번 있을까 말까 한 기회일지도 모른다.

사부로는 입술을 핥고 나서 결심했다.

숲속으로 조금만 들어가 보자. 의외로 100미터 정도 나아가면 다른 건물이나 큰 도로가 나올지도 모른다. 만약 100미터를 나아갔는데 아무것도 없으면 그때는 시설로 돌아오자.

사부로는 전동 휠체어를 출발시켰다.

숲속은 제법 어두침침했지만, 나무들이 그렇게 빽빽하지는 않은 듯해서 휠체어를 타고도 어떻게든 나아갈 수 있을 것 같았다.

좋아, 숲까지 3미터 남았다.

갑자기 휠체어가 멈췄다.

왜 이러지? 고장 났나?

사부로는 몇 번이나 스위치를 다시 움직였지만 반응은 없었다.

이거 야단났다. 여기서 오도 가도 못하고 있으면 결국 직원에게 들킨다.

모 아니면 도라는 기분으로 사부로는 스위치를 후진으로 전환했다.

휠체어는 아무 일도 없었다는 듯 후진하기 시작했다. 10미터쯤 후진하고 나서 전진으로 전환하자, 다시 앞으로 나아갔고 조종간도 작동했다.

아, 다행이다. 일시적으로 말썽이 생겼던 모양이다.

사부로는 다시 숲으로 나아갔다.

또 숲 3미터 앞에서 휠체어가 멈췄다.

이번에는 당황하지 않고 후진해봤다.

휠체어가 움직였다.

아, 그렇구나.

사부로는 잠시 휠체어를 조작해보고, 숲에 3미터 이내로 다가가면 모터가 멈춘다는 사실을 알아냈다.

즉, 일종의 안전장치 같은 것인 모양이다. 만약 거주자가 전동휠체어를 타고 밖으로 나가더라도, 숲속에는 들어갈 수 없다. 물론 걸어가면 숲속에 들어갈 수 있겠지만, 사부로는 100미터도 걸어갈 자신이 없었다. 만약 도중에 못 걷게 되면 직원에게 도움을 청할 수밖에 없다. 도와주러 오면 그나마 다행이지만, 아무도 못 알아차리면 숲속에서 죽게 된다.

결과가 아니라 해야 할 일을 행동에 옮기는 것이 중요하다는 사고방식이라면, 이걸로 만족해야 할지도 모른다. 그러나 백 살이나 산 만큼 삶에 큰 미련은 없다. 기껏 이 정도까지 시설의 비밀에 다가섰으니, 죽기 전에 전모를 파악해보고 싶었다.

게다가 사부로에게는 큰 강점이 있었다. '협력자'의 존재다. 적어도 그 또는 그녀는 직원들의 허를 찔러 사부로에게 접촉했다. 몹시 위험스러운 방법이었지만, '협력자'가 도와준 덕분에 사부로는 시설 건물에서 탈출하는 데 성공했다. 그리고 숲에는 들어가지 못했지만, 휠체어에 무슨 장치가 되어 있는지 알아차렸다. '협력자'가 휠체어의 장치에 대해 몰랐을 리 없다. 시설에서 탈출시킨 건 휠체어에 무슨 장치가 되어 있는지 알려주기 위해서라고 봐야 할 것이다. 그렇다면 다음으로 해야 할 일은 숲속에 들어갈 방법을 찾는 것이다.

사부로는 전동 휠체어를 조작해 건물로 돌아갔다. 나왔을 때와 같은 골무를 사용해 문을 열었다. 골무에는 각기 다른 지문이 찍혀 있으므로, 만약 다른 골무를 사용하면 나간 사람과 돌아온 사람이 일치하지 않기에 문을 관리하는 프로그램이 이상을 감지하는 걸 막기 위해서다.

일단은 다음 전략을 세워야 한다.

사부로는 자기 방으로 향했다.

이번에 얻은 지식을 메모라도 해서 남겨두고 싶지만, 섣불리 행동해서는 안 된다. 직원들에게 발각당하지 않으려면 중요한 사항은 전부 머릿속에 집어넣어야 한다. 기억력이 버텨줄지 약간 불안하지만 어떻게든 해내야 한다. 분명 '협력자'도 도와줄 것이다. 걱정 없다.

　사부로는 자신이 아주 들떴다는 걸 깨달았다.

3

건물 밖으로 나가는 모험을 결행하고 이틀이 지났다. 그동안 색다른 일은 딱히 없었다.

직원들이 느닷없이 방으로 몰려와 고문하지는 않을까 조마조마했지만, 그런 일 없이 완전히 똑같은 일상이었다.

두 가지 가능성이 있다.

첫 번째는 겉으로 느껴지는 것과 마찬가지로 이번에는 직원에게 들키지 않았을 가능성. 말도 안 되는 행운 같기도 하지만, 어쩌면 시설 거주자가 탈주한다는 가능성은 애초에 상정하지 않았을 수도 있다. 만에 하나 그런 일이 발생하더라도 휠체어처럼 탈출을 막는 안전장치가 있는 것이다. 분명 자기 힘으로 움직이는 거주자에 대해서도 뭔가 안전장치를 해놓았으리라. 인간은 편하게 지내고 싶어 하는 법이다. 좀처럼 일어나지 않는 일에 신경을 곤두세우면 편하게 지낼 수 없다. 가능성이 낮은 위험은 없는 셈 치면 일이 상당히 편해진다.

두 번째는 직원들이 눈치챘지만 모르는 척하고 있을 가능성이다. 왜 눈치채지 못한 척하는 걸까? 이유는 몇 가지 생각해볼 수 있다.

하나, 노인이 건물에서 탈출해봤자 그게 전부다. 이 자는 어디에도 못 간다. 별일 아니니까 내버려둬라.

둘, 이 자가 어떻게 탈출 방법을 생각해냈을까? 뭔가 원인이 있을 테니 잠시 관찰해보자.

셋, 아무래도 이 자에게는 협력자가 있는 것 같다. 마음대로 하도록 잠시 놓아둬서 협력자를 찾아내보자.

사부로는 직원들이 눈치를 챘는지 못 챘는지, 혹은 눈치를 챘는데 무슨 이유로 모르는 척하는 건지 전혀 짐작이 가지 않았다.

하지만 끙끙대도 결론은 나오지 않는다. 알아차리지 못했다면 다음 작전을 세워야 할 것이다. 만약 마음대로 하도록 잠시 놓아뒀다고 해도 다음 작전을 세우는 수밖에 없다. 작전을 세운다 한들 허사로 돌아갈지도 모르지만, 그렇다고 아예 작전을 세우지 않으면 사태를 타개할 수가 없으니까.

자, 탈출한다고 치고 혼자 결행할 것인가, 동료와 함께 결행할 것인가.

동료를 만들었을 경우, 직원에게 들킬 공산은 높아진다. 그러나 '세 사람이 머리를 맞대면 문수보살 못지않은 지혜가 나온다' 라는 속담도 있다. 동료가 있으면 문제를 해결할 때 힘이 될 것이다.

사부로는 고민 끝에 탈출을 위한 동료를 만들기로 했다.

사부로는 홀과 중정을 돌아다니며 거주자들을 관찰했다.

필요한 조건은 정신상태가 멀쩡할 것, 어느 정도 자유롭게 움직일 수 있을 것, 시력과 청력이 극단적으로 약하지 않을 것, 대화가 가능할 것, 성격이 유연할 것, 사부로를 싫어하지 않을 것, 호기심이 왕성할 것, 언동이 수상하지 않을 것이다.

호기심은 탈출에 별로 관계가 없을 것 같지만, 호기심이 없다면 탈출에도 별 흥미를 느끼지 못할 것이다.

최악은 적의 내통자와 접촉하는 것이다. 내통자가 있는지 없는지조차 모르지만, 조심해서 나쁠 것은 없다.

사부로는 일주일 동안 후보자를 열 명쯤 골랐다. 그리고 일주일 더 들여서 후보자를 두 명으로 좁혔다.

많다고 무조건 좋은 건 아니다. 일단은 신뢰할 수 있는 소수로 시작하자.

4

첫 번째 후보자는 노인들의 중심에 서서 쾌활하게 다양한 활동을 하는 노부인이다. 아마도 요양시설에서 일했던 게 아닐까 사부로는 추측했다. 그만큼 노인들을 잘 다뤘다. 거의 직원으로 보일 정도였다.

"엘리자 씨." 사부로는 마음을 단단히 먹고 말을 걸었다.

"네. 왜 그러세요?" 엘리자는 고상하게 미소 지었다. 다리가 약간 불편한 듯 자기 방과 홀을 오가거나 할 때는 휠체어를 탔지만, 일상적으로 걸어 다니는 데는 별문제가 없는 것 같았다.

"으음, 성함이 뭐였더라? 요즘에 기억력이 안 좋아져서……."

사부로는 일단 자기소개부터 했다.

"이야기하는 건 이번이 처음이니까 제 이름을 모르시는 게 당연하죠. 저는 당신이 다른 분과 이야기하는 걸 듣고 당신 이름을 알았습니다."

"어머, 그러셨군요."

엘리자는 사부로의 말과 행동을 딱히 수상하게 여기지는 않는 듯했다. 첫인상은 그다지 나쁘지 않은 모양이었다. 물론 안면을 트자마자 혐오감을 나타내는 사람은 별로 없고, 만약 그렇게 반응한다면 더 이상 접근하지 말아야 할 것이다.

자, 다음 단계. 대뜸 본론으로 들어가야 할까, 아니면 조금 시간을 들여서 관계를 쌓아야 할까.

자신에게 남은 시간이 얼마나 되는지 모르는 데다, 탈출 계획을 실행하는 데 며칠이 걸릴지도 모른다. 가능하면 냉큼 이야기를 진행하고 싶다. 하지만 초면에 갑자기 뜬금없는 소리를 하면 경계할지도 모른다. 그냥 거리를 두고자 할 뿐이라면 모르되, 최악의 경우에는 직원에게 알릴 수도 있다. 물론 직원들은 일본어를 모르는 것으로 되어 있지만, 실은 일본어를 이해한다고 봐도 무방하리라. 만약 직원들에게 사부로의 생각이 알려지면 탈출은 거의 절망적이다.

"이 시설에 들어오신 지 얼마나 되셨습니까?" 사부로는 무난한 대화로 시작했다.

"음, 확실하게 얼마나 됐는지 지금 당장은 모르겠네요. 하지만 혹시 정확한 숫자가 필요하시면 서류 같은 데 적어놨을지도 모르니까 방에 돌아가서 찾아본다든가……."

"아니요. 그렇게 정확하게 따지자는 게 아닙니다. 대강 얼마나 됐는지 궁금한 거예요."

"그렇군요. ……확실하지는 않지만 한 2, 3년은 되지 않았을까요?"

"저에 대해서는 알고 계셨습니까?"

"성함은 몰랐지만, 얼굴은 알고 있었어요."

"엘리자 씨가 여기 입주하셨을 때 저는 있었습니까?"

"그건 왜요?"

"그게, 중요한 일은 아니지만 요즘 기억력이 나빠져서 제 기억에 자신이 없어졌거든요. 그래서 다른 사람의 이야기와 조합해서 제 기억을 확인해보려고요."

"……저도 기억에는 별로 자신이 없어요. 그리고 실례지만 입주 당시엔 안면이 없었으니까 기억에 남지도 않았겠죠. 그러니 죄송하지만 사부로 씨가 언제부터 계셨는지는 말할 수 있는 상황이 아니라고 대답하는 수밖에 없겠네요." 엘리자는 안타까운 표정을 지었다.

"아니요. 죄송합니다. 제가 설명을 제대로 못 한 모양이네요. 그렇게 엄밀하게 따지자는 게 아닙니다. 그저 어쩐지 제 기억이 못 미더워서 다른 사람과 이야기해보고 싶었을 뿐이에요."

"누구나 나이를 먹으면 불안해지는 법이죠." 엘리자는 아무 의심 없이 사부로의 말을 받아들인 것 같았다.

"뭐, 옛날 일은 어쩔 수가 없습니다만, 이제부터는 서로 돕는 게 어떨까요?"

"돕다니요?"

"기억을 보완하는 것 말입니다. 가끔 이렇게 이야기를 나누면 서로 기억을 대조해서 확인할 수 있겠죠. 그럼 기억이 다소 선명해지지 않을까 싶습니다."

"기억을 선명하게 하고 싶으세요?"

이 질문에 사부로는 움찔했다. 기억을 선명하게 유지하고 싶은 게 당연하다고 생각했기에 대답이 궁했다.

어떻게 대답하면 좋을까?

"저어, 혹시라도 폐가 된다면 더 이상 말을 걸지 않겠습니다만……."

"그런 게 아니에요." 엘리자는 말했다. "순수하게 궁금해서요. 기억을 선명하게 유지하는 게 행복인지 불행인지."

"불행이라고 생각하십니까?"

"사람은 뭐든 다 선명하게 기억할 수 있는 게 아니에요. 즉, 기억하지 않아도 되는 일은 잊어버리는 것 아닐까요?"

"그렇게 볼 수도 있겠군요. 하지만 뭘 기억하고 뭘 잊어버릴지는 스스로 결정할 수 없잖습니까."

"실은 스스로 결정하는지도 몰라요."

"그런 건……."

불가능하다.

사부로는 그렇게 말하려고 했다.

하지만 정말로 그럴까. 어떤 기억을 지우기를 바랐다면, 그렇게 바랐다는 기억조차 지워야 의미가 있다. 그렇다면 지우고자 했다는 사실은 기억에 남지 않는 셈이다.

사부로는 정신이 혼란스러워질 것 같았기에 생각을 초기화하기로 했다.

"저와 당신이 기억을 서로 보완하면, 잊어버려야 할 기억을 잊지 못할지도 모른다는 말씀이군요. 하지만 만약 정말로 잊어버려야 할 일이 있다면, 뭘 어쩌더라도 분명 잊어버릴 겁니다. 그러니 제가 당신과 이야기를 나눠도 문제는 없을 겁니다."

"그럴지도 모르겠군요." 엘리자는 고개를 약간 기울였다. "그리고 그렇지 않을지도 모르고요."

"기억 이야기는 잊어버리셔도 상관없습니다. 나이 든 머리로 복잡한 생각을 하면 힘드니까요." 사부로는 웃었다. "제가 하고 싶은 말은 혹시 폐가 아니라면 이렇게 가끔 이야기를 할 수 없겠느냐는 겁니다."

"뭘 그런 걸 물어보고 그러세요?" 엘리자가 말했다. "만약을 위해 말해두는데, 지금 이 말은 '노 땡큐'라는 뜻이 아니라 '오케이'라는 뜻이에요."

그날부터 사부로는 엘리자와 대화를 나누는 사이가 되었다. 그리고 이 시설과 직원의 정체에 대해 가끔 의문을 던지고 상대의 반응을 살피며 조금씩 그런 화제를 꺼내는 빈도를 높여갔다.

"솔직히 나도 여기에 온 경위는 잘 생각이 안 나." 어느 날 저

녘녘에 중정에서 석양빛을 받으며 엘리자가 말했다.

두 사람은 이제 완전히 반말로 이야기를 나누는 사이가 되었다.

"그거 묘하지 않아? 그렇게 중요한 일을 잊어버리다니." 사부로는 의문을 제기했다.

"묘하다니 뭐가?"

"우리는 기억이 지워졌는지도 몰라."

"대체 뭣 때문에?"

"여기가 뭔가 특별한 시설이라는 사실을 우리가 알아차리지 못하도록 하려고."

"후후후." 엘리자는 소리 내어 웃었다. "옛날 어린이 드라마 같네. 하지만 여기는 특수한 능력이 있는 청소년을 모아둔 시설이 아니야. 여기에는 고령자들뿐인걸."

"고령자라고 특별하지 못할 건 없겠지."

"하지만 우리의 뭐가 특별한데? 다들 평범한 노인들이잖아."

"그렇지만 우리의 기억이 선명하지 못한 건 사실이야."

"정말로 그게 특별한 일일까?"

"그야 그렇겠지. 중요한 일을 생각해낼 수 없으니까."

"그렇다고 치자."

"그게 무슨 말이야?"

"우리는 모두, 당신도 포함해서 젊은 기분으로 지내고 있을 뿐이야."

"아니, 그렇지 않아. 제 나이에 어울리는 사고방식을 갖추고 있어."

"중요한 일은 전부 기억한다는 것도 당신의 옹고집일지 몰라. 그렇지 않다고 단언할 수 있어?"

"하지만 중요한 일을 잊어버리다니 이상하잖아."

"그건 젊은 사람이나 그렇지. 우리는 노인 중에 상노인이라고. 그러니 중요한 일도 잊어버릴 수 있어."

"'잊어버릴 수 있다'니 아주 낙관적인 표현이로군."

"중요한 일을 기억한들 아무 득도 없다면, 잊어버려도 된다는 뜻이야."

"아니, 입주한 이유를 잊어버려도 될 리가 있나."

엘리자는 잠시 생각하다 말했다. "그게 뭔가 언짢은 일이었더라도?"

사부로는 조금 놀랐다. 언짢은 이유로 여기에 들어왔다고는 생각도 안 해봤기 때문이다. 어쩌면 자식들이 자신을 돌보기가 힘들어서 여기에 처넣었을지도 모르지만, 설령 그렇더라도 사부로는 언짢지 않고 자식들을 원망할 마음도 없다.

하지만 만약…….

사부로는 다시금 생각했다.

고령자 시설에 들어가는 것이 언짢을 이유는 뭘까?

갑자기 한 가지 생각이 떠올랐다.

여기가 교도소, 또는 교도소에 준하는 시설이라면? 즉, 여기 수용된 사람은 법률에 저촉되는 짓을 한 노인이고, 형벌의 일환으로 또는 이미 형벌에 처할 수 있는 상태가 아닌 사람들을 수용하는 곳 아닐까?

물론 반증은 바로 떠오른다. 그러나 일단 싹튼 불신감은 지울 수 없을지도 모른다.

"언짢은 일이라도 마찬가지야." 사부로는 딱 잘라 말했다. "만에 하나, 우리의 과거에 켕기는 일이 있었더라도…… 아니, 있었다면 더더욱 그걸 백일하에 드러내야겠지."

"당신은 용기가 있구나."

"용기하고는 좀 달라. 오히려 호기심에 가깝……." 사부로는 입을 다물었다. 한 여자 직원이 두 사람에게 다가온 것이다.

"왜 갑자기 입을 다물어?" 엘리자는 직원이 다가오는 줄 모르는 모양이었다.

"사부로, 혹시 우리가 나쁜 짓을 해서 여기 갇혔다고 생각하는 거야? 그렇다면 이곳 직원은 간수인가?"

직원이 만약 일본어를 이해한다면 엘리자의 말을 확실히 들었을 거리에 있었다.

사부로는 긴장해서 가슴이 찌부러질 것 같았다.

아니, 괜찮다. 방금 그 말에 핵심적인 내용은 포함되지 않았다. 애당초 엘리자에게는 아직 탈출 계획을 전달하지 않았으니까 아무 걱정 할 필요 없다.

직원은 미지의 언어로 말을 걸었다.

엘리자는 드디어 직원이 온 줄 알아차린 듯했다. 하지만 전혀 당황하지 않고 웃음을 지었다. "아가씨, 왜? 우리한테 볼일이라 도 있어?"

직원은 사부로와 엘리자를 교대로 바라보고 기쁜 듯이 뭔가 말하더니 물러갔다.

"뭐야 이건?" 사부로는 팽팽했던 긴장의 끈이 툭 끊어져 온몸 에서 힘이 빠졌다. 휠체어에 앉아 있지 않고 서 있었다면 분명 그 자리에 주저앉았으리라.

"어머, 모르겠어? '두 분 정말 사이가 좋아서 부럽네요'라고 했어."

"그러니까 놀렸다는 거야?"

"응. 그렇지."

"놀랍군."

"직원들도 농담 정도는 해."

"아니, 그게 아니라 당신이 직원 말을 이해했다는 데 놀랐어."

"직원의 말을 이해했다고? 아니야. 말은 몰라."

"하지만 방금 직원 말을 통역해줬잖아."

"말을 알아들은 게 아니야. 말투와 몸짓으로 추측한 거지."

"그럼 그냥 추측으로 말한 거야? 확실한 증거는 없고?"

"응. 하지만 아마 맞을걸."

"내 생각도 그렇기는 해. 하지만 감을 믿어도 될지……."

"감은 무시할 수 없어. 논리적으로 설명할 수 없을 뿐, 머릿속 으로는 분명하게 계산이 되거든."

"하지만 말로 설명할 수 없으면 정말로 옳은지 검증할 수가……." 사부로는 갑자기 이야기를 멈췄다.

"왜 그래?" 엘리자가 주변을 둘러봤다.

"누가 보고 있어."

"이제 직원은 근처에 없는데?"

"직원이 아니야. 뭔가 다른……."

"뭔가 다른?"

두 사람은 그림자에 감싸였다. 하지만 주위에는 아무도 없었다.

위다!

사부로가 올려다본 순간, 그림자가 휙 사라졌다. 너무 재빨라서 사부로의 동체시력으로는 그 모습을 파악할 수 없었다.

엘리자도 하늘을 올려다봤다.

이제 아무것도 없었다.

"무슨 일 있었어?"

"아주 잠깐, 뭔가가 우리 위에 있었어."

"구름이 지나갔다는 뜻?"

"아니. 좀 더 낮은 위치였어."

"그럼 분명 드론일 거야."

드론. 오랜만에 듣는 단어였다. 그렇다. 분명 그런 기계가 존재했다.

"이 시설에서 드론을 본 적이 있어?" 사부로는 물었다.

"아니. 하지만 날아다녀도 이상할 건 없잖아?"

"뭣 때문에 그런 걸 날리는데?"

"글쎄, 옥상 상태라도 조사하려던 거 아닐까? 보수도 필요할 테니까."

그건 드론이 아니었다. 적어도 내가 아는 드론은 아니다.

사부로는 온몸에 땀이 송골송골 맺혔다.

그건 의사를 지닌 존재였다. 분명히 우리를 감시하고 있었다.

하지만 지금 굳이 그 사실을 엘리자에게 알릴 필요는 없다.

"맞아. 아마 그렇겠지."

방금 그것이 꼭 적이라는 보장은 없다.

사부로는 스스로를 타일렀다.

나를 감시한다면 직원을 이용하는 것이 합리적이다. 그렇다면 그건 내게 뭔가 전하러 온 '협력자'일지도 모른다.

"어디 안 좋아? 땀으로 푹 젖었네." 엘리자가 걱정스럽게 말했다.

사부로는 말없이 땀을 닦았다.

땀이 끊임없이 나는데도 한기는 멈출 줄 몰랐다.

5

사부로가 다음으로 동료로서 점찍은 사람은 서가 앞에서 자주 마주치는 남자였다. 다리와 허리가 제법 튼튼한 듯, 휠체어에서 일어서서 지팡이도 없이 선 채로 책을 찾고는 했다.

그날 저녁 식사 후에도 책을 다섯 권이나 끌어안은 채 몇 권 더 고르고 있는 것 같았다.

사부로가 그를 동료로 삼고자 한 것은 지적 호기심이 왕성할 뿐더러 인생을 적극적으로 즐기고자 하는 마음가짐이 느껴졌기 때문이다.

"책을 좋아하나?" 사부로는 남자에게 말을 걸었다.

책을 한 권 더 뽑은 남자는 잠시 어리둥절한 표정이었지만, 한쪽 눈썹을 약간 치켜세우고 대답했다. "그런 생각은 해본 적이 없지만, 듣고 보니 책을 좋아하는지도 모르겠군."

"좋아하는 거야. 여기 오면 언제든지 책을 읽을 수 있는데 일부러 방에 책을 여섯 권이나 가져가려고 하잖아. 그런 짓은 책을 좋아하는 사람밖에 안 해."

"뭐, 고작 여섯 권으로는 모자라지만."

"그러니까, 방으로 돌아가서 아침을 먹을 때까지 책을 일곱 권이상 읽겠다는 거로군."

"아니. 아무래도 그 정도는 아니지. 다만 같은 책을 계속 읽으면 지루하니까 책 여러 권을 돌아가며 읽는 버릇이 있거든."

"그러면 혼란스럽지 않아?"

"열 권 정도라면 괜찮아." 남자는 또 눈썹을 치켜세웠다.

어쩐지 미스터 스팍(〈스타트렉〉의 우주비행선 엔터프라이즈호의 부함장 – 옮긴이) 같군.

사부로는 SF 드라마의 등장인물을 떠올렸다.

만약 미스터 스팍과 비슷한 능력을 가졌다면 탈출할 때 큰 도움이 되리라. 물론 그렇게까지 크게 기대해서는 안 되겠지만.

"이봐, 한 번 읽은 책을 잊어버린 적은 없나?"

"한 번 읽은 책을 잊어버리느냐고?" 남자는 턱에 손가락을 대고 생각했다. "그건 내용을 모조리, 한 글자 한 구절도 기억하지 못하느냐는 뜻인가?"

"설마, 그럴 리가. 그 책을 읽었는지 안 읽었는지 기억하지 못하느냐는 뜻이야."

"자네는 그래?"

"부끄럽지만."

"딱히 부끄러운 일은 아니겠지. 엄청난 독서가도 하루에 몇십 권을 읽으면 그럴 수 있을 거야."

"아니. 난 기껏해야 두세 권뿐인걸. 대개의 경우 한 권 읽을까 말까 해."

"흠." 남자는 다시 턱에 손가락을 대더니 사부로의 얼굴을 빤히 쳐다봤다. "그렇다면 나이를 먹어 기억력이 감퇴한 탓일 가능성이 높겠군. 자네는 몇 살이나 되었지?"

"대략 백 살 정도가 아닐까 싶은데."

"과연. 자기가 몇 살인지 정확하게 모른다니, 기억력이 감퇴했을 가능성이 더더욱 높아지는군."

이 남자는 두뇌가 아주 명석한 것 같다. 기억도 혼탁해지지 않은 듯하다.

"그런데 여기에 들어왔을 때는 기억나나?"

"여기에 들어왔을 때라……." 남자는 다시 턱에 손가락을 갖다 댔다. "그거 흥미롭군."

"무슨 일이 있었는데?"

"기억이 잘 안 나. 여러 가지 번잡한 절차를 밟은 기억은 나지만 구체적인 일은 떠오르지 않아."

"뭐야. 당신도 우리와 똑같은 건가."

"흥미롭군."

"뭐가?"

"내 기억 말이야. 왜 특정한 기억만 빠져 있는 걸까."

"그야 나이를 먹어서겠지. 아까 당신이 그렇게 말했잖아."

"나이를 먹어서 기억력이 감퇴했다면, 먼 옛날의 기억이 선명한 것에 비해 최근 기억이 흐릿해지는 법이야."

"그건 사람마다 다르지 않을까?"

"물론 그렇지. 하지만 나는 기억에 별다른 문제가 없었어. 그런데 특정 기간의 기억만 흐릿하단 말이야. 이건 아무래도 부자연스러워."

"이유는 알겠나?"

"아니. 해명하기에는 정보가 부족해."

"해명하고 싶지는 않고?"

"음." 남자는 다시 생각에 잠겼다. "아주 흥미를 자극하는 주제이기는 한데……."

"해명하는 데 뭔가 문제가 있나?"

"이 기억 장애가 인위적인 행위일 가능성을 생각하고 있었어. 만약 그렇다면 그런 조치를 취한 인물 또는 조직은 우리가 그 점에 대해 탐구하는 걸 잠자코 보고 있지 않을지도 몰라."

참으로 날카로운 통찰력이다. 이 남자는 고작 몇 분 대화만 나누고서 내가 '협력자'의 암호를 통해 간신히 도달한 경지에 도달했다.

어떻게든 이 남자를 동료로 삼아야 한다.

"기억을 지운 놈들에게 한 방 먹여주고 싶지는 않아?"

"그건 그 인물 또는 조직과 대립하겠다는 뜻인가?"

"결과적으로는 그렇게 되겠지."

그렇지 않다고 대답해도 이 남자는 수긍하지 않으리라.

"과연. 흥미롭군." 남자는 한쪽 눈썹을 치켜세웠다. "우리는 압도적으로 불리한 상황에 처해 있어. 아마도 상대는 우리의 정보를 모조리 쥐고 있겠지만, 우리에게는 그 또는 그녀 또는 그들에 대한 정보가 전혀 없지. 그리고 우리는 항상 감시당하고 있을 가능성이 있어. 이곳 직원이 적의 수하일 가능성마저 존재하지. 그렇다기보다 그럴 가능성이 몹시 높을 거야. 만약 우리 계획이 적에게 들통 나면 즉시 격리하거나 다른 장소로 이동시키는 등의 조치를 취할지도 몰라."

"그래. 이건 위험한 시도일지도 몰라. 내키지 않는 사람을 억지로 끌어들일 수는……."

"제안을 받아들이지. 아주 지적이고 자극적인 이야기야." 남자는 손을 내밀었다.

"나는 도크라고 부르면 돼. 자네는?"

"나는 사부로야."

"지금 자기소개를 하려다가 알았는데, 나도 몇 살인지 확실하게 모르겠어. 나이를 망각시키다니 완전히 인권 침해잖아."

"대강 몇 살쯤인데?"

"아마 자네랑 비슷하겠지."

"그럼 우리 팀의 이름은 헌드레즈가 어떨까?" 사부로는 도크의 손을 꽉 잡았다.

6

　사부로는 홀 구석에서 악전고투하고 있었다. 전동 휠체어의 조종간을 떼어내려고 했지만, 아무래도 쉽지 않을 듯했다. 시간을 너무 오래 끌면 직원에게 들킬지도 몰라 초조했다.

　"무슨 일 있어?" 뒤에서 갑자기 여자가 말을 걸었다.

　사부로는 결국 직원에게 들켰구나 싶었지만 직원이라면 일본어로 부르지 않으리라는 것을 깨달았다.

　머뭇머뭇 돌아보자 여자 거주자가 사부로를 흥미롭게 바라보고 있었다. 엘리자와 달리 그렇게 고상한 느낌은 아니었다. 오히려 싹싹하게 말을 걸어오는 타입이다. 눈은 마치 사춘기에 접어들기 전의 소녀처럼 장난스럽게 빛났다.

　"그게……." 사부로는 어느 정도 사실을 말해야 할까 고민했다. "휠체어 조종간을 떼어내려는 중이었어요."

"상태가 안 좋아?"

"그, 뭐라고 할까……."

확실히 상태는 안 좋다. 숲속으로 들어가려고 하면 멈춘다. 하지만 대뜸 그렇게 핵심적인 이야기를 꺼낼 수는 없었다.

"작동 원리를 알고 싶어서."

"원리는 그렇게 복잡하지 않을 거야. 아마 모터에 스위치를 넣는 게 다일걸. 뭐, 속도를 미세하게 조정할 수 있도록 인버터 같은 건 들어 있겠지만."

"전기계통에 대해 잘 아십니까?"

"그럭저럭. 그쪽을 연구했었거든. 학생 시절이었지만."

문득 사부로는 이 여자에게 부탁해볼까 싶은 기분이 들었다.

"열어볼 수 있을까요?"

"당연하지." 여자는 휠체어 조종간을 힐끗 보고 말했다. "하지만 섣불리 열었다가 고장이라도 나면 골치 아파."

"그렇게 쉽게 망가집니까?"

"제품에 따라 다르지. 사용자가 멋대로 열어서 내부를 만지작거리면 난리 나니까 일부러 열기 어렵게 해놓은 제품도 있어. 특별한 공구를 사용하지 않으면 부서지도록 만든 제품도 있고."

"이것도 그럴까요?"

"아마 그렇게 복잡한 짓을 하지는 않았을 거야. 하지만 멋대로 분해하면 제조사의 무상 보증 기간이 적용되지 않을 수도 있어."

"그렇더라도 저희하고는 상관없겠죠?"

"이곳 사용료에 추가될지도 모르지."

"저는 사용료를 낸 기억이 없습니다만, 당신은 내셨습니까?"

"직접 내지는 않았어. 아마 은행에서 자동이체가 되든지 하겠지."

"누구 계좌에서요?"

"그딴 건 몰라. 아마 내 계좌나 딸의 계좌겠지."

과연. 이 여자도 그런 쪽 사정은 모른다.

"망가지면 제가 변상하겠습니다." 그리고 사부로는 작은 목소리로 말을 이었다. "다만 최대한 이곳 직원에게는 들키지 않도록 작업해주세요. 물론 만에 하나 들키면 제가 책임지겠습니다."

"잠깐만 있어봐." 여자는 호주머니에서 작은 드라이버를 꺼냈다.

"그런 도구를 늘 가지고 다니십니까?"

"가지고 다니면 편리하거든." 여자는 몇 초 후에 조종간을 떼어냈다.

"생각한 대로 단순한 구조로군. 이 프린트 기판에 필요한 부품이 전부 얹혀 있어. ⋯⋯응?"

"왜요?"

"패치형 안테나가 들어 있군."

"그 말씀은 즉⋯⋯."

"뭔가 수신하든지 송신하든지, 아니면 양쪽 다야."

아. 역시.

사부로는 납득했다.

"그거 무효화할 수 있을까요?"

"단순히 동작을 멈추려면 안테나를 회로에서 떼어내면 되니까 간단하지만, 정말로 그래도 되나?"

"그게 무슨 말씀이시죠?"

"이 휠체어에서 송신도 되지 않을 테니, 회로에 손을 댔다는 걸 통신 상대가 알아차릴지도 몰라."

"아, 그건 곤란하겠는데요."

"그나저나 안테나는 왜 없애고 싶은 건데?"

"가끔 휠체어가 제 뜻대로 움직이지 않아서요. 그걸 방지하고 싶은 겁니다."

여자는 잠시 생각에 잠긴 후 작게 휘파람을 불었다. "어이, 어이, 어이, 어이! 설마 반란을 꾀하는 건가?!"

"어째서 이야기가 그렇게 됩니까?"

사부로는 필사적으로 머리를 굴리려고 했다.

어떻게든 얼버무리고 넘어가지 않으면…….

"이 전동 휠체어는 이 시설의 설비야. 그렇다면 이 안테나와 회로를 장착한 것도 시설 쪽이겠지. 아닌가?" 여자가 말했다.

"확답은 못 하겠지만 아마 그렇겠죠."

"당신은 휠체어가 당신 뜻대로 움직이지 않는다고 했어. 하지만 실제로는 그 반대겠지? 즉, 당신이 시설의 뜻에 어긋나는 행동을 하지 않도록 이 안테나와 회로를 장착했다."

"뭐, 그렇겠죠."

"그걸 떼어내고 싶다는 말인즉슨, 당신이 시설의 뜻에 어긋나는 행동을 하고 싶다는 뜻이야. 그것도 몰래. 요컨대 당신은 시설에 불만을 품고 뭔가 반란을 꾀하려고 한다, 이상."

안타깝게도 이 여자를 속이기는 불가능할 듯했다. 하지만 그건 기쁜 일이기도 하다.

"딱히 시설에 손해를 끼치고 싶은 건 아닙니다. 그저 호기심을 억누를 수 없을 뿐이에요."

여자는 다시 호주머니에 손을 넣더니 작은 테스터를 꺼냈다.

"그런 도구를 늘 가지고 다니십니까?"

"가지고 다니면 편리하거든." 여자는 테스터 단자를 프린트 기판 두세 곳에 댔다. "가능해."

"뭐가요?"

"회로를 속일 수 있다고. 안테나에서 입력되는 신호를 가짜 회로로 흘려보내서 종료시키면 수신된 신호를 무효화할 수 있어. 하지만 휠체어의 송신 신호는 그대로 출력되지."

"그러면 신호가 올바르게 송수신되지 않을 테니 들통날지도 모르겠군요."

"상대가 인간이라면. 하지만 인간이 대응하고 있을 것 같지는 않은데."

"어째서죠?"

"기구가 너무 단순해. 복잡한 작업에는 적합하지 않아. 즉, 통신 상대도 단순한 기계일 가능성이 높지."

"아니면 아르바이트생일지도요."

"그럴 수도 있겠지. 하지만 아르바이트생이라면 기계의 상태가 다소 이상하더라도 신경 끄지 않을까?"

참 적당하게 넘어가는 할머니다. 하지만 이 대범함과 빠른 결단력은 버리기에 아까운 재능이다. 전기계통과 기계에도 강한 것 같고.

"그럼 개조를 부탁드릴 수 있을까요?"

여자는 호주머니에서 납땜인두와 작은 부품을 꺼냈다.

"그런 도구를 늘 가지고 다니십니까?"

"가지고 다니면 편리하거든."

작업은 10여 초 만에 끝났다.

"앞으로 상담을 부탁드려도 괜찮겠습니까? 저는 사부로라고 합니다."

"알았어. 나는 밋치라고 해."

두 사람은 악수를 나누었다.

7

사부로는 동료 세 명과 자주 대화를 나누었고, 나중에는 일대
일이 아니라 세 명 또는 네 명이서 이야기를 하게 되었다. 대화
내용은 잡담이나 소설, 만화, 영화, 드라마, 그리고 뉴스에 나온
일 등의 옛날이야기뿐이었지만, 얼마 지나지 않아 사부로는 이
시설 자체에 대한 의문을 제기했다. 그리고 그들의 기억이 부자
연스럽다는 것도.

제일 강하게 관심을 보인 사람은 역시 도크였다. 그러나 도크
는 조용해서 자신의 의견을 적극적으로 표명하지 않기 때문에
사부로 말고 다른 사람의 눈에는 별로 관심이 없는 것처럼 보였
을지도 모르겠다.

엘리자는 사부로의 의문에 회의적인 반응을 보였다.

일단 음모론에 사로잡히면 모든 일을 음모로 설명할 수 있을 듯한 착각에 빠진다. 평온한 생활을 보내기 위해서는 엉뚱하고 유별난 가설을 가져와서는 안 된다는 것이 엘리자의 의견이었다.

밋치는 어느 쪽이라도 상관없다고 생각하는 것 같았다. 하지만 사부로가 시설에서 빠져나가겠다는 이야기를 꺼내자마자 눈빛이 달라졌다. 음모의 진위는 아무래도 상관없지만, 갖가지 탈주 방지 시스템을 해제하는 데 크게 흥미를 느낀 듯했다.

"모두가 여기 온 경위를 거의 기억하지 못하는 건 확실히 이상하다고 할 수도 있겠지만, 다들 고령자라는 걸 고려하면 절대로 있을 수 없는 일은 아니잖아?" 엘리자가 말했다.

"직원이 일본어를 할 줄 모르는 건?" 사부로는 물고 늘어졌다.

"그야 운영 경비를 줄이려고 그런 거 아니겠어? 애당초 직원이 일본어를 할 줄 모르는 거랑 음모가 무슨 관계인데?"

"일본어를 할 줄 알면 거주자와 이야기할 수밖에 없겠지?"

"그게 어쨌는데?"

"여기가 어떤 시설이고, 왜 우리가 갇혀 있는지 질문을 받기 싫은 거야. 이야기를 하면 결국엔 허점이 드러날 테니까."

"그건 전부 당신 추측일 뿐이잖아? 물적 증거는 하나도 없어."

"없기는. 이 휠체어가 증거야. 밋치, 당신은 내부를 봤지? 회로가 특수했다는 걸 모두에게 설명해줘."

"음." 밋치는 난감한 표정을 지었다. "뭐, 묘한 회로는 들어 있었지만 특수하다고 할 정도는 아닌데."

"휠체어가 어떤 구역에서 나가려고 하면 멋대로 모터가 정지하도록 되어 있어." 사부로는 더 자세하게 설명했다.

"덧붙여 내 것도 포함해서 모두의 휠체어에 같은 회로가 장착되어 있는 걸 확인했어." 밋치가 보충했다.

"그 점은……." 도크가 혼잣말하듯이 중얼거렸다. "그렇게 신기할 것 없어. 시설의 특성을 고려하면."

"시설의 특성이라니, 여기가 어떤 시설인지 안다는 거야?" 사부로가 물었다.

"일단 고령자 시설이라고 가정해보자. 실제로 그래 보이니까. 오히려 그 이외의 시설로는 안 보여."

"표면상으로는 그렇지."

"그렇다면 거주자가 밖을 나돌아다녀서는 곤란해. 특히 휠체어가 필요한 사람이 밖에 나갔다가 사고라도 당하면 큰일이야."

"앞뒤는 맞는군."

"앞뒤가 맞는다면 음모의 증거가 아니겠지."

"당신도 음모설에는 공감했잖아?"

"맞아. 하지만 기분만 가지고 일은 진행할 수는 없어. 일단 우리에게 필요한 건 음모가 존재한다는 증거야."

이래서는 불리하다.

사부로도 간단히 설득할 수 있을 것이라고는 생각지 않았다. 하지만 자신을 가장 잘 이해해줄 것이라 믿었던 도크마저 회의적인 태도를 취하다니.

어쩔 수 없다.

"그럼 내 방으로 가지. 증거를 보여줄게."

모두가 사부로의 방에 들어오자 사부로는 일단 밋치에게 귓속
말했다. "이 방에 몰래카메라가 있는지는 알 수 없을까?"

밋치는 호주머니에서 라디오 같은 물건을 꺼내 거기 달린 이
어폰을 귀에 꽂았다. 그리고 잠시 다이얼을 돌렸다.

"괜찮아. 몰래카메라도 도청기도 없어."

"최신식 하이테크 카메라도 빼놓지 않고 찾아낼 수 있는 거야?"

"글쎄." 밋치는 어깨를 움츠렸다. "하지만 그렇게 엄청난 카메
라로 감시하고 있다면 이쪽 행동은 벌써 발각됐을걸. 그런 건 없
다고 가정해야지. 아니면 더 이상 아무것도 못 해."

사부로는 고개를 끄덕였다.

밋치 말이 옳다. 완벽한 안전과 안심을 추구하다가는 영원히
아무것도 못 하리라.

사부로는 서랍을 열고 일기장을 꺼냈다. "이게 증거야."

사부로는 일기장을 팔락팔락 넘겨보도록 시켰다.

세 사람은 한 명씩 일기장에 심긴 암호를 읽었다.

"의심할 여지는 없겠지."

엘리자는 한숨을 쉬었다. "진심으로 이게 무슨 증거가 된다고
생각하는 거야?"

"그야 이건 내 일기장이니까 '협력자'가 내게 메시지를 보냈다

고 받아들이는 게 자연스럽잖아."

"호의적으로 생각해보자." 도크가 입을 열었다. "자기 일기에 자기가 모르는 메시지가 담겨 있다면 당연히 누군가가 보낸 비밀 메시지라고 생각하겠지."

"도크, 당신은 알아줄 줄 알았어."

"하지만 그건 어디까지나 자네 입장에서야."

"그게 무슨 소리야?"

"그 메시지를 쓴 사람이 자네가 아니라는 건 명백해. 어디까지나 자네 입장에서만."

"당신들에게는 명백하지 않다는 거야?"

도크는 고개를 끄덕였다. "그 메시지는 자네가 썼을 가능성이 있어."

"내가 거짓말한다는 거야?" 사부로는 얼떨떨한 기분이었다. 왠지 그들이 자신을 믿어줄 것 같았기 때문이다.

"그런 말은 안 했어. 나는 그저 그 암호가 자네에게만 '협력자'의 존재를 증명하는 증거일 뿐, 우리에게는 증거도 뭐도 아니라고 말했을 뿐이야."

"그게 그거잖아!" 사부로는 그만 언성을 높이고 말았다.

"진정해." 밋치가 끼어들었다. "아무도 네가 거짓말했다고는 생각 안 해. 하지만 그 일기장은 증거가 아니라는 이야기지. 그뿐이라고."

그렇다. 그 말마따나 지당한 발언이다.

사부로는 눈을 감고 두세 번 심호흡을 했다.

이 세 사람은 내가 망상에 사로잡혀 있다고 믿는 것이다. 잘 생각해보면 이런 이야기는 믿기지 않는 것이 당연하다.

교묘한 '협력자'의 암호가 새삼 감탄스러웠다. 암호를 다른 사람에게 들키지 않을까 걱정했지만, 설령 들켜도 내가 쓴 것이라고 여겨진다. 거의 완벽한 암호라고 할 수 있으리라.

하지만 그 교묘함이 오히려 화가 되고 말았다. '협력자'가 실제로 존재한다는 사실을 증명할 증거가 전혀 없다.

"알았어. 지금 당장 '협력자'의 존재를 증명하는 건 포기할게." 사부로는 말했다.

"그래. 일단 자기 자신과 똑바로 마주하는 것부터 시작해야 해." 엘리자는 안도한 듯 말했다.

"미안하지만 나는 당신들을 설득하는 데 별로 시간을 들이고 싶지 않아."

"반대야. 우리가 당신을 설득하는 거지."

"그럼 그 설득의 일환이라고 해도 좋아. 게임을 하지 않겠어?"

"무슨 게임?"

"탈출 게임."

"어디에서 탈출하는데?"

"이 시설에서 탈출하기 위한 게임이야."

"그런 형식의 게임을 하는 거로구나."

"형식이 아니야. 실제로 탈출하는 거지. 당신들은 내가 하는 말이 옳다는 '척'을 하면 돼. 그래서 실제로 탈출에 성공하면 내 말이 옳다는 게 증명되겠지."

"탈출했는데 아무것도 없으면? 여기가 시골에 있는 고령자 시설임을 아는 게 전부일 수도 있어."

"그럼 그걸로 된 거지. 나는 망상에서 해방되는 셈이야. 다른 두 사람의 의견은?"

"나는 보류할게." 밋치가 말했다. "괜한 짓을 해서 직원에게 찍히기는 싫거든. 가지고 있는 도구들을 압수라도 당하면 살맛이 안 날 거야."

"그럼 아쉽지만 당신은 참가 안 해도 돼." 사부로는 실망의 빛을 감추지 않았다. 설마 이 시점에서 탈락자가 나올 줄은 생각도 못 했다. "도크는?"

도크는 턱에 손을 대고 생각에 잠겼다.

이봐. 당신까지 겁먹은 거야?

"당신도 뭔가 잃을까 봐 무서워?"

"뭔가 잃을까 봐 무섭냐고? 무슨 소리지?" 도크는 무표정하게 물었다.

"이럴 때 평소 같으면 재깍 대답하잖아? 꽁무니를 빼려는 거 아니야?"

"그런 거 아니야. 애당초 자네의 제안을 받아들이기가 불가능해서 그래. 자네의 진의를 헤아릴 수가 없어."

"왜 내 제안을 받아들이기가 불가능하다는 거야?"

"탈출 게임은 할 수 없으니까."

"할 수 있어."

"못 해. 왜냐하면 여기는 탈출 게임장이 아니니까. 여기는 고령자 시설이고 거주자는 밖으로 못 나가도록 되어 있어. 그러니까 애초에 탈출 계획은 실행이 불가능해. 증명 끝."

"아니. 건물에서 나갈 수는 있어. 적어도 나는 성공했다고."

"진정하고 생각 좀 해보자." 엘리자가 말했다. "그냥 당신이 성공했다고 믿는 거 아닐까?"

사부로는 더욱 실망했다.

아무래도 엘리자는 자신을 전혀 믿지 않았던 모양이다. 치매에 걸린 줄 알고 내 얘기에 맞춰줬을 뿐인지도 모른다.

엘리자의 말을 듣고 밋치도 내게 의심 어린 눈빛을 던지는 것 같았다. 도크만 차분함을 유지했지만, 이 또한 정말로 나를 믿는 건지 그저 놀리는 건지 자신이 없어졌다.

"아무튼 밖으로 나가자. 그러고 나서 생각해보자."

"그러니까 밖으로는 못 나간대도. 밖으로 통하는 문은 잠겨 있고, 지문을 인증해야 열려. 당연히 우리 지문은 등록돼 있지 않고."

"그 문제라면 이걸 사용하면 돼." 사부로는 호주머니에서 골무를 꺼냈다. "여섯 개 있으니까 우리 모두가 사용할 수 있지."

세 사람은 얼떨떨한 표정으로 사부로를 쳐다봤다.

"그게 뭐야?" 엘리자가 물었다.

"지문이 찍힌 골무야. 각각 다른 지문이 찍혀 있으니까 모두 함께 여기서 나갈 수 있어."

밋치가 골무 하나를 낚아채듯 가져갔다.

"앗." 사부로가 제지할 여유조차 없었다.

밋치는 호주머니에서 돋보기를 꺼내서 골무를 관찰했다.

"쓸 만해?" 도크가 물었다.

"만듦새는 완벽해. 만약 이 지문이 등록돼 있다면 도움이 되겠어. 이 지문이 등록돼 있는지는 알 길이 없지만."

"적어도 하나는 통했어."

세 사람이 다시 사부로의 얼굴을 봤다.

"뭐야. 내 얼굴만 자꾸 보고."

"나갔었어?" 밋치는 여전히 의문스러운 듯했다.

"아까부터 계속 그렇게 말하지 않았나?"

"이거 쉽게 만들 수 있는 거야?" 엘리자가 밋치에게 물었다.

"쉽게는 못 만들어. 아마추어에게는 무리지. 나만 한 기술이 있으면 시설에 있는 재료로 만들 수 있을지도 모르지만, 지문을 손에 넣기가 힘들어."

모두 입을 다물었다. 각자 뭔가 생각하는 모양이었다.

"내가 뭐 하면 안 될 말이라도 했어?" 침묵을 견디지 못하고 사부로가 말을 꺼냈다.

"이거…… '협력자'가 있다는 증거 아닌가?" 도크가 무거운 입을 열었다.

"앗!" 사부로는 손뼉을 짝 쳤다.

"꼭 그렇다고 볼 수는 없지 않나?" 엘리자가 말했다. "사실 사부로 씨는 우수한 기술자고, 우리에게 한 방 먹이려고 이걸 만들었을 수도 있고. 아니면 사부로 씨와 밋치 씨가 한통속이거나."

"장난치고는 공이 너무 많이 들어. 애당초 이런 걸 만들 수 있을 정도면 우리를 설득할 방법은 얼마든지 있었을 거야." 도크가 말했다. "그리고 밋치와 한통속이라면 밋치를 동료로 끌어들이지 않는 편이 우리를 속이기 쉬울 텐데, 굳이 동료로 삼다니 부자연스러워."

"당신이 그렇게 추리할 걸 예상했을 수도?"

"그렇다면 사부로는 엄청난 천재야. 그럴 경우 사부로에게 거역하는 건 파멸을 의미하겠지. 순순히 따르는 게 무난할 거야. 그런데 자네가 생각하기에 사부로가 엄청난 천재 같나?"

"아니. 사부로 씨는 머리 회전이 빠른 반면 얼빠진 면도 있어서 재미있지만, 천재 부류는 아니야."

"지금 그거 칭찬이야, 비방이야?" 사부로는 눈을 동그랗게 떴다.

"칭찬으로 받아들이도록 해." 도크가 말했다. "그러면 아무도 손해를 보지 않으니까."

"그런데 어떻게 할 거야?" 밋치가 말했다.

"일단 이 골무의 성능을 확인해보자." 도크가 한쪽 눈썹을 치켜세웠다.

8

몇 명이 밖에 나갈지, 그리고 걸어갈지 휠체어를 탈지, 몇 번이나 의논을 했다.

처음에 사부로는 헌드레즈 멤버가 다 함께 밖에 나가자고 주장했다. 아마도 기회는 한 번밖에 없을 것이다. 이 기회를 놓치면 탈출하지 않은 나머지 멤버는 밖에 나갈 기회를 다시는 얻지 못할 것이다.

"아니. 그건 위험성이 너무 높아." 도크가 반론했다. "네 명이나 동시에 나가면 직원에게 발견될 가능성이 단숨에 높아지겠지. 밖에 나갈 멤버는 두 명이 타당한 선이야. 덧붙여 우리는 바깥에 대해 전혀 몰라. 처음부터 멀리 가려는 건 너무 낙관적인 생각이지. 처음에는 부근을 정찰해야 해."

"그랬다가 이번 정찰이 적에게 발각되면 어쩌려고?"

"적의 존재 여부는 아직 몰라."

"적이 없다면 왜 우리는 갇혀 있는 거지?"

"우리가 노망이 나서 밖에 나가면 성가셔지는 노인이기 때문이겠지?" 밋치가 농담처럼 말했다.

"모두가 가지 않겠다면 나 혼자서 가겠어." 사부로는 선언했다.

"혼자서는 위험해." 도크가 타일렀다. "무슨 문제가 일어났을 때를 대비해서 두 명이 나아."

"문제에 대처하려면 두 명보다 세 명이 낫겠지. 네 명이면 더 좋을 테고."

"몇 번 말해야 알아듣겠나? 네 명이 동시에 나가면 오히려 위험성이 높아진다니까. 다시는 시도할 수 없어질 거야."

"……알았어. 그럼 둘이서 가자고. 한 명은 나. 괜찮지?"

"자네가 밖에 나가야 마땅할 이유는 없어. 하지만 자네가 나가면 안 될 이유도 없지." 도크는 신중하게 말했다.

"그래서, 어느 쪽인데?"

"자네가 가고 싶다면 나는 말리지 않겠어."

"고마워. 두 사람은?" 사부로는 여자들에게 물었다.

"나도 안 말려." 밋치가 말했다.

"가능하면 그만두길 바라지." 엘리자가 말했다. "하지만 말려도 나갈 작정이구나. 그럼 억지로 말릴 수는 없겠네."

"그럼 나머지 한 명을 뽑자. 지원자는 손을 들어." 사부로가 재촉했다.

도크와 엘리자가 손을 들었다.

"밋치, 당신은 밖에 나가고 싶지 않아?" 사부로는 물어봤다.

"나가고 싶으냐 나가기 싫으냐를 묻는다면 나가고 싶어. 하지만 꼭 선발대는 아니어도 돼. 콕 짚어 말하자면 나는 휠체어의 성능에 흥미가 있어. 내 개조가 유효할지 궁금하군."

"당신이 개조한 휠체어가 잘 통하지 않을 가능성이 있어?" 사부로는 불안스럽게 물었다.

"잘 통할 거야. 하지만 무슨 일이든 100퍼센트 완벽한 건 없으니까."

"이번 정찰에 밋치가 참가하는 건 나도 반대야." 도크가 말했다. "다른 사람은 밋치의 재능을 대신할 수 없어."

"엘리자, 당신은 탈출에 반대하는 거 아니었어?"

"반대해. 웬만하면 아무도 안 나가면 좋겠어. 하지만 당신이 간다면 함께 가는 수밖에. 당신이 폭주하는 걸 막기 위해서."

"폭주? 그게 무슨 소리야?"

"이번에는 어디까지나 정찰이 목적이야. 하지만 당신은 기회가 있으면 이대로 달아날 생각이지. 아니야?"

과연 어떨까? 사부로 스스로도 알쏭달쏭했다. 처음에는 기회만 있으면 언제든지 탈출할 작정이었다. 하지만 이렇게 동료를 얻은 이상, 그들을 버릴 수는 없다는 기분도 든다. 가능하면 다 함께 달아나고 싶다. 그래서 다 함께 밖에 나가자고 제안한 것이다. 그러나 동료들에게 그럴 마음이 없다면…….

"계획상으로는 정찰만 할 거야."

"계획상으로는?"

"상황에 따라 그 밖의 길을 선택할 가능성도 있어. 스스로 행동을 제한하고 싶지는 않아."

"그럼 더더욱 따라가야겠네."

"도크, 당신도 참가하고 싶어?" 사부로는 물었다.

"가능하면. 이렇게 호기심을 자극하는 모험은 또 없겠지."

"하지만 아까 당신은 다른 사람이 재능을 대신할 수 없다는 이유로 밋치의 참가에 반대했어."

"그게 합리적인 판단이야."

"그렇다면 당신도 참가해서는 안 돼. 당신의 통찰력은 귀중하니까."

"내 통찰력이 다른 세 명보다 특별히 뛰어난 것 같지는 않은데."

"아니. 확실히 뛰어나."

"나도 사부로의 의견에 찬성이야." 밋치가 동의했다.

"나도." 엘리사도 거들었다.

"흠." 도크는 턱에 손을 갖다 댔다. "가령 그 인상이 옳았다고 치자. 그럴 경우에도 내가 밖에 나가는 편이 합리적이야. 밖에서는 무슨 일이 일어날지 몰라. 통찰력이 가장 큰 공격 수단도, 방어 수단도 되겠지."

"사령관이 전선에 서서는 안 돼." 사부로가 말했다.

"내가 사령관이라고? 참모와 사령관의 재능은 달라. 나는 사령관의 그릇이 아니야."

"당신 말고 누가 있다는 거야?"

"자네겠지."

"내가? 어째서?"

"이 시설이 이상하다는 걸 제일 먼저 알아차린 사람은 자네야."

"당신도 알아차렸잖아."

"자네가 동기를 부여해줬기 때문이지. 나 혼자서는 그런 발상에 이르지 못했을걸. 그리고 우리를 모은 것도 자네야. 자네는 각자의 재능을 꿰뚫어보고 최소한의 인원으로 탈출 게임을 실행에 옮겼어. 그건 참모가 아니라 사령관의 자질이야."

"우연이야."

"무엇보다 '협력자'는 자네와 접촉했지."

"나를 고른 이유는 딱히 없을지도 몰라."

"그건 아니야. 자네의 일기와 평소 자네가 있는 곳에 힌트를 숨겼으니, '협력자'는 우리 행동을 숙지하고 있다는 뜻이지. 그런 조건에서 자네를 선택했으니 자네가 사령관에 적합하다고 여긴 거야."

"하지만 사령관은 후방에서 대기해야 하잖아?"

"그건 자네가 한 말이고."

"당신 생각은 어떤데?"

"대군을 거느렸을 때는 사령관이 후방에서 지시를 내리겠지. 머릿수가 적을 때는 사령관이 직접 행동에 나서는 게 이치에 맞아."

"최고 책임자가 전선에 나서다니, 〈스타트렉〉 방식이군. 그쪽은 머릿수가 적지도 않지만." 그렇게 말한 후 사부로는 도크의 표정을 보고 후후 웃었다. 그가 〈스타트렉〉에서 참모 역할을 하는 스팍과 비슷한 것이 그야말로 재미있게 느껴졌기 때문이다.

이어서 밋치도 웃었다. 밋치도 알아차린 모양이었다.

도크는 웃음을 터뜨린 두 사람을 이상하다는 듯이 보며 한쪽 눈썹을 치켜세웠다.

더욱 스팍과 비슷해졌다.

"그럼 일단 내가 리더를 맡을게. 됐지?" 사부로가 말했다.

이의는 없었다.

"정찰대 멤버는 좀 더 고민해보자. 선발대와 대기조, 각각의 적성에 대해서도 생각해볼게."

9

며칠 후, 식사를 마치고 디저트를 즐기는 사부로에게 밋치가 심각한 표정으로 다가왔다.

"도크가 보이지 않아." 밋치는 중얼거리듯이 말했다.

"자기 방에 틀어박혀 있는 거 아니야?"

"도크의 방은 이미 살펴봤어."

"도크는 늘 문을 잠가놓을 텐데?"

"이걸로 열었지." 밋치는 호주머니에 든 만능열쇠를 슬쩍 보여줬다.

"아. 당신은 가능하겠군. 대체 무슨 일이 일어난 거야?"

직원이 다가왔다.

"쉿! 엘리자가 지금 알아보는 중이야."

엘리자는 의사소통 능력이 뛰어나고 사람의 심리도 잘 꿰뚫어 본다. 거주자 중 누군가가 이변을 알아차렸다면 금방 엘리자가 알아낼 것이다.

직원이 두 사람에게서 멀어지는 것과 거의 동시에 엘리자가 다가왔다.

"도크가 어디 있는지 알아냈어?" 사부로는 냉큼 물었다.

엘리자는 고개를 저었다.

"뭔가 단서는?"

"도크 씨가 출입구 부근을 서성이는 걸 두세 명이 봤대."

"두 명이야, 세 명이야?" 밋치가 끼어들었다.

"한 명은 그냥 말을 맞춰주는 건지도 모르겠어. 그렇다고 한 명씩 떼어놓고 물어볼 수는 없잖아."

"직원의 동향은?"

"약간 긴장감이 엿보여. 하지만 거주자 한 명이 없어졌으니까 당연하다고도 할 수 있겠지."

"어느 쪽일까?" 사부로는 말했다.

"어느 쪽이라니?" 밋치가 물었다.

"스스로 빠져나간 걸까, 아니면 끌려간 걸까."

"그걸 우리더러 추리하라고? 그런 건 도크 담당 아닌가?"

"하지만 정작 도크가 없어졌으니 어쩔 수 없잖아."

"골무는 여섯 개 다 가지고 있어?" 엘리자가 물었다.

"지금 가지고 있는 건 다섯 개야."

"도크 씨가 가지고 갔어?"

"아마도."

"아마도?"

"잘 기억이 안 나."

"기억이 안 난다니? 골무 관리는 네 담당이잖아?" 밋치가 콧김을 푸푸 내뿜으며 말했다.

"골무를 보여달라고 한 건 기억나는데, 돌려받았는지는 확실치 않아."

"정신 좀 차려."

"너무 그러지 마. 백 살이잖아. 기억도 흐릿해진다고."

"도크 씨에게 준 건 확실하지?" 엘리자가 물었다.

"그렇게 물어보면 자신은 없지만, 아마 그럴 거야."

"이래서야 괜찮겠어?" 밋치가 무시하듯 툭 내뱉었다.

"기억력에 자신이 없는 건 피차일반이니까 어쩔 수 없지." 엘리자가 말했다. "골무는 도크 씨가 가지고 갔다. 일단 그렇게 가정하고 대책을 세우자."

"골무를 가져갔다는 건 도크 혼자서 밖에 나가려고 했다는 뜻인데." 밋치가 말했다. "두 명이 아니면 위험하다고 하지 않았나?"

"자기라면 혼자서도 괜찮다고 생각한 것 아닐까?" 사부로는 말했다. "도크는 자신감이 넘치는 사람이니까."

"분명 네가 좀처럼 진행하라는 신호를 주지 않아서 지친 거야."

"호기심을 억누를 수 없었던 건지도 모르겠네." 엘리자가 한숨을 쉬었다.

"그래서, 어느 쪽일까?"

"결론이 나왔잖아. 도크가 혼자 탈출을 결행한 거야." 밋치가 말했다.

"성공했다는 보장은 없겠지."

"놈들에게 들켰을지도 모른다는 뜻? 그렇다면 왜 돌아오지 않지?"

"어디서 취조를 당하고 있을지도 몰라."

"그럴 가능성은 부정할 수 없겠네." 엘리자가 말했다.

"그렇다면 도크는 우리를 찔렀을까?" 밋치가 불안한 듯이 물었다.

"그건 알 방도가 없어. 취조가 있었던들 살살 꾀었는지 고문을 했는지도 모르고." 사부로는 대답했다.

"고문!" 밋치는 등골이 오싹하다는 표정을 지었다.

"설마 고령자에게 고문을……." 엘리자가 눈살을 찌푸렸다.

"뭐라고도 할 수가 없겠군." 사부로는 말했다. "적이 어떤 조직인지, 전혀 정보가 없으니까."

"어쨌거나 도크가 붙잡혔다면 적은 경계하지 않을까?" 밋치가 말했다. "시스템을 변경해서 우리가 못 나가도록 할지도 몰라."

"그러지는 않을 것 같은데? 시스템을 변경하는 건 아주 큰일이야. 탈주 소동 한 번 정도라면 그냥 넘어가지 않으려나?"

"하지만 골무가 발각되면 나머지 골무도 못 쓰게 될 거야."

"그것도 아닐걸. 직원들은 누구의 지문을 복사당했는지 모를 테니까. 이제 와서 지문 인증 시스템을 무효화하고 열쇠를 소지하거나 비밀번호를 외우지는 않을 거야."

"어째서 그렇게 딱 잘라 말하는 거지?"

"인간은 게으른 동물이니까. 뭐든지 되도록 바꾸지 않고 지내려는 법이야."

"그럼 골무는 아직 유효하다고 생각하는 거구나?"

"응. 그러니 탈출은 아직 가능해."

"위험성은 높아졌지. 도크 씨가 성공했든 실패했든 간에."

"그 정도의 위험성은 감수해야지. 아무튼 우리는 잃을 게 없으니까."

그런데 그다음 날 오후에 사태가 급변했다.

서가 앞에 도크가 불쑥 나타난 것이다.

"사람 놀라게 좀 하지 마. 대체 무슨 일이 있었던 거야?" 사부로는 기뻐서 활짝 웃으며 말했다.

그대로 끌어안으려 했지만 휠체어에서 일어서기가 힘들 것 같아서 앉은 채 도크의 팔만 두드렸다.

도크는 말없이 사부로를 바라보더니 한쪽 눈썹을 치켜세웠다.

"왜 그래? 뭔가 말하면 안 되는 이유라도 있어, 도크?"

어쩌면 우리에게는 아무 말도 하지 말라고 협박당했는지도 모른다. 아니면 지금 감시당하는 중이라 우리와 접촉할 수 없는 건가?

"도크?" 도크가 한쪽 눈썹을 올린 상태로 물었다.

"그래." 사부로는 불안해졌다. "설마 자기 이름을 잊어버린 건 아니겠지."

"'도크'는 친한 사람들만 사용하는 내 별명이야."

"그렇겠지. 우리도 '도크'가 당신 본명이라고는 생각지 않아."

도크는 자기 턱에 손을 댔다.

"이봐. 생각에 잠길 필요가 어디 있어?"

"자네 이름은?" 도크가 사부로의 눈을 보고 물었다.

허참. 어느 쪽이야? 정말로 잊어버린 걸까? 아니면 기억나지 않는 척하는 걸까?

사부로는 주변을 둘러봤다.

직원은 근처에 없었다. 하지만 그게 꼭 감시하지 않는다는 뜻은 아니다. 그리고 사부로가 먼저 도크에게 접촉했다. 만약 감시하고 있다면 이미 늦었으리라. 즉, 얼버무릴 필요가 없다는 뜻이다.

"나는 사부로야."

"나랑 아는 사이인가?"

"응."

"언제부터 알고 지냈지?"

"꽤 오래 전부터 서로 얼굴은 알고 있었겠지만, 통성명한 지는 한 달쯤 됐어."

도크는 잠시 생각에 잠긴 후 중얼거렸다.

"흥미롭군."

"뭐가 흥미로운데?"

"두 가지 가설을 세워봤어. 하나는 자네가 나와 친구라는 망상을 품고 있다. 또 하나는 내 기억에 장애가 있다."

"정말로 내가 기억 안 나는 거야?"

"자네는 내 별명을 알고 있었지. 그 밖에 또 아는 게 있나?"

사부로는 학력과 가족 구성 등 도크의 개인정보를 알고 있는 범위에서 말해줬다.

"흠. 아주 흥미롭군."

"그래서, 뭐가 어쨌는데?"

"지금 자네가 말한 내 개인정보 말인데, 허위가 섞여 있어."

"······그럴 리 없어." 사부로는 당황했다. "전부 당신에게 들은 거야."

"나는 내 개인정보를 남에게 말할 때 특정 부분을 가짜로 말해."

"왜 그런 짓을?"

"내 정보가 새어나갔을 때 누가 누설했는지 알아내기 위해서지. 지금 자네가 말한 정보에는 내가 다음에 개인정보를 말할 때 써먹으려고 했던 허위 정보가 포함돼 있어."

"요컨대 그게 무슨 뜻인데?"

"첫 번째 가설은 폐기되고 두 번째 가설이 남는다는 뜻이지.

즉, 나는 내 개인정보를 자네에게 알려줬어. 그리고 그 사실을 싹 잊어버린 거야."

"왜 그런 일이?"

"내가 뇌 관련 질병에 걸렸을 가능성이 있지. 하지만 자각증상은 전혀 없어. 이보게, 기억이 누락된 걸 제외하고 내게 뭔가 이상한 징후가 보이나?"

"아니. 전과 다름없는데." 사부로는 고개를 저었다.

"병에 걸렸을 가능성을 완전히 빼놓을 수는 없겠지만, 일단 무시하도록 하지. 그렇다면 아주 특이한 결론에 도달해."

"어떤 결론이지?"

"우리, 즉 자네와 나를 포함해 몇 명으로 이뤄진 그룹은 누군가 또는 뭔가를 적으로 돌리고 말았다는 결론이야. 그리고 그 누군가 또는 뭔가는, 인간의 특정한 기억을 삭제 또는 은폐하는 기술을 가지고 있어."

"역시 당신은 대단해. 엄청난 통찰력이야. 거두절미하고 다시 팀을 결성……."

"더 이상 자네와는 이야기하지 않겠어."

"무슨 소리야?"

"적은 상당한 힘을 가지고 있어. 신중하게 대처해야겠지. 적어도 나는 찍혔으니까 내게 경솔하게 떠들어대면 안 돼. 정보가 누설될 위험이 늘어날 뿐이야. 적은 내 기억에서 정보를 빼낼 수 있을지도 몰라."

"그런 일이 가능할까?"

"그건 알 수 없지만, 기억을 지울 수 있는 기술이 있다면 빼내는 기술이 있어도 이상할 것 없겠지."

"하지만 당신이 없으면 누가 정보 분석을……."

"이보게, 지금 자네는 중요한 정보를 누설했어. 자네 팀에는 나를 뛰어넘을 정보 분석가가 없는 거겠지."

"어쩌면 좋지?"

"일단 자네들과 내가 각각 독자적으로 조사하도록 하지. 조사 결과 서로 접촉해도 문제가 없다고 판단되면 그때 합류하자고."

"알았어. 만약을 위해 중요한 사항을 전할 암호를……."

"그거야말로 좋지 않아. 암호의 규칙을 미리 정해서는 안 돼. 그보다는 본인만 풀 수 있는 암호를 사용해야 해."

본인만 풀 수 있는 암호? 그렇구나.

"알았어. 그럼 뭔가 알아내면 연락하자고."

도크는 한쪽 눈썹을 치켜세우더니 말없이 사부로에게 등을 돌려 그 자리를 떠났다.

정말 대단한 사람이다.

사부로는 진심으로 감탄했다.

10

도크는 기억을 상실했지만 엄청난 속도로 상황을 다시 파악해 나가고 있다. 이 사실을 엘리자와 밋치에게 전하려고 홀을 살폈지만 눈에 띈 건 밋치뿐이었다.

사부로는 평소처럼 쾌활하게 밋치에게 다가갔다.

밋치는 시무룩한 표정이었다.

아직 도크가 돌아왔다는 사실을 모르는 걸까? 아무튼 빨리 좋은 소식을 전해야지.

사부로는 여느 때와 다름없이 부자연스럽지 않을 정도로만 목소리를 낮춰 말했다. "도크가 돌아왔어."

"알아. 너랑 이야기하는 거 봤어."

"그럼 더 기쁜 티 좀 내봐."

"괜찮은 것 같아?"

"응. 기억 말고는 예전 그대로의 도크였어."

밋치가 한숨을 쉬었다.

"왜 그래? 도크에게 기억상실 따위는 큰 문제가 아니잖아?"

"엘리자가 없어졌어."

"뭐라고?"

"어제 오후부터."

사부로는 혼란에 빠졌다. "어떻게 된 거야?"

"내가 묻고 싶다."

"엘리자는 탈출에 부정적이었어."

"그랬지."

"그렇다면 달아난 게 아니라 놈들에게 납치당한 걸까?"

"본래 우리는 쭉 납치당해 있는 신세나 다름없어. 왜 거기서 더 납치를 할 필요가 있는데?"

"그럼 역시 혼자 탈출했나?"

"그것도 수긍이 안 돼. 혼자 도망치는 건 위험성이 너무 높아."

"도크도 혼자 도망쳤어."

"도크가 자기 혼자 도망쳤대?"

"그런 말은 안 했지만······."

"도크 혼자 도망쳤다는 것도 네 추측이잖아?"

"하지만 그것 말고는 설명할 길이······."

"어쨌든 한동안 얌전히 있자." 밋치는 겁먹은 것처럼 말했다.

"우리가 끼어들어서는 안 되는 일에 개입한 건지도……."

　며칠 후 엘리자도 홀연히 돌아왔다.

　발견한 사람은 밋치였다. 엘리자는 자기 방에 조용히 앉아 있었다.

　"안녕." 밋치는 엘리자의 방문을 열면서 말했다.

　"안녕하세요." 엘리자는 미소를 지었다.

　둘 다 아무 말 없이 10초쯤 시간을 보냈다.

　"어, 그러니까…… 밋치야."

　"만나서 반가워요, 밋치 씨. 저는 엘리자라고 해요." 엘리자의 입에서 아주 자연스럽게 그런 대답이 나왔다.

　밋치는 가벼운 현기증과 절망을 느꼈다.

　"우리 친구였는데." 밋치는 애써 태연한 척했다.

　엘리자는 잠시 생각하고 나서 입을 열었다. "죄송해요. 요즘 건망증이 심해져서 아는 사람의 얼굴도 가물가물하네요."

　"……아. 우리 정도 나이를 먹으면 일시적으로 아는 사람의 얼굴과 이름을 잊어버리는 건 흔한 일이니까." 밋치는 웃음을 지었다.

　"그래서, 아무 이야기도 안 하고 돌아온 거야?" 사부로는 기가 차서 말했다. "자기한테 무슨 일이 일어났는지 추측할 만한 힌트라도 주지 그랬어? 내가 도크에게 한 것처럼."

"미안하지만 나는 그런 말재주가 없어. ……게다가 그렇게 하는 게 옳은지 그른지도 모르겠고."

"당연히 옳지. 엘리자는 우리 동료인걸."

"그럼 넌 엘리자를 골치 아픈 일에 다시 끌어들이려는 거야?"

"골치 아픈 일?"

"여기서 나가고 싶다고 한 건 너잖아? 우리는 거기 말려든 것뿐이고!"

"……그렇게 생각하고 있었던 거였나." 사부로는 어깨를 축 늘어뜨렸다. "다들 마지못해 내게 맞춰준 거였나. 그렇다면 모두에게 폐를 끼친 셈이로군."

"미안해. 말이 지나쳤네." 밋치는 후회하는 표정을 지었다. "우리는 말려든 게 아니라 각자 원해서 너와 함께한 거야."

"위로는 됐어. 그만 진심이 나온 거잖아?"

"아니. 마음에도 없는 소리를 한 거야. 나는 싫지 않았으니까. 다만……."

"다만?"

"엘리자는 논의에는 적극적으로 참여했지만, 탈출 계획 자체에는 부정적이었어. 그런 엘리자를 다시 끌어들이는 게 괜찮을까 싶어서."

"……."

"우리는 위험한 영역에 발을 들여놓은 것 같아. 이대로 아무것도 하지 않고 가만히 있으면 분명 지금까지처럼 시설에서 평온하게 지낼 수 있을 거야."

"즉, 이제 우리의 탈출 게임은 끝이라는 거로군." 사부로는 중얼거리듯이 말했다.

"완전히 끝난 건 아니고. 당분간 휴식 기간을 가지자는 거지."

"휴식 기간이라고? 기다리는 사이에 우리는 점점 늙어서 쭈그렁바가지가 되겠지. 탈출 계획이고 나발이고 깡그리 잊어버릴 거라고!"

"사부로, 진정해."

"나는 괜찮아. 당신 마음은 잘 알았어. 끝내고 싶은 거잖아. 이제 날 내버려둬." 사부로는 전동 휠체어를 움직여 밋치에게서 멀어졌다.

"사부로……."

사부로는 밋치의 목소리가 들리지 않은 건지, 아니면 들리지 않은 척한 건지 돌아보지 않고 복도를 나아갔다.

11

　그날부터 사부로는 밋치와 말하지 않았다. 밋치가 말을 걸면 인사 정도는 했지만 바로 거리를 두었다.

　밋치는 사부로의 행동이 마음에 걸렸다. 말다툼을 한 뒤로 사부로의 상태가 이상해진 것 같았기 때문이다. 그렇다고 도크나 엘리자처럼 기억을 상실한 건 아니다. 눈이 흐리멍덩해지고, 온종일 같은 곳에서 같은 책만 가만히 읽는 일이 많아졌다.

　노인은 삶의 낙을 잃으면 단숨에 몸과 마음이 쇠약해지고는 한다. 사부로에게 탈출 계획은 유일한 삶의 낙이었을지도 모른다.

　밋치는 점점 그런 생각이 들었다.

　어느 날, 중정 구석에서 중얼중얼하며 책을 읽는 사부로를 보고 밋치는 다가갔다.

아무래도 오래된 전신 관련 서적 같았다. 페이지를 넘기지 않고 계속 같은 곳을 읽고 있는 듯했다.

"전신에 관심이 있어?"

사부로는 밋치를 힐끗 보더니 다시 책에 시선을 돌렸다. 밋치를 알아봤는지조차 분명치 않았다.

"모스부호를 공부해서 어디에 쓰려고?" 밋치는 다시 말을 붙였다.

이번에는 쳐다보지도 않았다.

그저 화가 나서 그러는 건지, 인지 기능이 저하되기 시작한 건지 판단되지 않았다. 나이를 고려하면 갑자기 정신 기능이 쇠퇴해도 이상할 건 없다.

"통신수단이 필요해." 사부로가 말했다.

"지금 '통신수단'이라고 했어?" 밋치는 물었다.

사부로는 대답하지 않았다.

"대체 누구랑 통신하려고?"

사부로는 반응하지 않았다.

1분쯤 지나 밋치가 이만 물러갈까 싶었을 때, 사부로가 혼잣말하듯 입을 열었다.

"미래와."

"뭐?"

사부로는 고개를 숙인 채 책을 끌어안았다.

다음에 봤을 때, 사부로는 중정의 나무줄기에 기대어 땅바닥에 앉아 있었다.

밋치는 허겁지겁 사부로에게 다가갔다. 어디 안 좋은가 싶었기 때문이다.

하지만 주변에 있는 직원들이 냉정한 것을 보고, 별일 아님을 알았다.

사부로는 밋치가 다가오자 고개를 들었다.

"안녕." 밋치는 인사를 했다.

사부로는 다시 고개를 숙였다.

역시 화가 난 건지, 인지 기능에 문제가 생긴 건지 확실치 않았다.

근처 어딘가에 물웅덩이라도 있는지 모기가 몹시 많이 날아다녔다. 살펴보니 사부로의 팔에도 모기가 몇 마리 앉아 있었다. 사부로가 모를 리 없었지만, 그는 모기를 잡지도 쫓지도 않고 그냥 내버려두었다. 이미 열 군데 넘게 물린 듯 빨간 반점이 생겼다.

"모기가 있어." 밋치가 손으로 모기를 쫓았다.

사부로는 밋치를 노려보며 기분 나쁘다는 듯이 말했다. "웬 참견이야!"

밋치는 성가시다는 듯이 구는 사부로에게 말을 걸기가 점점 어려워졌다. 어느 틈엔가 소 닭 보듯 하게 됐고, 그를 걱정하는 시간은 줄어들었다.

엘리자나 도크와 상의할까도 싶었지만, 두 사람은 이쪽을 기억하지 못할 테고 섣불리 접근했다가는 직원들의 주의를 끌지도 몰라서 접촉하지 않았다.

그리고 어느 날, 밋치는 사부로가 사라졌다는 것을 알아차렸다.

12

엘리자는 왜 혼자 탈출하려고 했을까.

사부로는 그 이유를 줄곧 생각했다.

물론 엘리자가 탈출을 결행했다는 증거는 없다. 하지만 한 가지 가능성으로서 그렇게 가정했을 경우, 이유가 무엇일지 검증해야 한다고 느꼈다.

엘리자는 냉정한 사람이다. 적의 경계심이 느슨해지기를 못 기다릴 성격이 아니다. 즉, 엘리자는 일부러 탈출을 실행했다.

뭔가 사건이 일어난 직후에는 일시적으로 경계가 심해지지만, 시간이 흐르면 긴장이 풀려 다시 원래 상태로 돌아간다. 물론 그런 사례는 많다. 그러나 반드시 그런 과정을 거친다고는 할 수 없다. 직원들이 아직 보고하지 않았을 뿐, 일단 보고하면 단숨에 경계 수준이 올라갈 수도 있다. 늘 출입구를 감시할지도 모르고, 거주자 모두에게 소지품 검사를 할지도 모른다. 그렇다면 탈출은 더 이상 불가능해진다.

요컨대 이번 기회를 놓치면 탈출할 기회는 영원히 찾아오지 않을지도 모른다. 한편 도크가 실패한 상황에서는 예전보다 탈출에 따르는 위험성이 높아졌다는 사실도 부정할 수 없다. 그렇기에 엘리자는 피해를 최소한으로 막고자 혼자 탈출을 결의한 것 아닐까. 만약 그렇다면 아주 합리적인 판단이다.

나 또한 합리적으로 판단해야 한다.

탈출에 두 번 연속 실패했다면 세 번째도 실패할 공산이 높다. 하지만 여기서 포기하면 다음은 없다. 사고방식을 바꿔보면 탈출에 실패하더라도 기껏해야 기억이 지워질 뿐이다. 목숨까지 빼앗기지는 않는다. 그렇다면 해볼 가치는 있으리라. 그것이 합리적인 판단이다.

밋치는 끌어들이지 않기로 했다. 내가 실패했을 때는 밋치가 마지막 카드로 남는다. 동료를 더 늘릴까도 싶었지만, 동료를 만드는 시간 자체가 위험 요소라 판단돼 생각을 바꾸었다.

전동 휠체어는 밋치가 예전에 개조해준 상태를 유지 중이다. 지금도 안전장치를 무효화할 수 있을 것이라고 믿는 수밖에 없다.

아침 식사를 앞두고 직원들이 바쁜 시간을 틈타 출입구로 향했다.

안성맞춤이게도 직원의 모습은 보이지 않았다.

사부로는 호주머니에서 골무를 꺼냈다. 기억은 확실치 않지만 골무 여섯 개 중 두 개는 도크와 엘리자가 가져갔을 것이다. 그리고 이것이 세 개째. 나머지 세 개는 시설 내부에 숨겨놓았다. 이번에 실패했을 경우에 대비한 보험이다.

골무를 끼고 지문 인증 시스템에 가져다댔다.

영원하다 싶을 만치 긴 몇 초가 지난 후 문의 잠금장치가 해제됐다.

사부로는 작게 한숨을 쉬었다.

아직 마음을 놓을 수 없다.

사부로는 문을 열고 밖으로 나갔다.

자루에 하루치 물과 식량을 준비해왔다. 그 이상 준비해도 휠체어 배터리가 버티지 못할 것이라고 밋치가 말했기 때문이다. 즉, 한나절 이상 아무에게도 발각되지 않으면 돌아갈지 말지 결단해야 한다. 그대로 돌아가면 기억이 지워질지도 모른다. 그렇다고 한나절 더 나아갔다가 아무것도 없으면 객사할 가능성이 있다.

하기야 지금 그 걱정을 하기엔 너무 이르다. 일단은 숲속으로 들어갈 수 있는지 없는지부터 확인해야 한다. 숲 앞에서 멈추면 아무 진척도 없는 셈이다.

사부로는 숲을 향해 나아갔다.

밖은 조용해서 휠체어 모터 소리가 몹시 크게 들렸다. 사부로는 조바심이 났지만 더 이상 속도를 올릴 방법은 없었다.

이럴 줄 알았으면 밋치에게 개조할 때 속도도 높여달라고 할 걸 그랬다.

지난번에 휠체어가 멈춘 곳에 다다랐다.

사부로는 숨을 멈췄다.

휠체어는 아무렇지도 않게 그 지점을 통과했다.

사부로는 천천히 숨을 내쉬었다.

괜찮다. 아무튼 첫 번째 관문은 돌파했다. 자, 다음은 숲을 빠져나갈 수 있느냐 없느냐다.

숲속에 들어가자 갑자기 지면이 울퉁불퉁해졌다. 휠체어가 심하게 흔들렸다. 만에 하나 휠체어가 넘어지면 혼자 일으키기는 불가능하리라. 사부로는 휠체어 속도를 사람이 걷는 것보다 더 느리게 낮추었다.

그래도 상당히 덜컥거렸지만 겨우 앞으로 나아갔다. 큼지막한 돌이나 나무뿌리에 바퀴가 걸리면 멈추기도 했지만, 조금 후진해서 진로를 변경하면 앞으로 나아갈 수 있었다.

위를 올려다보자 나뭇가지 틈새로 파란 하늘이 보였다. 휠체어를 전진시키자 파랗게 빛나는 하늘을 배경으로 검은 가지와 잎이 뒤쪽으로 차례차례 흘러가는 것처럼 보였다.

마치 드라이브하는 듯한 기분이 들어 사부로는 마음이 들떴다.

여름치고는 다소 쌀쌀한 기분이었지만, 못 견딜 정도는 아니었다. 모터 상태도 양호했다. 뜻밖에 배터리가 밋치의 예상보다 오래 버틸지도 모르겠다 싶었다. 이대로 휠체어를 타고 숲을 빠져나가기는 그렇게 어렵지 않을지도 모른다.

숲속 길은 원래 있었던 길이 황폐해진 건지, 아니면 짐승 길인 건지 판단이 되지 않았다. 삼림에 환하면 알 수 있을지도 모르지만, 안다고 상황이 크게 달라질 것 같지는 않았다.

사부로는 자루에서 종이 한 장을 꺼냈다. 그리고 가져온 물에 손끝을 적셔 여기까지의 지도를 대충 그렸다. 종이가 마르자 지도는 사라졌지만, 그걸로 됐다. 이거라면 만약 직원에게 붙잡혀도 그냥 쓰레기로 보일 것이다. 하지만 젖은 부분은 섬유가 거칠어졌다. 주의 깊게 관찰하면 지도를 읽어낼 수 있으리라.

사부로는 종이를 자루에 도로 넣었다.

팔이 몹시 가려웠다. 모기에 물린 곳이다. 그러나 사부로는 긁지 않고 꾹 참았다.

지금 긁으면 일을 그르친다.

사부로는 이를 악물었다.

신경 쓰이는 일이 하나 더 있었다. 아까부터 시끄럽게 붕붕거리는 소리가 들렸다. 파리가 근처에 있는 것 같은데, 어디인지 알 수가 없었다. 느리다고는 하나 시속 2킬로미터 정도로 꾸준히 나아가고 있는데 신기하게도 날갯소리는 계속 따라왔다. 즉, 파리가 줄곧 뒤따라오고 있는 셈이다.

무슨 착각이나 자연현상인가 싶어 사부로는 고개를 갸웃했다.

문득 이 날갯소리는 하늘에서 들리는 게 아닐까 싶었다.

하늘을 올려다보자 과연 파리 같은 것이 보였다. 손을 내저어 쫓아버리려고 했지만 아무래도 느낌이 묘했다.

휠체어가 나아가도 파리는 계속 따라왔다.

사부로는 자기 몸에서 무슨 냄새가 나는 것이 아닐까 불안해졌다.

그때였다. 2미터쯤 앞쪽에서 수평으로 길게 뻗은 실 같은 것이 빛났다.

사부로는 냉큼 휠체어를 멈추려고 했지만 모터는 그렇게 재빨리 반응하지 않았다.

휠체어가 실에 걸렸다. 한순간 가벼운 충격을 받았지만 실은 금방 사라졌다.

찜찜한 예감이 들었다.

사부로는 휠체어를 완전히 정지시켰다.

거미줄치고는 수평으로 너무 길게 뻗어 있었다. 방금 그건 아마도 사람이 설치해놓은 것이리라. 그렇다면 어떤 덫의 센서일 가능성이 높다. 어쩌면 기묘하게 움직이던 그 파리는 이 덫을 알리기 위한 장치였을지도 모른다.

사부로는 하늘을 올려다봤다. 이제 파리는 없었다.

"만약 협력자가 있다면 알려줘. 내가 덫에 걸린 건가?"

대답은 없었다.

그렇다면 '협력자'가 접촉하기 위해 그 파리를 보냈다는 건 너무 지나친 생각일까? 덫에 걸렸다는 것도 지나친 생각이라면 좋으련만.

사부로는 둔해진 오감을 최대한 발휘해 주변 상황을 살폈다.

희미하게 쉭쉭, 하는 소리가 들리는 것 같았다.

가스다!

"부탁이야. 가스 공격을 받고 있어. 도와줘!" 사부로는 있는지 없는지 모를 '협력자'에게 소리쳤다.

"안타깝지만 지금 너를 도와주는 건 맹약 위반이야." 뒤에서 목소리가 들렸다.

사부로는 돌아보려고 했다. 하지만 몸이 휘청거려서 뒤를 잘 볼 수가 없었다.

무슨 그림자가 획 지나갔다.

예전에 엘리자와 중정에 있을 때 봤던 그림자와 비슷한 것 같았다.

눈이 빙빙 돌았다. 팔다리에 힘이 들어가지 않았다.

역시 가스인 듯했다.

사부로는 팔을 긁었다.

그리고 의식을 잃었다.

13

아침 식사가 끝난 후 사부로가 없는 걸 깨달았다.

아무래도 애초에 먹으러 오지 않은 것 같았다.

밋치는 부랴부랴 사부로의 방으로 갔지만 아무도 없었다.

만약을 위해 시설 내부를 여기저기 둘러봤지만, 밋치는 사부로를 찾지 못할 것이라 각오했다.

모든 것에 흥미를 잃은 듯한 그 태도는 연기고, 내내 탈출을 계획하고 있었던 걸까? 아니면 정신적인 증상이 악화된 결과 무모한 행동에 나선 걸까?

이제 나는 어떻게 해야 할까?

밋치는 고민에 빠졌다.

사부로는 탈출한 것 같다. 하지만 반드시 그렇다고 단언할 만큼 자신이 있는 건 아니었다. 그렇게 따지자면 도크와 엘리자도 탈출을 꾀했는지는 확실치 않다. 확실한 사실은 자취를 감추었던 사람이 모두 헌드레즈의 멤버였다는 것이다. 이건 우연이라 볼 수 없다.

그렇다면 다음으로 자취를 감추는 건 나일지도 모른다.

지금까지 세 사람이 자취를 감춘 원인이 탈출이라면, 나는 탈출해서는 안 되리라. 세 사람이 성공하지 못했는데, 나만 해결할 수 있다고 믿는 건 너무나 무모하다. 물론 세 사람과 비교하면 나는 기계와 전기에 해박하지만, 그러한 지식으로 돌발적인 사태에 얼마나 잘 대응할 수 있을지는 미지수다. 오히려 위험에서 달아나는 민첩성이나 앞을 내다보는 통찰력이 훨씬 도움이 될 듯하다. 그리고 아쉽지만 나는 다른 멤버에 비해 그러한 능력이 빼어나다고는 할 수 없다.

그렇다면 이대로 가만히 있는 편이 제일 나을지도 모른다. 하지만 사부로를 이대로 내버려둬도 될까? 도크와 엘리자는 며칠 만에 돌아왔지만 사부로도 그렇다는 보장은 없다. 만약 그가 궁지에 빠졌다면 어떻게든 도와야 하리라. 그렇지만 대체 어떡해야 좋을까?

혼자 고민해도 좋은 생각은 떠오르지 않았다.

그렇다면 사태가 어떻게 진행되는지 이대로 가만히 지켜보는 것도 한 가지 방법이리라.

하지만 쓸 수 있는 방법은 그것만이 아니다.

자신보다 통찰력이 뛰어난 사람에게 도움을 받는 것도 해결책이다.

사부로는 시간을 들여 탈출에 도움이 될 만한 재능이 있는 동료를 모았다. 밋치도 똑같이 하면 되겠지만 그러려면 시간이 많이 필요하다. 밋치에게 사부로와 똑같이 행동할 만한 기력은 없었다.

그러나 다시 처음부터 찾을 필요는 없다. 재능 있는 인물이라면 이미 안다. 엘리자와 도크다. 다만 지금 두 사람과 접촉하는 것이 올바른 선택일지는 모르겠다. 적어도 도크는 접촉을 위험하게 느끼는 모양이다.

밋치는 며칠 고민한 끝에 도크와 접촉하기로 결심했다. 도크는 기억을 잃은 후에도 타고난 통찰력으로 사태를 대강 파악했나. 밋치에게 조언할 수 있는 사람은 그밖에 없으리라.

밋치는 팔짱을 낀 채 서가 앞에 서 있는 도크에게 다가갔다.

"안녕."

"안녕하신가." 도크는 밋치를 물끄러미 관찰했다.

"날 보니까 뭐 좀 알겠어?"

"관찰만으로는 거의 모르겠군. 그러니 질문을 하겠어. 자네는 사부로의 지인인가?"

"응. 그리고 너하고도 아는 사이야."

"사부로는 요 며칠 보이지 않더군. 무슨 일이 있나?"

"그걸 네게 물어보려고 했는데."

"지금 자네와 내가 접촉하는 건 위험할지도 몰라."

"이미 각오했어."

도크는 한쪽 눈썹을 치켜세우고 고개를 살짝 기울이더니 몇 초간 생각에 잠겼다.

"그렇군."

"뭔가 생각났어?"

"사부로는 유능한 사내인가?"

"응. 너 정도는 아닐지도 모르지만."

"그렇다면 뭔가 대책을 세웠을 거야."

"모 아니면 도라는 심정으로 질러봤을지도 모르지."

"'질러봤다'는 건 나와 비슷한 행동을 취했다는 뜻인가?"

"아마도."

"사부로는 기억을 잃은 나와 만났어."

"그 이야기는 들었어."

"그렇다면 아무 대책도 없이 '질러보지'는 않을 거야. 왜냐하면 사부로는 자신의 능력이 나보다 뒤처진다는 걸 인식하고 있었을 테니까. 나와 비슷한 행동을 하더라도 나보다 좋은 결과를 낼 수는 없어."

"대단한 자신감이군. 하지만 일리 있네."

"사부로는 뭔가 대책을 세웠겠지. 그렇다면 그 결과를 기다려야 해."

"결과라니?"

"글쎄."

"글쎄? 설마 모른다는 거야?"

"당연하지. 나는 나 자신에게 무슨 일이 일어났는지조차 몰라. 하물며 사부로가 뭘 어쨌는지 어떻게 알겠나."

"하지만 뭔가 대책을 세웠다는 건 안다고⋯⋯."

"그건 논리적인 귀결이야. 하기야 자네와 사부로의 말이 옳다고 가정했을 때의 이야기네만."

"지금은 조용히 지켜보라는 거야?"

"그게 가장 적절한 방법이지."

그래서는 늦을지도 모른다.

"사부로에게 무슨 일이 생겼는지는 모르지만, 사부로를 구하는 걸 도와줄 수 없겠어?" 밋치는 애원했다.

"시기상조야." 도크는 냉정하게 말했다.

"그럼 언제가 괜찮은데?"

"그걸 판단하려면 정보가 필요하지."

"정보라면 내가⋯⋯."

"자네와 접촉하는 건 위험성이 높아. 정보는 나 스스로 수집하겠어."

"어떻게?"

"그건 알려줄 수 없어." 도크는 한쪽 눈썹을 치켜세웠다. 그리고 마치 지금까지 밋치와 이야기를 나누었다는 사실마저 잊어버린 것처럼 아무 말도 없이 자리를 떴다.

밋치는 엘리자와 접촉할지 말지 고민했다. 엘리자라면 도크보다 친절하게 대해줄 것 같았다. 하지만 상의하려면 엘리자에게 지금까지 무슨 일이 있었는지 설명해야 한다. 엘리자는 통찰력이 뛰어나기는 하지만 도크처럼 초인적인 정도는 아니다. 밋치는 잘 설명할 자신이 없었다. 만약 불신감을 주면 엘리자는 직원에게 알릴지도 모른다. 그게 사부로와 자신의 운명에 어떤 영향을 줄지 전혀 추측되지 않았다. 그렇다면 도크 말마따나 조용히 지켜보는 게 정답인 셈이다.

밋치는 꼬박 사흘을 고민한 끝에 엘리자와 접촉하기로 마음먹었다. 지금은 최대한 많은 사람의 지혜를 모아야 한다는 생각이었다.

밋치는 엘리자의 방으로 가다가 복도에서 휠체어를 탄 사부로와 마주쳤다.

"우왓." 밋치는 무심코 소리쳤다. 너무 기뻐서 스스로를 통제할 수가 없었다.

사부로는 밋치를 힐끗 봤다. 그 시선에서 친애의 감정은 느껴지지 않았다. 수상한 사람을 보는 눈빛이었다.

"사부로, 무사했구나."

"무사? ……음, 성함을 여쭤봐도 될까요?"

사부로는 초면에, 특히 여자에게는 존댓말을 쓴다. 즉, 밋치와 안면이 없다고 느낀다는 뜻이다.

밋치는 낙담했다.

글렀다. 도크랑 엘리자와 완전히 똑같다. 도크는 사부로가 무슨 대책을 세웠을 거라고 했지만, 아무래도 과대평가였던 모양이다. 사부로에게는 아무 승산도 없었던 것이다.

"아, 미안해. 사람을 잘못 봤어." 밋치는 사부로를 놓아두고 가려고 했다.

"잠깐만요. 당신은 제 이름을 알고 있었습니다."

"응. 뭐, 조금 아는 사이였을지도."

"무사하냐고 물으셨죠?"

"아, 착각한 거야."

"제게 무슨 일이 있었다는 뜻이군요."

"글쎄, 모르겠는걸."

"저에 대해 아는 걸 가르쳐주십시오. 대체 저는 뭘 어쩌려고 한 겁니까?"

"아무것도 하려고 안 했는데."

"저는 이 시설에 의문을 품고 있습니다."

"완벽한 시설은 없으니까."

"여기에 들어온 경위가 생각나지 않습니다."

"노인에게는 흔한 일이야."

"그리고 당신도 전혀 기억나지 않고요."

"방금 말했다시피 나이를 먹어서 그렇겠지."

"특정한 인물을 깨끗하게 잊어버리다니, 그게 가능할까요?"

"치매는 그런 병이잖아."

"기억은 서로 유기적으로 결부되어 있는 법입니다. 시설에서 일어난 일이 전체적으로 흐릿해졌다면 모를까, 특정 인물에 관한 기억이 싹 빠져나가는 건 묘하지 않습니까?"

"잘못 알고 있을지도 모르지."

"다시 묻겠습니다. 당신 이름을 알려주십시오."

"나는…… 밋치야."

"그렇군요." 사부로의 눈에 빛이 깃든 것처럼 보였다. "당장 내 방으로 와. 긴히 할 이야기가 있어." 사부로는 휠체어를 움직여 방으로 향했다.

밋치는 허둥지둥 뒤따라갔다.

어라? 방금 반말 아니었나? 갑자기 기억이 돌아왔나? 하지만 그럴 수가 있을까? 도크와 엘리자는 기억이 회복되지 않았는데.

방에 들어가자 사부로는 문을 닫았다. "여성과 단둘이 있으면서 문을 꼭 닫는 건 실례겠지만, 우리 이야기가 남의 귀에 들어가면 안 되니까. 만약을 위해 도청기와 몰래카메라가 없는지 확인 좀 해줘."

밋치는 호주머니에서 장비를 꺼내 확인 작업을 했다.

어? 정말로 기억이 돌아왔나?

"뭐가 필요한지 알았어. 방독면이야." 사부로는 빠르게 말했다.

"갑자기 무슨 소리야? 뭐가 뭔지 전혀 모르겠어."

"잘 봐봐. 여기에 그렇게 써놨어." 사부로는 소매를 걷어서 팔을 보여줬다. "많이 지워졌으니까 조심해."

팔에는 벌레에 물린 듯한 자국이 드문드문 남아 있었다. 그리고 그걸 긁은 흔적도.

"이게 뭐 어쨌는데?"

"벌레에 물린 건 위장하기 위해서 일부러 그런 거야. 중요한 건 긁어서 생긴 상처지."

밋치는 팔에 생긴 찰과상을 다시 들여다봤다. 글자처럼 생기지는 않았다. 일본어와도, 알파벳과도 비슷하지 않았다.

"그냥 긁어서 상처가 생긴 거잖아?"

"글씨를 쓰면 바로 들통 나니까. 봐. 긴 것과 짧은 게 섞여 있잖아. 돈, 쓰, 돈, 돈, 돈, 돈, 쓰, 쓰, 쓰, 돈, 쓰."

"모스부호! '가스'."

"정답이야."

"그래서 모기가 물도록 놔둔 거구나. 피부에 대뜸 모스부호를 남기면 들킬 테니까 모기에 물린 곳을 긁은 것처럼 위장했어. 이 방법이라면 기억이 삭제돼도 적의 덫에 대한 정보를 기록해둘 수 있지."

"역시 나는 그랬던 거였군." 사부로는 의기양양하게 말했다. "방독면은 만들 수 있지?"

"……물론이야. 무슨 가스인지가 중요하지만, 활성탄이 있으면 어떻게든 될 거야. 활성탄은 냉장고에서 슬쩍해도 되고 식물을 이용해 만들 수도……."

"그건 당신한테 맡길게."

"그런데 내게 그런 기술이 있는지는 어떻게 알았어? 도청기와 몰래카메라가 없는지도 확인해달라고 했잖아."

사부로는 의미심장하게 웃더니 서랍에서 일기장을 꺼내 밋치에게 내밀었다.

"이건 전에도 보여줬어."

"다시 봐봐. 당신이 모르던 글씨가 보일 거야."

밋치는 떨리는 손으로 일기장을 팔락팔락 넘겼다.

일기장에는 팔락팔락 만화의 수법으로 새로운 문장이 적혀 있었다.

탈출 게임 및 헌드레즈 멤버는 네 명. 발기인 사부로. 정보 수집 담당 엘리자. 전략 책정 담당 도크. 기술 및 기계 담당 밋치. (……)

14

"용케 이런 방법을 생각해냈군." 밋치는 일기장을 팔락팔락 넘기며 감탄한 듯이 말했다.

"도크 덕분이야." 사부로가 대답했다.

"떠나기 전에 도크와 상의했어?"

"기억나지 않지만 아마 안 했을걸. 하지만 잠깐 이야기는 나눈 것 같아. 메모가 남아 있더군. '중요한 사항을 전할 때는 본인만 풀 수 있는 암호를 사용할 것'이라는 메모가. 이건 내 아이디어가 아니라 도크의 아이디어겠지."

"그게 무슨 뜻인데?"

"도크와 엘리자는 몸소 기억이 삭제된다는 사실을 증명했어. 그런데도 아무 대책을 세우지 않는다면 멍청이지. 기억이 삭제

된다면 암호로 자신에게 메모를 남겨두면 돼. 설령 기억이 삭제되더라도 결국 나는 이 일기장의 암호를 다시 발견하리라고 추측한 거야. 거기에 추가로 내게 알릴 정보를 남겨두면 돼."

"엘리자는 대책을 세우지 않은 걸까?"

"엘리자는 도크가 탈출을 시도했다가 기억이 삭제됐음을 확인하기 위해 실패를 각오하고 나선 거겠지."

"하지만 기억이 삭제되면 확인을 못 하잖아."

"자신을 위해서가 아니야."

"그럼 우리를 위해서?"

"그렇겠지. 아마 엘리자는 자기 앞으로 정보를 남겨두지 않았을 거야. 원래부터 일기를 썼다면 모를까 갑자기 일기를 쓰는 건 부자연스럽고, 암호를 숨기기에 충분한 일기를 마련하려면 몇 달은 걸려."

"그럼 이제 헌드레즈 재결성이로군."

"과연 어떨까?" 사부로는 생각에 잠겼다.

"왜 그래? 탈출을 포기하는 거야?"

"포기는 안 해. 하지만 그 두 사람은 충분히 험한 꼴을 당했잖아. 나는 그 두 사람과 당신을 위험한 일에 끌어들였어. 다시 끌어들여도 될지 고민이야."

"그것참 신기하군. 네 기억이 사라지기 전에 우리 두 사람은 지금과 정반대 입장에서 논쟁을 벌였거든."

"정말? 믿기지가 않는데……."

"우리는 모두 처음부터 예사롭지 않은 문제에 휘말려 있었어. 넌 단지 그걸 깨우쳐줬을 뿐이야."

"아예 몰랐다면 행복했을지도 모르지."

"나는 지금이 행복한데. 삶에는 자극이 필요한 법이잖아."

"하지만 위험해."

"아니. 그렇게 위험하지는 않을걸."

"적은 특정한 기억을 삭제할 수 있을 정도로 기술력이 뛰어나."

"그러니까, 그게 전부잖아?"

"뭐?"

"우리가 뭘 어쩌든 놈들은 기억을 지울 뿐이야. 우리가 여기 살고 있다는 것만 봐도 죽일 마음은 없다는 뜻이고, 탈출해도 기억을 지우고 여기에 돌려놓을 뿐이지. 놈들의 목적이 뭔지는 모르겠지만, 만약 죽일 마음이리면 알뜰살뜰 돌보지도 않을 테고, 기억을 지우고 돌려놓지도 않겠지."

"과연." 사부로는 감탄했다. "어쩐지 설득력 있는 가설로 들리는군."

"실제로 그렇게밖에 생각할 수 없는걸." 밋치는 말했다. "적어도 도크는 필요해. 그의 통찰력은 귀중하지. 도크의 협력 없이는 적을 속일 수 없어."

"당신의 전기 및 기계 관련 기술도 대체가 불가능하지."

"엘리자의 정보 수집 능력도."

사부로는 고개를 저었다. "엘리자의 능력도 탁월해. 하지만 탈출에 꼭 필요하다고 할 수 있을까?"

"확실히 엘리자의 능력은 탈출 자체보다 탈출하기 전에 도움이 될 것 같아. 하지만 그게 엘리자를 팀에 넣지 않을 이유는 못돼. 탈출 계획을 세우려면 엘리자의 힘이 필요하단 말이야."

두 사람은 말없이 서로를 노려봤다.

몇 분 후, 사부로가 먼저 입을 열었다. "알았어. 이대로는 평행선만 그릴 뿐 진전이 없겠네. 그럼 일단 도크를 팀에 넣지 않겠어? 엘리자를 팀에 넣을지 말지는 도크와도 상의해서 정하는 걸로, 어때?"

"알았어. 일단 도크에게 권유한다는 의견에 찬성."

밋치는 서가 앞에서 책을 고르는 도크에게 다가갔다.

"어쩐 일이야, 뭔가 진전이 있었나?" 도크는 책을 찾으며 돌아보지도 않고 물었다.

"사부로가 돌아왔어. 기억도 되찾았고."

"믿어지지 않는군. 나도 아직 되찾지 못했는데." 도크는 딱히 동요하지 않는 기색이었다.

"엄밀히 말하자면 기억을 되찾은 게 아니라, 기억을 잃기 전에 자기가 남겨놓은 메시지를 해독했어."

"그거라면 납득이 가는군."

"사부로는 너보다 잘해낸 거야."

"꼭 그렇다고 볼 수는 없어. 내게는 기억이 삭제된다는 걸 상정할 만한 재료가 없었던 거겠지. 반면에 사부로에게는 있었고. 내가 희생한 덕분에."

"너랑 또 한 명, 엘리자 덕분이기도 해."

"흠. 한 명이 더 있었군. 기억 삭제가 내게만 일어나는 특별한 사태인지 확인한 거겠지. 앞뒤가 딱 맞아떨어져. 그렇다면 엘리자라는 사람도 기억을 잃었겠지. 연락은 했나?"

"그 점에선 사부로와 의견이 맞지 않아. 너도 같이 의논 좀 하자."

도크는 손가락으로 턱을 만지며 몇 초 생각한 후 말했다. "알았어. 자네들과 합류하는 건 위험하지만, 때로는 위험을 감수해야 앞으로 나아가기도 해. 그리고 위험이라고 해봤자 최악의 경우, 계획이 적에게 모조리 들통 나고 기억이 삭제되는 게 전부야. 별것 아니지."

"나는 엘리자를 팀에 넣어야 한다고 생각해." 도크는 분명하게 말했다.

밋치는 그것 보라는 듯한 표정으로 사부로를 봤다.

여기는 밋치의 방이다. 세 사람 중에서 아직 적에게 찍히지 않았을 가능성이 제일 높다는 이유로 밋치의 방을 작전 회의실로 삼았다.

밋치답게 투박한 방이었다. 책상 위며 바닥이며 계산식이 적힌 메모가 어지러이 흩어져 있었고, 메모지 사이로 공구와 회로 부품이 언뜻언뜻 보였다.

사부로는 휠체어를 타고 들어가기가 망설여졌지만, 도크는 개의치 않고 여러 가지 물건을 휠체어로 빠드득빠드득 짓밟으며 방으로 들어갔다. 그 모습을 보고 결국 사부로도 방으로 들어갔다.

"엘리자를 팀에 넣는 건 위험해." 사부로는 반론했다.

"우리 셋이 모인 것만으로 이미 위험을 무릅썼어. 엘리자를 더한다고 위험성이 그렇게 더 커지지는 않아." 도크가 다시 반론했다.

"이점과 위험성을 저울에 달아봐야 해."

"이점도 위험성도 정확하게 평가할 수는 없지. 어쨌거나 적이고 바깥이고 우리는 전혀 모르니까." 도크는 어깨를 움츠렸다.

"그렇다면 이 이상 위험성을 높이는 짓은 더더욱 피해야 하지 않을까?"

"그럼 왜 나를 불렀지?"

"불러서 불만이야?"

"아니, 전혀."

"그럼 문제없잖아."

"엘리자 역시 불러도 불만은 없을지도 모르지."

"……나는 전체적인 위험성을 고려하는 거야."

"그게 무슨 뜻인가?" 도크가 한쪽 눈썹을 치켜세웠다.

"넷이서 탈출하면 성공하든 실패하든 그걸로 끝이야. 나머지 거주자는 여기 고립되는 셈이지."

"성공하면 아무도 돌아오지 않을 테니까." 밋치가 말했다. "하지만 실패했을 때는 처음부터 다시 시작하는 거잖아?"

"적도 그렇게 물러터지지는 않았을걸. 그저 기억을 지우는 데 그치지 않고, 엄중하게 감시할지도 몰라. 아니면 뭔가 다른 조치를 취할 수도 있고." 사부로는 말했다.

"다른 조치라니?"

"약물을 투여하거나, 로보토미(전두엽 절제술. 과거에 중증 정신병 환자를 얌전하게 만들기 위해 시술했다 - 옮긴이)를 시행한다거나."

"설마." 밋치는 몸을 부르르 떨었다.

"그게 바람직한 상태는 아니지." 도크는 말했다. "하지만 우리는 이미 백 살이니까 그 상태가 그리 오래가지는 않을 거야. 너무 비관적으로 생각할 필요는 없어."

"우리가 처할 끔찍한 상황이 예상돼서 슬프다는 게 아니야. 우리가 실패하면 뒤를 이을 사람이 없잖아. 그게 걱정인 거지."

"아, 그거로군." 도크는 납득했다. "그럼 누군가 한 명 남으면 되잖나?"

"기억을 잃은 엘리자가 그 한 명에 딱 적임이라는 거야." 사부로는 벌게진 얼굴로 말했다.

밋치는 알겠다는 듯 갑자기 고개를 끄덕였다.

하지만 도크는 이상하다는 듯 말했다. "기억을 잃은 상태로는 안 되지. 결국 후계자는 없어지는 셈이야."

"엘리자라면 혼자 힘으로 이 시설이 얼마나 이상한지 다시 알아차리겠지."

"그럴 수도 있어. 하지만 확실치는 않지. 왜 엘리자에게 진실을 알리기를 거부하는 건가?"

"도크, 사부로의 심정을 좀 알아줘." 밋치가 끼어들었다.

"심정? 사부로의 심정은 갑자기 왜?" 도크가 물었다.

"심정은 관계없어!" 사부로의 얼굴이 더 붉어졌다. "밋치, 당신은 가만히 있어. 이야기가 복잡해지잖아."

밋치는 어깨를 으쓱하고 입을 다물었다.

"진실을 알리고 나서 혼자 여기 남겨두면, 엘리자는 마치 버림받은 기분을 느끼지 않을까?"

"글쎄, 나는 엘리자가 아니라서 잘 모르겠는데." 도크가 말했다.

"보통은 그래."

"보통은 그런가?" 도크는 밋치에게 물었다.

"밋치의 의견은 참고하지 않아도 돼." 사부로가 당황해서 말했다.

밋치는 다시 어깨를 으쓱하고 기가 찬다는 표정을 지었다.

"그럼 어떻게 한다? 엘리자에게 아무것도 알리지 않으면, 결국이 시설에 남은 거주자를 버리는 셈이야." 도크가 말했다.

"내가 엘리자에게 메시지를 남기고 갈게."

"그건 위험하지 않겠나? 적에게 들킬 거야."

"'협력자'가 내게 했듯이 암호를 사용하면 돼."

"엘리자는 일기를 쓰나?"

"일기 말고 다른 방법도 있지."

"어떤 방법?"

"밋치가 도와주면 돼. 엘리자의 휠체어가 일정한 거리를 이동하면 조종간 덮개가 열리도록 하는 거지. 거기에 힌트를 숨겨두는 거야."

"그럼 적에게도 발각될 텐데."

"엘리자밖에 모르는 정보를 실마리 삼아 암호를 만들면 돼."

"자네는 기억이 삭제됐으니 엘리자에 관해 아무것도 모르잖나."

"내가 알아. 사부로가 꼬치꼬치 캐묻길래 다 알려줬어." 밋치가 입을 열었다.

"이 방법이면 문제는 없겠지." 사부로가 확답을 원하듯 말했다.

도크는 한쪽 눈썹을 치켜세웠다. "그 방법이 최선이라는 확증은 없지만, 다 함께 탈출하는 게 최선이라는 확증도 없지. 자네가 그렇게 하고 싶다면 이의는 없어."

"밋치는?"

"도크 생각이 그렇다면, 나도 상관없어."

"다행이군. 그럼 나 혼자서 암호를 어떻게 작성할지 생각해볼게." 사부로는 방에서 나갔다.

"정말 알 수 없는 사내로군." 사부로가 나가자 도크는 중얼거렸다.

"아니. 진짜 알기 쉬운데." 밋치는 말했다. "사부로는 엘리자에게 특별한 감정을 품고 있어. 그래서 엘리자를 위험으로부터 최대한 떼어놓고 싶은 거야."

"둘 다 백 살줄에 들어선 늙은이인걸." 도크는 그답지 않게 웬일로 놀란 듯한 표정을 지었다.

"사랑은 나이로 하는 게 아니잖아."

"사부로는 엘리자와 어울려 지낸 기억이 없을 텐데."

"적은 기억은 지워도 사랑하는 마음은 지우지 않는 건지도 모르지. 아니면 사랑은 크게 중요하지 않다고 봤을 수도 있고. 멍청한 놈들이야."

도크는 말없이 팔짱을 꼈다. 하지만 어쩐지 유쾌해 보였다.

제2부

1

지금까지는 무서울 정도로 순조롭다.

방독면을 쓴 사부로는 휠체어를 타고 숲속을 나아가는 도중에 지도를 보며 생각했다.

그저 얼룩덜룩해 보이는 그 종이는, 사부로 방의 끝부분이 말려 올라간 벽지의 뒷면이었다.

그것이 지도임을 알아차린 건 사부로가 짐 속에 있던 백지의 의미를 생각하고 있을 때였다.

짐 속에 들어 있던 백지는 정말로 그냥 백지로 보였지만 아무래도 한 번 젖었는지 표면의 일부가 거칠거칠했다.

사부로는 그 모양을 어디서 본 것 같은 느낌이 들었다. 그리고 방을 한 시간쯤 살피다 말려 올라간 벽지의 얼룩과 똑 닮았다는 사실을 겨우 알아차렸다.

사부로는 벽지를 신중하게 떼어내 백지와 비교해봤다.

백지의 거칠거칠한 부분은 벽지의 얼룩과 아주 흡사했다. 그것도 전체가 아니라 벽지의 얼룩 중 극히 일부가 백지의 거칠거칠한 부분과 거의 판박이였다.

사부로는 백지를 두고 기억이 지워지기 전에 만든 숲의 지도가 아닐까 추측했다. 그게 벽지의 얼룩과 일부가 일치했으니 벽지 자체가 이 시설 주변의 지도인 셈이다.

그리고 벽지를 뒤집자 그때까지 알아차리지 못했지만 가느다란 선이 그려져 있었다. 벽지를 빛에 비춰보자 가느다란 선은 얼룩과 전혀 겹치지 않았다.

이 선은 시설에서 탈출하기 위한 경로라고 봐야 아귀가 들어맞는다.

사부로는 자신의 가설을 도크와 밋치에게 알렸다.

두 사람은 사부로의 추리가 거의 틀림없을 것이라고 했다. 그리고 그날이 지나기 전에 세 사람은 탈출을 결행했다.

지도가 손에 들어온 이상, 더는 일정을 미룰 필요가 없기 때문이다.

세 사람은 각각 골무를 끼고 밖으로 향했다. 이번에도 골무는 아무 탈 없이 열쇠 역할을 해줬다.

밖으로 나가자 세 사람의 휠체어는 일렬종대로 줄을 지었다. 각 휠체어의 간격은 약 5미터. 세 사람이 뭉쳐 있으면 무슨 일이 발생했을 때 전멸할 가능성이 높으므로, 이런 대형을 취한 것이다. 선두는 사부로, 다음이 밋치, 마지막이 도크였다.

"우리 중 한 명에게 이변이 생겼을 때, 나머지 두 명은 그 사람을 도울 생각 말고 각자 살아남기 위해 가장 적합한 행동을 취할것." 사부로는 밋치와 도크에게 일러두었다.

"당연하지. 위험하다고 해봤자 기억이 삭제되는 정도잖아. 전멸을 피하기 위해 저마다 자기만 생각해야 해." 도크가 동의했다.

밋치가 개조해준 덕분에 휠체어는 마음만 먹으면 시속 30킬로미터까지 속도를 낼 수 있었지만, 지면이 울퉁불퉁하므로 속도는 시속 10킬로미터 정도로 유지하고, 특히 더 울퉁불퉁하거나 돌이 많은 곳에서는 시속 5킬로미터 이하로 나아가기로 했다.

"꽤나 넓은 숲이로군." 도크가 말했다. 목소리는 밋치가 준비한 이어폰형 통신기에서 들렸다. "교토 교외에 시설이 있다는 생각은 역시 틀렸던 모양이야."

"교토도 산악지대에는 숲이 제법 있지만 여기는 거의 평지니까. 아마 교토는 아닐 거야. 도쿄나 오사카도 아닌 것 같고." 밋치가 대답했다.

"출발하기까지는 지도의 축적이 얼마인지 불확실했지만, 이쯤오니 대강 짐작이 가는군. 지도의 1센티미터가 5킬로미터 정도일 거야."

"그렇다면 이 지도의 범위는 대략 50킬로미터인 셈이네. 열 시간 내에 숲에서 나갈 수 있을 것 같아." 사부로가 말했다.

"너무 낙관적인 거 아닌가? 지도의 끄트머리가 골인 지점이라는 보장이 어디 있어?" 도크가 신중한 의견을 내놓았다.

"심술을 부리는 것도 아니고, 구태여 어중간한 지도를 주지는 않겠지." 사부로는 말했다.

"흠. 심술이 아니라는 걸 어떻게 알지?"

"그야 '협력자'가 심술을 부릴 리가 없잖아."

"'협력자'라. 그건 자네의 희망적인 관점이 반영된 호칭이지 않나?"

"잠깐만. '협력자'가 우리 편이 아니라는 거야?"

"'협력자'에게 악의가 있다는 증거는 없어. 하지만 전폭적으로 신뢰해야 할 근거도 없지."

"공이 많이 들어갈 텐데도 지도를 감춰놓고, 지문이 찍힌 골무를 만들고, 암호를 제공하는 것 자체가 근거겠지."

"난 오히려 그게 마음에 걸려. 왜 그렇게 에둘러 가는 거지? 마치 게임을 하는 것 같잖나."

"'협력자'가 우리를 가지고 논다는 거야?"

"어허 참, 증거는 없다고 했잖아. 가능성의 이야기를 하는 거라고. 모든 상황을 상정해두는 편이 좋아."

"그럼 만약 '협력자'가 적이라면 목적은 뭔데?"

"이야기 나누는 중에 미안한데……." 밋치가 끼어들었다.

"말리지 않아도 돼." 사부로가 말했다. "싸우는 게 아니니까."

"남자아이들의 싸움을 일부러 말릴 만큼 눈치 없는 짓은 안 해. 더 중요한 일이야. 네 10미터 앞에 덫이 있다고 간이 레이더에 표시됐어."

사부로는 재빨리 급브레이크를 잡았다. 너무 갑작스레 멈춰서 하마터면 휠체어에서 튀어나갈 뻔했다.

"그런 말은 빨리 해야지."

"환담을 방해하기가 미안해서 말이야."

사부로는 자루에서 안경 형태의 쌍안경을 꺼내 들여다봤다.

몇 미터 앞에 가느다란 실이 수평으로 쳐져 있었다. 지면에서 30센티미터 정도의 높이였다.

몇 킬로미터를 나아갈 때마다 이 같은 덫과 마주쳤다. 우선은 피해갈 수 있는 길이 없는지 확인한다. 피할 수 있다면 그보다 더 좋은 방법은 없다. 바위, 나무, 비탈 등이 방해되어 옆길로 빠질 수 없을 때는, 실을 넘어가든가 아래로 통과한다. 실의 높이가 10센티미터가량이면 셋에서 휠체어를 한 대씩 들어 올려 실을 넘어간다. 휠체어는 무게가 20킬로미터 정도이므로 잠깐이라면 어찌어찌 들어 올릴 수 있다. 반대로 실의 높이가 50센티미터 이상이면 휠체어를 접어서 실 아래로 통과시킨다. 시간과 수고가 들지만, 체력을 쓰지 않는 만큼 사실은 이쪽이 편하다. 이번처럼 실의 높이가 30센티미터가량일 때가 제일 골치 아프다. 위로 넘어가기도 아래로 빠져나가기도 어렵다.

사부로는 휠체어를 타고 접근해서 실의 상태를 관찰했다.

3미터 길이의 실이 길을 빈틈없이 가로막았다. 실의 양쪽 끄트머리는 길에서 조금 벗어난 곳에 위치한 나무로 뻗어가, 한 변이 10센티미터쯤 되는 조그마한 금속 상자에 연결돼 있었다.

"이거 해제할 수 있겠어?" 사부로는 밋치에게 물었다.

다가온 밋치가 호주머니에서 장치를 꺼내 안테나를 세우고 박스에 가까이 댔다.

"이봐, 괜히 전파를 발생시켰다가 작동하는 거 아니야?"

"이건 전파를 발생시키지 않고 수신만 하니까 걱정할 것 없어." 밋치는 다이얼을 조정하며 뭔가 측정했다. "아무것도 발신하지 않는 것 같은데. 하지만 실이 끊어진 순간에 비상벨이 울릴지도 모르지."

사부로는 머리를 긁적거렸다. "휠체어를 30센티미터 들어 올릴 자신이 있어?"

"그만두는 게 좋을걸. 허리나 무릎을 다치면 당분간 일어설 수 없을지도 몰라. 최악의 경우에는 당분간이 아니라 영원히." 도크가 말렸다.

"이 실을 뭔가에, 예를 들면 여기에 말뚝을 박고 고정하면 실이 끊어져도 장력이 유지돼서 작동을 막을 수 있지 않을까?"

"건드리기만 해도 작동한다거나." 밋치가 말했다.

"그렇게 민감하지는 않겠지. 비도 내릴 테고, 곤충이나 작은 동물이 부딪치기도 할 테니까."

밋치는 돋보기를 꺼내 실을 관찰했다. "말뚝을 박은들 어떻게 고정하느냐도 문제야. 되도록 이 실을 건드리기 싫어."

도크가 박스를 관찰했다. "나사구멍이 있군."

"그건 아마 덫이 아닐 거야. 슬렁슬렁 여기를 지나가던 사람이 박스를 분해하다니, 그런 경우는 상정하지 않았을 테니까." 사부로가 말했다.

"밋치, 이걸 분해하면 어떤 구조로 작동되는지 알 수 있지 않을까?" 도크가 물었다.

"분해할 수 있다면야."

"나사구멍이 있다고 했잖아." 도크가 되풀이해 말했다.

"속임수일지도 몰라. 그리고 속임수가 아니더라도 분해하면 진동이 발생해."

모두가 입을 다물었다.

"아무래도 우리 여행도 여기서 끝인가 보네." 밋치가 아쉬운 듯이 말했다.

"왜?" 사부로가 물었다.

"왜?" 도쿠도 동시에 말을 꺼냈다.

"그야 전부 헛수고로 돌아갔으니까. 더 이상 나아갈 방법이 없어."

도크는 잠시 생각하다 말했다. "나아가는 건 문제없어."

"그래. 돌아갈 바에야 경보기를 작동시키더라도 이대로 나아가는 편이 나아." 사부로가 동의했다.

"도망칠 수 있을 것 같아?" 밋치의 눈이 휘둥그레졌다.

"그렇게 따지면 지금 이 순간에도 시설에서는 비상벨이 울리고 있을지 모르지. 비상벨을 두려워할 때가 아니라고."

"확실히 일리 있네. 우리는 탈출자 신세니까 경보기가 두려워서 돌아가는 건 바보 같은 짓이야. 하지만 우리가 직접 경보기를 켜는 것도 바보 같은 짓 아니야?"

"무조건 켤 필요는 없어. 일단 해제하는 방침으로 진행하자. 만약 작동되면 서둘러 목표 지점으로 향하는 수밖에."

"알았어. 나보고 하라는 거구나." 밋치는 박스를 다시 관찰하더니 방독면을 벗었다.

"이봐, 뭐 하는 거야?" 사부로는 놀라서 물었다.

"이런 걸 쓰고 있으면 얼굴을 가까이 대고 작업을 못 하잖아."

"가스가 나오면 어쩌려고?"

"아마 수면 가스겠지. 죽지는 않아." 밋치는 이미 작업을 시작했다. 호주머니에서 꺼낸 드라이버로 순식간에 덮개를 벗겼다. 박스 속에는 더 작은 박스가 있었고, 실 끝부분은 그 속에 있는 듯했다.

"아주 엄중하군." 밋치는 분해를 계속해 나갔다. 실 끝부분은 스프링에 고정되어 있었다. 실이 끊어진 순간 스프링의 힘으로 스위치가 켜지는 구조인 것 같았다.

"단순한 장치야. 해제할 수 있겠어." 밋치는 스위치 부분을 니퍼로 끊어 장치가 항상 꺼져 있도록 조치하고 실도 절단했다.

"끝. 자, 가자." 일어선 순간 밋치가 갑자기 눈을 감고 앞으로 휘청거렸다.

사부로와 도쿠는 재빨리 밋치를 부축했다.

"괜찮아. 숨은 붙어 있어." 도크가 확인했다. "아마 밋치 생각보다 덫이 복잡했던 모양이군. 가스가 분사된 거야."

"어쩌지? 여기서 간호할까?" 사부로가 물었다.

"이 부근은 가스 농도가 진할 가능성이 높아. 아무튼 휠체어로 돌아가서 후퇴하자. 적어도 100미터는 물러나야 해." 도크가 판단을 내렸다.

둘이 힘을 합쳐 밋치를 끌고 가서 겨우 휠체어에 태운 후, 모터를 가동시켜 왔던 방향으로 돌아갔다.

"밋치, 정신 좀 차려봐." 사부로가 이름을 부르며 몸을 흔들었다.

"으으으으음." 밋치는 눈을 감은 채 언짢은 듯한 소리를 냈다.

도크가 밋치의 가슴에 귀를 댔다. "긴급사태니까 어쩔 수 없지."

"아무도 뭐라고 안 해." 사부로가 대꾸했다.

"걱정 마. 호흡도 심장 박동도 정상이야."

"문제는 정신이로군. 기억은 정상일까?"

"밋치, 눈을 떠!" 도크가 몸을 더 세게 흔들었다.

"뭐? 졸린데."

"밋치, 지금 도망치는 중이야. 잠들면 안 돼."

하지만 밋치는 그대로 색색거리며 곯아떨어졌다.

"지금 깨우기는 힘들 것 같아." 도크는 한쪽 눈썹을 치켜세웠다. "어쩐다?"

"나더러 결정하라고?"

"자네가 리더니까."

"평소에는 사정없이 내게 불평을 늘어놓으면서."

"그건 의견을 내놓는 거지. 결정하는 건 자네야."

사부로는 입을 꾹 다물었다. "그럼 일단 당신 의견을 들려줘."

"방향성으로 따지면 크게 두 가지로 나뉘어. 이대로 나아가느냐, 돌아가느냐."

"그 의견에는 동의해. 각 방책의 장점과 단점은?"

"이대로 나아갈 경우의 장점은 당초 계획과 크게 어긋나지 않는다는 거지. 가스의 영향이 일시적이라면 밋치는 곧 깨어날 거야. 단점은 앞으로 적어도 한동안은 밋치를 돌보면서 나아가야 한다는 거고. 덧붙여 이건 최악의 경우인데, 밋치의 용태가 악화될 가능성이 있어."

"음, 그렇군." 사부로는 자기 이마를 손으로 짚었다.

"돌아갈 경우의 장점은 밋치가 확실히 회복되리라는 거야. 단점은 아마도 우리에게 다시는 탈출 기회가 오지 않으리라는 거고. 덧붙여 돌아가더라도 결국 밋치는 돌보면서 가야 해."

"어떻게 옮기지?"

"휠체어를 자동으로 운전하기는 어려워. 우리 휠체어 중 한 대랑 연결하는 수밖에 없겠지."

"현재 상태 분석은 그걸로 끝이야?"

"응."

"그럼 당신은 어느 쪽을 추천하는데? 나아가는 거? 아니면 돌아가는 거?"

"결국 내게 결정권을 넘기겠다고?"

"아니. 참고만 할 거야. 나는 독재자니까 당신 의견을 듣고도 무시하겠어."

"우리 호기심보다는 밋치의 목숨이 우선이지. 애당초 기억이 지워지면 지금까지 품었던 호기심도 사라질 거야."

"좋아, 당신 의견에 따르지. 당장 돌아가자."

"이보게. 이야기가 다르잖나. 이래서는 내가 결정한 셈인걸."

"다르기는. 나는 독단적으로 '도크가 무슨 말을 하든 그 의견에 따르겠다'고 마음을 정했어. 따라서 이번 결정은 내 독단이었던 거지."

"그런 억지는 처음 듣는군."

"나도야."

"좋아, 일단 휠체어를 서로 연결할 방법을 생각하자. 밋치의 도움이 없으니 고생깨나 하겠어." 도크가 휠체어의 구조를 살펴봤다.

"나는 반대야." 밋치가 느닷없이 눈을 떴다.

"정신이 들었어?" 사부로의 얼굴에 웃음이 맺혔다.

"탈출에 참가할 때부터 위험은 각오했고, 누군가에게 이변이 생겨도 나머지는 도울 생각을 하지 않기로 약속했잖아. 지금까지 일이 어떻게 돌아갔는지를 고려해보건대, 나를 내버려두면 시설 사람이 회수하러 올걸."

"그럴 수도 있지만, 의식을 잃은 사람을 오랜 시간 방치할 수는 없어."

"물론 나도 방치당하고 싶지는 않아."

"그렇다면……."

"하지만 나를 데리고 시설에 돌아가는 건 합리적이지 못하지. 지도를 봐봐."

사부로는 지도를 펼쳤다.

"시설의 위치는?"

"여기야." 사부로는 지도 가장자리를 가리켰다.

"목적지는?"

"여기지." 사부로는 지도의 다른 쪽 가장자리를 가리켰다.

"현재 위치는?" 사부로가 가리킨 곳은 시설보다 목적지에 조금 더 가까웠다.

"이제 돌아가기보다 나아가는 편이 빨라. 그리고 날 치료하기에 그 시설보다 나은 곳이 밖에는 얼마든지 있겠지. 시설이 아니라 목적지로 가는 게 합리적이야."

"말이야 그렇지만 여기부터는 미지의 영역인데."

"지금까지도 미지의 영역이었지만 잘 헤쳐왔잖아."

"그렇지만……."

"이건 내 희망이야. 나는 거기 돌아가기 싫어. 정말로 밖에서 치료를 받고 싶어."

"알았어. 당신이 원하는 대로 하자고."

"이보게들!" 도크가 소리쳤다. "목적지라고 한들……."

"하지만 밋치가 원하잖아."

"부탁이야, 제발. 약속해줘." 밋치는 사부로의 손을 잡았다.

"알았어. 앞으로 나아갈게."

"잠깐. 방금 밋치는 치료라고 했어. 의식을 되찾았는데 왜 치료가 필요하지?"

그 순간 밋치가 고개를 툭 떨구었다. 다시 의식을 잃은 것이다.

"호흡도 심장 박동도 정상이야." 도크가 말했다. "그런데 지금 이건 뭐였지?"

"원래 의식을 잃어야 마땅한 상태였지만, 강인한 의지력으로 1분이나 이야기한 거겠지. 정말 대단한 할머니야."

"동의하네." 도크는 한쪽 눈썹을 치켜세웠다. "그럼 나는 휠체어를 연결할게. 시설에는 밤에나 도착하겠군……."

"시설? 왜?"

"아까 우리 둘이 상의해서 시설에 돌아가기로 하지 않았나."

"그 후에 밋치와도 이야기를 나누었지."

"그건 논외야. 밋치는 가스에 영향을 받은 상태였어."

"그렇지만 상의한 결과 앞으로 나아간다는 결론에 이르렀

는걸."

"그야 밋치를 안심시키기 위한 방편이고. ……그런 줄 알았는데."

"목적지로 향하기로 밋치와 약속했어." 사부로는 잠든 밋치를 바라봤다.

"내 의견을 말하자면, 지금 화제에 오른 목적지는 어디까지나 임시로 정한 장소야. 거기에 확실히 뭔가가 있다는 보장은 없어. 그 앞도 숲일 가능성이 있다고."

"그럼 아까 그렇게 말하지 그랬어?"

"아까는 밋치의 뜻을 거스르지 않는 편이 좋을 것 같았거든."

"그럼 어쩔 수 없군. 밋치가 잠들었으니 우리끼리는 방금 전 결정을 뒤집을 수 없어."

"그런 억지는 처음 듣는군."

"나도야."

사부로와 도크는 머리를 모아 겨우 휠체어 두 대를 연결한 후 목적지를 향해 출발했다. 사부로의 휠체어가 앞장섰고, 도크의 휠체어가 밋치의 휠체어를 끌며 그 뒤를 따랐다.

도중에 덫이 있음을 알리는 실과 몇 번 마주쳤지만, 아래 아니면 위로 겨우겨우 통과했다. 하지만 밋치의 도움이 없는 데다, 밋치도 옮겨야 했기에 지금까지와는 비교도 안 될 만큼 고생이 심했다. 덫 하나를 통과하는 데 한 시간 넘게 걸리는 바람에 목적지까지 십수 킬로미터 남은 지점에서 날이 저물고 말았다.

"이제 어떻게 하지?" 사부로는 도크에게 물었다. "여기서 야숙하는 거랑, 이대로 계속 나아가는 거랑 뭐가 더 안전할까?"

"어느 쪽이 더 안전할지 판단할 재료가 없어. 하지만 이대로 계속 나아가는 건 생리학적으로 불가능해. ……요컨대 녹초가 돼서 움직일 기운이 없어." 도크는 솔직하게 대답했다.

"실은 나도 그래."

밋치는 휠체어에서 자도록 놓아두고, 두 사람은 땅바닥에 누웠다. 밤이 되자 기온이 많이 떨어진 데다 흙 위에 직접 눕는 건 고령자에게 좋지 않을 것 같았지만, 삭신이 쑤셔서 더 이상 휠체어에 앉아 있기는 무리였다. 하는 수 없이 되도록 잡초가 많이 자란 곳을 찾아서 잠자리로 삼았다.

"밤중에 곰이나 멧돼지, 들개가 나타나면 어쩌지?" 사부로가 물었다.

"여기가 일본이라고 가정한다면 맹수는 그 정도겠지만, 외국이라면 사자나 악어가 있을지도 몰라." 도크가 대답했다.

"뭐, 그래도 곰이 제일 위험할 것 같은데."

"가져온 새총으로 쫓아내는 수밖에. 맞으면 상처를 입힐 정도의 위력은 있을 거야. 만에 하나 접근전이 벌어지면 밋치가 만든 전기충격기로 격퇴해야지."

"둘 다 곰에게도 효과가 있을까?"

"그야 뭐, 사용해보지 않고서야 모르지……. 어, 뭐야?"

"왜 그래?"

"소리가 났어. 자네는 못 들었나?"

"미안하지만 하루 온종일 귀울음이 들려서 잘 모르겠어."

"쉿!" 도크가 일어섰다. "젠장! 아무것도 안 보여."

"야간 투시경이 있으면 좋겠지만, 아무리 밋치라도 그걸 만들기는 무리였나 봐."

"휴대용 서치라이트라면 있지."

"하지만 그걸 쓰면 우리도 발각될걸."

"이미 발각됐을 가능성이 높아. 새총을 준비해." 도크는 자루에서 서치라이트를 꺼냈다.

"명중시킬 자신이 없어. 당신이 쏴." 사부로는 집어든 새총을 도크에게 주려고 했다.

"나도 마찬가지야. 누가 쏘든 똑같아." 도크는 눈을 감았다. 귀를 기울이고 소리가 나는 방향을 찾는 것 같았다.

"이쪽이다!" 도크가 서치라이트를 켰다.

어둠 속에서 기계의 모습이 나타났다. 공중에 떠 있었다. 30, 40센티미터 크기에 옆으로 납작한 형태의 기계가 둥실거렸다.

"드론이다! 빨리 쏴! 놓치기 전에!"

아참, 그랬지.

사부로는 드론에 새총을 쐈다. 새총이라도 활에 가까운 구조니까 탄알이 명중하면 꽤 타격을 입을 것이다. 고작 한 발 쐈는데도 피로가 몰려왔다.

탄알이 어디로 날아갔는지는 모르겠지만, 몇 초가 지나도 아무 반응이 없는 것으로 보건대 아무래도 빗나간 모양이다.

"역시 못 맞혔어." 사부로는 어깨를 축 늘어뜨렸다.

"뭐, 어쩔 수 없지." 도크의 말과 동시에 드론이 휙 자취를 감추었다. "야단났군. 완전히 들통 났어."

"저게 적의 드론인지 아닌지는 모르잖아?" 사부로가 말했다. "협력자가 보낸 것일 수도 있어."

"희망적으로 생각하고 싶은 마음은 알겠지만, 지금은 심각하게 생각해야 해. 적이 우리 위치를 파악했다고 가정하자. 어쩌면 좋을까?"

"위치가 발각됐다면 곧 놈들이 여기로 올 거야. 늙은이 두 명이 격퇴할 방법은 없겠지. 얼른 여기를 떠야 해."

두 사람은 휠체어를 타고 즉시 출발했다.

휠체어에 장착한 서치라이트가 앞쪽을 비추었다. 이제 발견될까 봐 걱정할 상황이 아니다.

"속도를 시속 20킬로미터까지 올리자." 사부로가 제안했다.

"위험하지 않을까? 자칫해서 넘어지면 크게 다칠 거야. 게다가 지금은 한밤중이라고."

"그럼 15킬로미터로."

"지금과 5킬로미터밖에 차이가 안 나잖아. 기껏해야 마음에 위안을 주는 수준 아니겠어?"

"아니. 수백 미터 차이가 도주에 성공하느냐 마느냐를 가를 수도 있어. 최대한 빨리 가는 게 최고야."

"알았어. 속도를 올리자." 도크는 마지못해 동의했다.

시속 15킬로미터는 자전거가 경쾌하게 달리는 속도다. 그래도 백 살 먹은 노인에게는 엄청난 속도로 느껴졌다. 더구나 서치라이트 불빛은 100미터 정도밖에 비추지 못한다.

"간이 레이더의 감도를 최대한 올려." 사부로가 말했다. "나는 앞쪽을 살필게. 당신은 뒤쪽을 맡아."

"알았어. ……나쁜 소식이 있어." 도크가 조용하게 말했다.

"뭔데?"

"아까 그 드론 같은 게 따라오고 있어."

"분명 나쁜 소식이지만 예상하지 못한 바는 아니야. 거리와 속도는?"

"거리는 200미터. 속도는 초속 4.2미터, 즉 시속 15킬로미터야."

"우리 속도와 똑같은 건 우연일까?"

"아마 아니겠지. 드론의 목적은 우리를 놓치지 않는 거야. 지금쯤 추적 부대가 시속 100킬로미터로 쫓아오고 있겠지."

"놈을 떼어낼 수 있을까?"

"지금 당장 휠체어에서 뛰어내려 숲속에 숨으면 드론은 아무도 없는 휠체어를 따라갈지도 몰라."

"진심으로 하는 소리야?"

"나는 가능성에 대해서 이야기한 거야."

"걸어서는 100미터를 나아가는 게 고작이야. 우리가 휠체어에서 내려서 숲속에 숨기까지 사십몇 초밖에 여유가 없어. 애당초 우리는 못 뛰어내리니까 일단 휠체어를 세워야겠지. 우리의 노림수는 그 순간에 다 드러날걸."

"그러니까 가능성에 대한 이야기라고 했잖아. 실행할 수 있다고는 안 했어."

"그럼 뭔가 실행이 가능한 작전을 세워봐."

"우리가 드론에게 접근하는 거야."

"어째서 그게 드론을 떼어내는 작전인데?"

"자네가 새총으로 드론을 격추시키는 거지. 그러면 시간을 벌수 있을지도 몰라."

"안 돼. 아까 그게 한계야. 이제 팔에 힘이 안 들어가."

"그렇다면 방법은 하나뿐이군."

"뭔데?"

"하늘에 운을 맡기고 도망친다."

"……충고 고마워."

"천만의 말씀."

도크는 빈정거림으로 받아들이지 않았을지도 모르지만, 사부로는 그걸 확인할 기력조차 없었다.

그대로 수십 분을 더 달렸을 무렵, 사부로는 레이더에 반응이 있는 걸 알아차렸다.

"아. ……나도 안 좋은 소식이 있어." 사부로는 입술을 깨물었다.

"뜸들이지 말고 빨리 말해." 도크는 냉정하게 대꾸했다.

"300미터쯤 앞에 덫이 있는 것 같아."

"그렇군."

"어째야 할까?"

"지금까지처럼 피하거나, 밋치처럼 박스를 분해해서 센서를 해제하거나, 정면 돌파하거나." 도크가 말했다.

"그 세 가지는 나도 생각했어."

"피하려면 한 시간은 걸려. 드론에 감시당하는 상태에서는 현실적이지 못해. 박스 분해는 기술이 있는 밋치도 실패했으니 우리로서는 엄두도 못 내겠지."

"그럼 이대로 돌파하자는 거야?" 사부로는 반쯤 고함치듯이 말했다.

"우리는 이미 발견됐어. 센서에 걸린들 무슨 상관이야."

"덫이 작동할 텐데."

"현재 확인된 덫은 수면 가스뿐이야. 그리고 방독면의 효과는 아까 확인했지. 밋치에게도 씌웠으니까 이번에는 영향을 받을 가능성이 없어." 도크는 초조해하는 기색 하나 없이 말을 받았다.

"가스보다 더 위험한 덫이 나타날 수도 있어. 여기까지 온 건 가스가 듣지 않는다는 증거니까."

"그럴 가능성은 있겠지. 하지만 위험을 무릅써야 한다고 생각해."

"근거는?"

"없어. 하지만 그건 탈출하기 전에 물어봤어야 할 질문이야."

"확실히 그래."

그렇다. 이제 와서 위험을 무릅쓰길 주저하다니 말도 안 된다. 이 마당까지 왔으니 밀고 나가는 수밖에 없다.

"좋아, 이대로 전진한다."

"알았어."

"앞으로 50미터."

"이거 심상치 않은데." 도크가 레이더를 보고 말했다.

"무슨 일이야?"

"드론이 정지했어."

"그게 왜 심상치 않은데? 드론이 물러나는 건 좋은 일이잖아."

"모르겠나? 드론은 대피한 거야."

그때 가벼운 충격과 함께 뚝, 하는 소리가 들렸다.

"아무튼 이미 늦었어." 사부로는 말했다. "봐. 아무 일도 없잖아. 역시 가스만……."

붕.

희미하지만 불길한 소리였다.

휠체어의 서치라이트와 모터가 동시에 꺼졌다.

사부로 일행은 휠체어에서 땅으로 내동댕이쳐졌다.

심한 충격에 사부로는 잠시 숨도 못 쉴 지경이었다. 10초도 넘게 몸부림치다가 겨우 휴, 휴, 하고 바람이 부는 듯한 소리를 내며 숨을 쉬었다.

불빛이 꺼져서 아무것도 보이지 않았다.

"도크…… 살아 있나……." 사부로는 잠긴 목소리로 중얼거렸다.

대답은 없었다.

사부로는 절망에 휩싸였다.

내가 대체 뭘 한 거지. 보잘것없는 호기심을 충족시키려고 동료들을 위험 속으로 밀어 넣었어. 아무리 힘들어도 나 혼자 했어야 했는데. 도크와 밋치가 죽으면 어떻게 속죄한단 말인가.

"도크, 대답해!" 사부로는 비틀비틀 일어섰다.

팔다리를 움직여봤다. 어두운 데다 저려서 잘은 알 수 없지만, 그럭저럭 말은 듣는 것 같았다.

"도크, 어디 있어?" 사부로는 도크와 밋치가 있으리라 짐작되는 방향으로 나아갔다.

몇 발짝 만에 뭔가와 부딪쳤다.

사부로는 그 자리에 쓰러졌다.

거기에는 도크와 밋치 같아 보이는 형체가 있었다.

"도크 맞아? 괜찮아?"

"응. 죽지는 않은 모양이야. 캄캄한걸." 도크의 힘없는 목소리가 들렸다. "드론이 정지한 시점에 이럴 것 같기는 했어. 알기는 했지만 말이나 행동으로 옮기지 못했지. 역시 나이는 무시할 수 없군."

"밋치는 좀 어때?"

"변함없어. 호흡도 심장 박동도 정상이야. 충격으로 잠깐 눈을 떴지만 다시 잠들었어."

"대체 무슨 일이 일어난 거야?"

"아마도 전자기 펄스일 거야. 미리 대비하지 않으면 엄청난 양의 전류가 흘러서 회로가 망가져. 드론은 말려들지 않기 위해 대피한 거겠지."

"혹시 이어폰형 통신기기도 망가지나?"

"당연하지."

도크가 호출에 응하지 않은 이유를 알았다. 단순히 통신기기가 고장 나서 들리지 않은 것이다.

"내 실수야." 도크가 자책했다.

"아니. 내가 판단을 잘못했어." 사부로는 그 자리에 주저앉았다. "일단 구하러 올 때까지 여기서 기다리자."

"구하러 오다니?"

"시설에서 구조대가 오겠지."

"그래서는 계획이 실패하잖아."

"아니. 이미 실패했어."

"아직 끝나지 않았어." 도크는 말했다. "자네는 아직 걸을 수 있잖아."

"걸어서 가라는 거야? 우리는 몰라도 밋치는 무리야."

"그러니까 내가 밋치와 함께 남을게."

"나 혼자 가라고?"

"그게 합리적인 판단이야."

"혼자 도망칠 수는 없어."

"시설을 나설 때 약속한 거 잊었나? '우리 중 한 명에게 이변이 생겼을 때, 나머지 두 명은 그 사람을 도울 생각 말고 각자 살아남기 위해 가장 적합한 행동을 취할 것.' 자네 혼자서라도 탈출을 완수해야 해."

"하지만 그럼 당신들은 어떻게 되는데?"

"기억을 삭제당하겠지. 별것 아니야. 그렇다고 자네까지 기억을 삭제당할 필요는 없어."

"로보토미를 시행하거나 약물을 투여할지도 몰라."

"그럴 가능성은 거의 없고, 설령 그렇더라도 고통은 최소한에 그치겠지."

"나만 도망쳐서 어쩌라고?"

"자네가 여기서 멈추면 지금까지 우리가 해온 고생이 전부 수포로 돌아가."

"그럼 당신이 가면 되겠네. 밋치는 내가 돌볼게."

"안타깝게도 다리가 말을 안 들어. 어쩌면 부러졌는지도 모르겠군."

"나도 못 걸어."

"방금 여기까지 걸어온 것 같은데?" 해가 떠오르기 전의 희붐한 빛 속에서 도크가 한쪽 눈썹을 치켜세우는 것이 보였다.

사부로는 도크의 하반신 주변을 더듬었다.

질척한 액체가 느껴졌다.

꽤 많이 다친 모양이다. 하지만 사부로는 망설인 끝에 도크에게는 덮어두기로 했다. 하기야 본인은 이미 눈치챘을지도 모른다.

사부로는 천천히 일어섰다.

"걸어본들 100미터 정도야."

"상관없어. 한 걸음이라도 더 앞으로 나아가." 도크는 밋치를 품에 안았다. "그게 미래로 향하는 유일한 길이야. 밋치는 걱정 말고. 밋치는 내가 반드시 지킬게."

사부로는 고개를 끄덕였다.

그리고 아침놀에 감싸인 숲속으로 걸음을 옮겼다.

2

새빨간 아침놀이었다.

사부로는 숲이 불타는 게 아닐까 몇 번이나 착각했고, 그때마다 이건 그냥 아침놀이라고 스스로를 타일렀다. 신기하게도 화염이라고 착각하는 동안은 열기를 느끼는 듯 땀이 줄줄 흐르고 심장 박동이 빨라지고 호흡이 거칠어졌다.

이제 여생이 그렇게 길지 않을지도 모른다.

어쩐지 그렇게 느껴졌다. 그리고 '길지 않다'의 기준이 어느 정도인지 자문자답했다. 몇 시간과 몇 년은 천지 차이다.

지도로 현재 위치를 확인하자 아무래도 목적지, 사부로가 숲의 출구라고 생각하는 지점까지 겨우 몇백 미터 남은 것 같았다.

겨우 몇백 미터.

사부로는 하마터면 발작하듯 웃음을 터뜨릴 뻔했다.

습관처럼 남아 있는 젊은 시절의 사고방식 때문에 몇백 미터를 '겨우'라고 생각했다. 젊으면 몇 분 만에 갈 수 있는 거리다. 지금도 휠체어만 있으면 거뜬하다. 하지만 걸어서는 몇십 미터만 나아가도 숨이 멎을 것 같다. 다리가 부들부들 떨려서 잘 움직일 수가 없었다. 이대로라면 100미터도 못 가서 기어야 할지도 모른다.

사부로는 나무줄기를 손으로 짚고 휴식했다. 앉고 싶었지만 앉으면 다시 못 일어설 것 같았기에 기대고만 있었다.

눈이 아물거리고 풍경이 구불구불 일그러졌다.

사부로는 눈을 감고 호흡을 가다듬으려 했다.

세상이 무서운 기세로 빙글빙글 도는 것 같았다.

당황해서 눈을 떴다.

세상은 그대로 있었다. 하지만 중력이 잘못됐는지 세상이 뒤집어질 것 같았다.

이제 틀렸을지도 모른다. 더 이상 무리하면 분명 심장이 멈출 것이다. 여기 쓰러져 있으면 금방 추격자가 발견하리라.

사부로는 몸에서 힘을 뺐다. 무릎이 꺾여 풀썩 쓰러지는 느낌이 났다. 쓸쓸한 패배의 맛이 났지만, 한편으론 마음 편하기도 했다.

이만하면 됐잖아. 나는 최선을 다 했어.

한 걸음이라도 더 앞으로 나아가. 그게 미래로 향하는 유일한 길이야.

갑자기 도크의 목소리가 들렸다.

사부로는 나무줄기에서 살짝 튀어나온 부분을 잡고 하마터면 쓰러질 뻔한 몸을 지탱했다. 그리고 뒤를 돌아봤다.

도크는 없었다.

이건 실제로 들린 목소리가 아니다. 기억 속의 목소리가 되살아났을 뿐이다. 환청이라고 해도 되리라. 하지만 그 목소리는 사부로가 쓰러지기를 용납하지 않았다.

그래. 도크는 내게 나아가라고 했어.

밋치는 걱정 말고. 밋치는 내가 반드시 지킬게.

믿는다, 도크.

사부로는 숨을 크게 들이마신 후 우렁차게 소리를 지르려고 했다.

하지만 모깃소리밖에 나오지 않았다.

뭐, 어쩔 수 없다. 나는 백 살이니까. 그리고 큰 소리를 지르면 적에게 들킬지도 모른다.

크게 부르짖지는 못했지만, 시도라도 하자 용기가 솟아오르는 것 같았다.

그리고 다시 걸음을 내디뎠다.

그래. 나는 아직 걸을 수 있다.

사부로는 한 발짝 한 발짝 신중하게 나아갔다. 걸음을 뗄 때마다 머리가 어질어질하고 통증도 심했지만, 꾹 참고 나아갔다.

대체 어디까지 갈 수 있을지는 모른다. 한 걸음마다 이번이 마지막이라는 기분이었지만, 이를 악물고 어떻게든 다음 한 걸음을 내디딘다. 그게 가능한 것도 기껏해야 앞으로 몇 걸음이겠지만, 그렇게 생각하면서도 백 걸음 넘게 나아간 것 같았다. 물론 몇 걸음이나 걸었는지 헤아릴 여유는 없었기에 고작 열 걸음일 가능성도 있다. 아니면 천 걸음일 수도.

그럴 리가 있나.

사부로는 쓴웃음을 지었다.

몸이 휘청 흔들렸다.

한순간 의식을 잠깐 잃었던 것 같다.

이제 슬슬 끝이 가까워진 모양이다. 목적지를 보지 못하고 끝내려니 억울하기도 했지만, 하고 싶은 일을 했으니 후회는 없다.

여기서 쓰러지고 추격자에게 붙잡혀 기억이 삭제되면 억울함도 사라지리라.

아니면 그대로 죽을지도 모른다. 그럴 경우에도 더 이상 억울할 건 없다.

뭐야. 그럼 아무 걱정 할 필요 없잖아. 나는 한 걸음씩 나아가기만 하면 돼.

으음. 뭐였더라?

의식이 점점 몽롱해졌다. 기억도 뚝뚝 끊겼다. 지금 자신이 무엇에게서 달아나는지조차 분명치 않았다.

한 걸음이라도 더 앞으로 나아가. 그게 미래로 향하는 유일한 길이야.

대체 누구지? 그런 헛소리를 한 건?

이제 의식을 유지하기조차 힘들었다. 다양한 생각과 기억이 머릿속을 주마등처럼 스쳐가서 뭐가 현실인지 판단하기가 어려웠다.

의식도 기억도 마치 퍼즐 조각 같았다.

드디어 숲의 출구 같은 것이 보였다.

부웅, 부웅, 부웅.

날갯소리가 시끄럽다.

올려다보자 파리 몇 마리가 머리 위를 날아다니고 있었다.

머리가 어질어질했다.

나는 정말로 괜찮을까? 무사히 이 숲에서 빠져나갈 수 있을까? 애당초 숲에서 나가겠다는 내 판단은 옳았을까? 도대체 거기서 달아나야 할 이유는 있었을까? 아니, 있었더라도 그게 망상이 아니라고 어떻게 단정하지?

사부로는 웃옷 호주머니를 뒤졌다.

작게 접어서 넣어둔, 노랗게 변색되고 얼룩이 가득한 종이를 꺼냈다.

종이에는 사라질 것처럼 희미한 곡선이 한 줄 그려져 있었다. 거의 직선에 가깝지만 군데군데 구불구불 휘어진 것이 지렁이 처럼 생긴 곡선이다. 곡선은 평범한 낙서처럼 보였다.

부웅, 부웅, 부웅.

날갯소리가 너무 시끄러워서 생각을 정리할 수 없었다.

사부로는 위를 올려다봤다.

파리가 날아다니고 있었다. 상당히 큰 파리다.

눈이 아물아물해서 파리들이 이중으로 보였다. 몇 마리인지조 차 확실치 않았다.

그렇다. 파리들의 크기는 인간과 거의 비슷했다.

사부로는 심장이 세차게 뛰었다.

저건 실제로 존재하는 걸까, 아니면 내 뇌가 만들어낸 환영 일까?

날갯소리가 커졌다. 아무래도 내려오는 모양이다.

일그러져서 아주 알아듣기 힘든 목소리가 들렸다. 하지만 그것은 틀림없이 인간의 말이었다.

"어서 와. 네가 돌아오기를 내내 기다렸어."

3

사부로는 편안한 온기에 감싸여 있었다.

어린 시절, 추운 겨울 아침에 따뜻한 이불에 감싸여 늦잠을 잤을 때가 생각났다. 이제 일어나야 한다는 걸 알면서도, 잠기운에 취해 이불의 왕국을 지배하던 쾌감이 되살아났다.

여기는 어디일까?

그런 의문이 떠올랐다.

분명 눈을 뜨면 답이 있으리라. 하지만 도저히 눈을 뜰 기분이 들지 않았다. 지금은 반쯤 잠든 상태라 뭐가 꿈이고 뭐가 생시인지 모른다. 만약 눈을 뜨면 잠에서 깨어 현실을 직시해야 한다. 그럴 바에야 아무것도 모르는 편이 나을 것 같았다.

나를 기다리고 있는 현실은 과연 어떨까?

적에게 붙잡혔다는 것이 한 가지 가능성이다. 나는 침대에서 마취를 당했다. 그리고 옆에는 내게 조치를 취하려는 의사들이 있다. 분명 뭔가를 주사하거나 뇌에 메스를 들이대려는 것이리라. 별로 마음에 들지 않지만 잠든 사이에 조치한다면 그렇게 괴롭지는 않을지도 모른다. 이대로 잠들어 있는 것이 최선책 같았다.

여기는 여전히 숲속이고, 나는 땅에 쓰러져 싸늘하게 식어가고 있을 가능성도 있다. 감각이 마비돼 허황된 온기를 느끼고 있는지도 모른다. 몸과 마음이 편안한 것도 분명 죽음의 순간에 뇌에서 대량으로 방출된다는 쾌락물질 때문이리라. 그렇다면 더 이상 저항하지 말고 조용히 죽음의 세계로 가고 싶다. 이제 와서 죽음에 저항해본들 고통만 길어질 뿐이다.

하나 더 있다. 이미 죽어서 사후세계에 왔을 가능성이다. 사부로 본인은 사후세계에 회의적이었지만, 실제로 존재하더라도 그렇게 이상할 건 없다고 생각했다. 예를 들어 게임 속 캐릭터를 조작하는 건 이 세상의 플레이어고, 게임에서 캐릭터가 죽어도 현실의 플레이어는 죽지 않는다. 그와 마찬가지로 이 세상과 저 세상이 게임과 현실 같은 관계라면 인간은 모두 이 세상 전용의 캐릭터인 셈이며, 설령 죽더라도 본체인 저세상의 자신은 살아 있다. 물론 그렇게 단순한 구조는 아니겠지만, 이 세상에서 죽으면 어딘가 다른 세상에 있는 육체가 깨어난다는 건 실로 그럴싸한 이야기였다. 하기야 사후세계가 쾌적하다는 근거는 없다. 그러니 눈을 뜬 순간, 불쾌한 현실의 문제에 직면할지도 모른다. 그렇다면 그 순간을 최대한 미루고 싶었다.

그렇듯 다양한 이유로 사부로는 눈을 뜨기를 망설였다.

눈을 뜨면 불행해질지도 모른다. 하지만 적어도 지금은 쾌적하니까 억지로 눈을 뜰 필요는 없다.

사부로는 속절없이 눈을 떠야 할 때까지는 눈을 감고 있기로 결심했다.

그러자 신기하게도 잠들어 있는데도 의식이 점점 또렷해졌다.

몽롱했던 기억도 차차 선명해졌다.

그 시설에 들어가기 전의 일도 서서히 떠올랐다.

21세기 초반, 일본에는 두 가지 충격적인 일이 발생했다.

하나는 급격한 저출산이다. 젊은 세대가 줄어들면서 심각한 인력 부족으로 사업을 꾸려나가지 못하는 기업이 속출했다.

다른 하나는 인공지능 실업이다. 인공지능은 멈출 줄 모르고 진보해, 지금까지는 인간의 전유물이라 여겼던 일도 인공지능에게 시킬 수 있게 되었다. 밀려난 노동자가 정리 해고를 당해 세상에는 실업자가 넘쳐났다.

이 두 가지 현상은 사실 노동력 부족과 노동력 과잉이라는 전혀 다른 경제적 측면을 가지고 있었다. 만약 이들 현상이 천천히 일어났다면 부족분과 과잉분이 상쇄되어 안정적인 경제발전을 이루었을 것이다. 하지만 저출산과 인공지능화가 제어되지 않고 동시에 급격하게 진행된 탓에 고용환경은 극히 불안정해졌다.

인공지능이 강세를 보이는 단순 작업과 사무에 종사하고 싶은 사람들은 일자리를 거의 찾을 수 없었다. 한편 창조성이 필요해 인공지능이 약세를 보이는 분야에서는 순식간에 인재가 고갈됐다.

주된 업무는 인공지능이 담당하고, 인간은 인공지능을 보조하는 업무나 맡을 것이다. 과거에 그렇게 예상한 사람들도 있었지만, 전혀 그렇지 않았다. 보조적인 업무야말로 인공지능의 특기 분야인데 비효율을 무릅쓰고 굳이 인간에게 시킬 리가 없었다.

그리하여 기억력, 계산 능력, 어학 능력이 뛰어나 대우받던 사람들은 일자리를 잃었다. 그리고 앞으로 꼭 필요할, 창조성이 뛰어난 개발자의 육성은 완전히 때를 놓쳤다.

정부는 긴급대책을 세워 전문성이 높은 외국인 노동자를 대량으로 받아들이기로 했다. 그 때문에 일시적으로 일본에는 전문성이 높은 외국인 노동자가 넘쳐났다.

일본은 오랫동안 전문성이 높은 노동자가 임금이 아닌 일에서 보람을 찾게끔 하는 문화를 유지해왔지만, 외국인들에게 그런 논리는 전혀 통하지 않았다. 울며 겨자 먹기로 일본 기업은 외국인들에게 높은 임금을 지불했다.

많은 일본인들은 외국인을 우대하는 것이 불만이었다. 한편 외국인들은 자신들의 세금이 대부분 일본인 실업자에게 사용되는 것이 불만이었다. 양쪽의 불만이 축적돼 폭발하기 직전에 다

다르자, 사회 전체가 살벌해져 대형 테러가 발생할지도 모르는 상황에 처했다.

그때 썰물이 빠지듯 느닷없이 외국인 노동자들이 일본을 떠났다.

대부분의 일본인들은 저출산을 일본 고유의 문제라고 믿었지만, 사실 저출산이 문제인 국가는 일본만이 아니었다. 특히 중국에서는 일본을 훨씬 웃도는 속도로 저출산이 진행되고 있었다. 중국은 40년이나 한 가정 한 자녀 정책을 지속해온 탓에 급속히 노인 대국으로 변해버리고 말았다. 자국 노동력이 부족해지자 중국 정부는 해외 취업을 원칙적으로 금지했다. 그 결과, 전 세계적으로 동시에 전문성이 높은 노동자가 부족해지면서 쟁탈전이 벌어졌다.

임금이 천정부지로 치솟자 많은 일본 기업들은 종업원에게 높은 임금을 지불할 바에야, 라는 생각에 순차적으로 도산의 길을 선택했다. 결국 부가가치가 높은 제품을 위해서라면 종업원에게 높은 임금을 지불해도 상관없다는 풍토가 있는 기업만 살아남아 일본 경제는 겨우 진정됐다.

유서 깊은 기업은 거의 자취를 감추었고, 지금까지와는 가치관이 전혀 다른 신흥기업들이 경제사회의 중심에 섰다.

바쁘게 일하는 일부 엘리트들과 사회보장으로 생활하는 대다수의 사람들, 그리고 단순 작업을 담당하는 수억 대의 인공지능 로봇들. 그것이 21세기 후반의 일본 사회였다.

하지만 사회 구조가 변혁하는 동안에도 인공지능은 진화를 멈추지 않았다. 인간의 역할을 서서히 인공지능이 대신하기 시작했다. 인구는 변함없이 감소했지만, 감소 추세를 웃도는 속도로 인공지능이 발달했으므로 실업자는 천천히 계속 늘어났다. 그리고 어느 순간부터 '실업자'라는 개념 자체가 시대착오적인 말이 되어버렸다. 인간이 기본적으로 일하지 않게 된 것이다. 사람들은 보통 일하지 않고 평생 사회보장으로 생활한다. 그건 불행한 일도 창피한 일도 아니다. 아주 평범하고 당연한 일이었다.

그 시점에서도 인공지능이 따라잡을 수 없을 정도로 창조성이 뛰어난 극소수의 사람들은 막대한 부를 소유했다. 하지만 일하지 않는 사람들의 생활수준이 높아짐에 따라 그들의 의욕은 서서히 낮아졌다.

일하지 않아도 충분히 만족스러운 생활이 가능한데 왜 악착같이 일해야 한단 말인가. 아무리 돈이 많아도 하루에 백 끼니를 먹을 수는 없다. 옷이 몇만 벌 있어도 다 못 입는다. 집을 백 채 가지고 있다 한들 몸은 하나다.

경제는 침체됐지만 사람들은 행복했다. 자질구레한 일들은 전부 인공지능이 대신 해준다. 돈은 그저 기호에 불과하다. 예금액 자릿수가 두세 자리 달라도 생활에는 아무 차이가 없다. 그렇다면 왜 그런 숫자에 연연해야 한단 말인가?

이 같은 경향이 생긴 건 일본만이 아니었다. 전 세계가 거의 동시에 비슷한 상황에 처했다. 대부분의 사람들은 인공지능에 의존했고, 만인이 평등한 시대가 열리는 듯했다.

하지만 그러한 흐름과는 다른 움직임도 나타났다.

아니다. 정확하게 말하자면 사람들이 인공지능에 완전히 의존하기 조금 전에 시작됐다고도 할 수 있겠다. 당시 인간을 더욱 강하게 만들기 위해 유전자 조작 기술을 활용했다. 처음에는 심각한 유전병 치료에만 사용했지만, 서서히 품종 개량 같은 측면이 대두됐다. 물론 함부로 유전자를 조작하는 것은 법으로 금지됐지만 유전성 질환을 치료한다는 명목으로 예외 규정이 많이 마련되자, 얼마 후부터 조금씩 다양한 디자이너 베이비가 태어나기 시작했다.

처음에는 키를 조금 키우는 정도라 특징이 두드러지지 않았다. 하지만 살색을 하얗게 만든다, 코를 높인다, 눈을 파랗게 만든다, 머리카락을 금색으로 만든다, 근력을 증강시킨다, 지능을 높인다 등등 제한 없이 개조하기 시작했다.

인간은 일단 규범에서 벗어나면 멈출 줄 모르고 폭주한다. 문화적인 측면에서 보면, 예를 들어 발이 작을수록 바람직하게 여겨졌던 옛날 중국에서는 여자의 발에 전족을 해서 걷지도 못할 만큼 발을 자라지 못하게 했다. 동남아시아의 한 민족은 목에 수많은 고리를 끼우고 강제로 쇄골을 내려앉혀 목이 길어 보이도록 하는 풍습이 있다. 이러한 풍습은 근대 문명의 시각에서 보면 기이하게 느껴지지만, 각각의 문화에서는 어디까지나 정상이다.

이 같은 일은 개인에게도 일어날 수 있다. 21세기 초만 해도 성형수술을 되풀이한 결과 일반적인 미의 범주에서 벗어나 으스스한 영역에 다다랐음에도, 스스로는 더욱 아름다워졌다고 잘못 받아들이는 성형 의존증이 있었다는 사실이 확인됐다.

당초 개조에 조심스러웠던 디자이너 베이비 또한 시간이 흐르면서 과도한 측면이 드러났다.

일반인보다 훨씬 힘이 센 사람, 아이큐가 보통 천재를 뛰어넘는 특급 천재, 세 개 이상의 팔이나 날개가 달린 키메라 등이 태어났다. 언제부터인가 사람들은 성장한 디자이너 베이비들을 변이 인류라고 불렀다.

스포츠계에서는 이러한 변이 인류를 경기에서 배제시키려는 움직임을 보였지만, 변이 인류로 태어난 사람을 차별하지 말라고 규탄당한 데다 인위적인 변이 인류와 자연적인 돌연변이를 구별할 방법도 없었기에 변이 인류가 낸 기록도 정식 기록으로 받아들여졌다. 얄궂게도 그것이 변이 인류가 더욱 늘어나는 계기로 작용했다.

육상 경기에서는 네발이 달린 켄타우로스 형태의 선수가 신기록을 경신했고, 수영에서는 지느러미와 아가미가 달린 반어인이나, 하반신이 물고기인 인어가 활약했다. 더 나아가 공중 축구처럼 새인간들만 참가하는 새로운 스포츠까지 탄생했다.

변이 인류의 수는 점차 늘어나 어느덧 변이하지 않은 원조 인류의 수를 넘어섰다.

세상에는 인공지능 로봇이 가득했고, 얼마 안 되는 인류의 대부분은 변이 인류였다. 22세기 중엽이 되자 원조 인류는 거의 절멸 상태였다.

22세기 중엽이라고? 그럴 리 없다. 이 무슨 어처구니없는 망상이람.

사부로는 자신의 기억에 놀랐다.

그는 20세기에 태어났다. 22세기 중엽이라면 백수십 살의 나이다. 이건 말도 안 되는 소리다. 분명 약물로 잠든 후유증으로 이상한 꿈을 꾼 것이다. 꿈속에서는 이상한 일들이 종종 일어난다. 자신이 백만장자나 우주비행사일 때도 있고, 과거의 기억도 그에 어울리게 설정된다.

슬슬 일어나야 한다. 아니면 이상한 망상에 사로잡힐 것만 같았다. 그러고 보니 의식을 잃는 순간에 괴물을 본 듯한 기억도 났다. 당연히 그것도 환각이리라. 인간과 비슷한 크기의 파리가 어디 있단 말인가. 자, 눈을 뜨자!

사부로는 눈을 떴다.

눈앞에 인간과 거의 같은 크기의 파리가 똑바로 서 있었다.

사부로는 비명을 질렀다. 이번에는 그럭저럭 큰 소리가 나왔다.

파리는 손바닥을 이쪽으로 향했다. 파리 다리지만 인간의 팔뚝이랑 손과 똑같이 생겼다.

사부로는 더 크게 비명을 질렀다.

그러자 파리는 슬금슬금 물러나 벽에 등을 갖다 댔다.

그제야 사부로는 자신이 어떤 방의 침대에 누워 있다는 사실을 깨달았다. 아무래도 작은 병실 같았다. 그것도 독실이다. 침대 옆에는 뭔가 다양하게 표시된 장치가 잔뜩 놓여 있었고, 장치에서 뻗어 나온 코드와 튜브는 사부로에게 연결되어 있었다.

한순간 전부 뽑아버릴까 싶기도 했지만, 그랬다가는 무슨 일이 일어날지 모르므로 마음을 바꾸었다. 적어도 지금 현재 몸에 아무 이상이 없는 것으로 보건대, 그렇게 험한 짓을 당하진 않은 것 같았다.

그런데…….

사부로는 다시 파리를 봤다.

파리도 이쪽을 보고 있는 것 같았지만 겹눈이라 시선이 어느쪽을 향하고 있는지 불확실했다. 하지만 꼿꼿이 서서 조용히 있는 모습에서 어느 정도 지성이 느껴지기도 했다. 아니면 엄격하게 훈련받았을 수도 있다.

사부로는 고개를 휘휘 저었다.

파리를 훈련시킨다고? 그게 말이 돼? 하물며 지성이 있는 파리라니, 얼토당토않은 생각이야. 머리가 어떻게 된 걸까? 이 링거액 때문인지도 모르지. 그러고 보니 정신을 잃기 전에 파리가 말하는 환영을 본 것 같아. 정말 심각한 상태야.

"놀라게 해서 미안해." 파리가 말했다.

사부로는 침대 주변을 두리번거렸다.

"뭐 찾는 거라도 있나?" 파리가 물었다.

"간호사를 부르는 버튼이 없어서."

"왜 그런 걸 찾지?"

"인간과 비슷한 크기의 파리가 말하는 환각이 보이거든. 뭔가 조치가 필요해."

파리는 고개를 기울였다. "그건 환각이 아니야. 따라서 조치는 필요 없어."

"당신이 환각이 아니라는 증거가 있어?"

"내가 보증할게."

"환각이 보증하는 게 무슨 증거야?"

"나를 만져보겠나?"

"인간과 비슷한 크기의 파리를 만지라고?"

"과연. 불쾌한 모양이로군."

파리의 말에 사부로는 흠칫했다. "미안해. 차별할 의도는 없었어. 마음 상하지는 마."

"상관없어. 네가 안식처에 수용됐을 때, 우리 파리인간은 아직 존재하지 않았어. 놀라는 것도 무리는 아니지."

"안식처라고?"

"우리는 네 초기 기억에만 회복 조치를 취했어. 몇 번이나 기억 봉인 조치를 당해서 한꺼번에 모든 기억을 회복시키면 정신적으로 부담이 너무 크니까. 그러니 안식처에 관한 기억이 없는 것도 당연하지."

"기억 봉인이라고? 시설 놈들이 우리의 기억을 삭제한 걸 말하는 거야?"

"기억을 삭제한 게 아니야. 선택적, 그리고 인위적으로 기억을 삭제하기는 쉽지 않지. 기억은 뇌의 일부가 아니라 전체에 분산되어 있거든. 기억 봉인은 특정한 이미지나 말을 상기시키는 기억에 접속 못 하게 하는 기술이야. 물론 조치 후 새로 생긴 기억에는 유효하지 않아."

"내가 그런 조치를 몇 번이나 받았다고?"

파리인간은 고개를 끄덕였다. "우리가 알고 있는 바로는 열여덟 번 받았어."

"열여덟 번이라고? 그렇게나 많이? 과연 내 뇌는 멀쩡할까?"

"걱정 마. 그들은 네 뇌에 피해를 끼치는 짓은 못 해."

"어째서 그렇게 단언하지?"

"로봇 공학 3원칙이 있으니까."

"그게 무슨 소리야?"

"로봇 공학 3원칙을 모르나?"

"그건 알아."

로봇 공학 3원칙은 20세기 미국 SF 작가 아이작 아시모프가 제창한 개념이다.

제1원칙 | 로봇은 인간에게 해를 입혀서는 안 된다. 그리고 위험에 처한 인간을 모른 척해서도 안 된다.

제2원칙 | 제1원칙에 위배되지 않는 한, 로봇은 인간의 명령에 복

종해야 한다.

제3원칙 | 제1원칙과 제2원칙에 위배되지 않는 한, 로봇은 로봇 자신을 지켜야 한다.

어렵게 표현했지만 요컨대 도구로서 충족해야 할 조건을 기술한 것에 지나지 않는다. 도구는 안전해야 하고, 마음먹은 대로 기능해야 한다. 그리고 쉽게 망가져서는 안 된다.

왜 이렇듯 당연한 개념을 '3원칙'이라는 이름으로 정리해야 했느냐 하면, 로봇이 인간과 닮은 탓에 도구임을 잊어버리기 십상이기 때문이다. 만약 인간에게 이런 3원칙을 강요하면 노예로 취급하는 셈이나 마찬가지다. 따라서 인간과 모습이 비슷한 로봇에게도 인격을 인정해주고 노예 취급을 하지 않으려는 것이 인지상정이리라. 하지만 아시모프는 그걸 위험하게 봤다. 만약 로봇이 모든 점에서 인간을 능가하면, 더 이상 제동을 걸기가 불가능하다. 인간은 주인의 지위에서 물러나게 될 것이다.

로봇이라면 이 3원칙을 자동으로 지키는 법이라고 착각하는 사람도 많은데, 당연하게도 그렇지 않다. 초기 인공지능에는 3원칙이 적용되지 않았다. 인공지능이 엄청난 속도로 진보해 인간을 초월하는 기술적 특이점이 올 가능성이 보였을 때, 각국 정부는 인공지능에 반드시 로봇 공학 3원칙을 적용하도록 법률로 강제했다. 3원칙은 인공지능의 진화를 억제하는 방향으로 작용한다며 반대하는 과학자도 많았지만, 수많은 SF 작품을 통해 인공지능의 반란을 알고 있던 국민들은 로봇 공학 3원칙의 도입에 찬성했다. 그리고 반대파 과학자들은 차례차례 투옥됐다. 그 후로 모든 인공지능의 기반에는 로봇 공학 3원칙이 적용됐다. 일단 흐름이 생기자 로봇 공학 3원칙을 토대로 한 기술개발이 진행됐고, 10년쯤 지나자 이제 무를 수가 없어졌다. 로봇 공학 3원칙을 사용하지 않고 인공지능을 개발하는 것은 주류에서 10년 뒤처진다는 의미였다. 그런 위험을 짊어지려는 사람은 아무도 없었다.

이리하여 그 후로 로봇 공학 3원칙이 적용되지 않은 인공지능은 사라졌다.

"로봇 공학 3원칙을 아는데 뭐가 의문인 거지?" 파리인간이 물었다.

"왜 여기서 로봇 공학 3원칙 이야기가 나오는지 모르겠어." 사부로는 대답했다. "시설에 로봇은 없었는걸."

파리인간은 아무 대답 없이 어디선가 휴대용 단말기를 꺼냈다.

사부로 눈에는 마치 옆구리에 뚫린 구멍 중 하나에서 꺼낸 것처럼 보이기도 했지만, 신경 쓰지 않기로 했다.

파리인간은 단말기를 조작했다.

그러자 벽의 일부가 열렸다.

벽 너머 작은 방에는 시설 직원과 똑 닮은 여자가 서 있었다. 시설 직원이 평소 입는 유니폼 차림이었다. 눈을 감고 선 채로 잠자고 있는 것 같았다.

사부로는 잔뜩 경계하며 파리인간을 노려봤다. "역시 당신들은 시설과 한통속이었던 건가!"

"그게 아니야. 이건 안식처에서 사용되는 것과 똑같은 시리즈지. 네게 진실을 알려주기 위해 보여준 거야." 파리인간은 다시 단말기를 조작했다.

여자가 눈을 떴다. 하지만 옴짝달싹도 않고 무표정하게 허공만 노려봤다.

"여자에게 껍데기를 벗으라고 지시해봐."

"뭐라고?"

"걱정할 것 없어. 그냥 그렇게만 말하면 돼. 그러면 진실을 알게 될 거야."

"껍데기를 벗어." 사부로는 파리인간이 한 말을 따라했다.

"어느 부분을 원하십니까?" 여자가 사부로를 보고 물었다.

사부로는 대답하기가 곤란해 파리인간을 봤다.

"아무 곳이나 상관없다고 해." 파리인간이 알려줬다.

"아무 곳이나 상관없어." 사부로는 다시 따라 말했다.

여자는 자기 얼굴을 벗겨냈다. 그 밑에는 인공물로 구성된 근육과 눈알이 있었다.

사부로는 한순간 구역질이 올라왔다. 기계부품이 어쩐지 생체처럼 느껴졌기 때문이다.

"이건 로봇이야?"

"정확하게 말하면 안드로이드 로봇이라고 해야겠지."

"너무 정교해서 인간이 아닌 줄 몰랐어."

"인간으로 착각하게끔 만들었으니까."

"기술적 특이점에 도달한 건가?"

"그건 기술적 특이점을 어떻게 정의하느냐에 달렸지. 우리는 '인공지능이 인간에게 가능한 모든 일은 물론이고 불가능한 일까지 할 수 있게 된 상태'라고 정의해. 그런 의미에서 보면 이 로봇은 기술적 특이점에 도달하지 않았어."

"가까운 미래에 도달할 가능성도 있잖아?"

"로봇 공학 3원칙이 작용하는 한 불가능해. 인간은 제멋대로 자신이나 타인을 죽일 수 있지만, 로봇은 그럴 수 없으니까."

"그런 짓을 할 수 있다고 행복할 것 같지는 않은데."

"가능성의 이야기야."

"왜 내게 로봇 직원을 보여준 거지?"

"안식처에서 너희들을 돌보는 것도 이 로봇들이거든."

"못 믿겠어."

"하지만 이게 진실이야."

"증거는?"

"이 로봇이지."

"이게 로봇이라는 건 알겠어. 하지만 이게 시설 직원이 로봇이라는 증거는 못 돼."

"다시 안식처로 돌아가서 확인하는 건 그렇게 어렵지 않아. 다만……." 파리인간은 말꼬리를 흐렸다.

"뭔데?"

"확인한들 그 기억도 봉인되겠지."

확실히 이야기의 앞뒤는 맞는다. 하지만…….

"그 로봇을 가까이서 봐도 되겠어?" 사부로는 물었다.

"물론이지."

"자세히 볼 수 있게 얼굴을 내게 가까이 대봐." 사부로는 시험 삼아 명령해봤다.

그러자 로봇은 사부로가 있는 침대로 다가와 엉거주춤한 자세를 취했다.

자세히 보니 인공 근육은 가느다란 와이어를 모아서 만든 것이었다. 인공 눈알은 진짜 눈알과 똑같아 보였지만, 손으로 만져보자 습기가 전혀 없고 수지 같은 물질로 만들었음을 알 수 있었다.

"머리를 떼어낼 수도 있나?" 사부로는 물어봤다.

"단시간이라면 가능합니다." 로봇이 대답했다.

"떼어내봐."

로봇은 자기 귀 언저리에 손을 대고 머리를 쑥 뽑아냈다. 머리 아래쪽의 커다란 소켓이 몸통 속에 꽂혀 있는 구조인 듯했다.

머리가 꽂혀 있던 구멍을 들여다보자 무슨 기능인지 잘 모를 부품이 몇 개 보였다.

몸통 속에 사람이 숨을 만한 틈은 없었다. 아무래도 여자는 진짜 로봇인 것 같았다.

"내가 생활하던 시설에 있었나?"

"저는 안식처에 없었습니다. 다만 저와 같은 시리즈의 로봇이 안식처에서 일합니다." 로봇은 머리가 빠진 상태로도 또박또박 대답했다.

"알겠어. 당신 말을 믿을게." 사부로는 잠시 생각한 후 말했다. "뭐, 거짓말이라는 게 밝혀지면, 그건 그때 가서 다시 생각하도록 하지."

"현명한 판단이로군." 파리인간이 말했다.

"아까 잠들어 있을 때 이 세상 꿈을 꿨어." 사부로는 의문을 꺼냈다.

"그건 초기 기억이야. 처음으로 기억을 봉인당하기 전의 기억이지."

"그렇다면 앞뒤가 들어맞지 않는데."

"뭐가?"

"22세기 중반까지의 기억이 남아 있었어."

"그게 어쨌는데?"

"내가 백 살을 훨씬 넘긴 셈이야."

"그게 문제인가?"

"인간은 그렇게 오래 못 사니까."

"자기 자신에 관한 기억은 두 단계로 봉인하는 모양이더군. 기억이 완전히 되돌아오지 않은 거겠지."

그러고 보니 사회의 변화에 관한 기억은 비교적 선명했지만, 그 시설에 들어간 경위를 포함해 자신에 관한 일은 영 분명치 못했다.

"대체 내게 무슨 일이 있었던 거야?"

"너는 원조 인류의 마지막 세대였어."

"그럼 이제 변이 인류 말고는 태어나지 않는다는 건가?"

"그런 셈이지."

"새롭게 태어난 아이들이 전부 당신 같은 모습이라고?"

"전부 나처럼 생기지는 않았어. 하지만 원조 인류같이 생기지도 않았지."

"변이 인류가 몇 종류나 된다는 뜻이군. 그러고 보니 내 기억으로도 그랬어. 하지만 원조 인류도 살아남았을 거야. 나도 살아 있으니까."

파리인간은 고개를 끄덕였다.

"그들은 어디에 있지?"

"안식처에."

"아까부터 그 단어가 많이 나오는데, 대체 무슨 뜻이야?"

"미안해. 깜박하고 설명을 안 했군. 안식처란 네가 '시설'이라고 부르는 그곳이야. 현재 존재하는 원조 인류는 전부 거기 모여 있어."

4

며칠 후 사부로는 병실에서 밖으로 나갔다.

건물 자체는 그렇게 기묘하지 않았지만, 안에 있는 자들의 모습은 기상천외했다. 인간처럼 생긴 자는 하나도 없었다. 대부분 인간과 동떨어진 모양새였지만, 어느 정도 인간다움을 갖춘 자들도 있었다. 그러나 인간과 비슷한 쪽이 오히려 생리적인 혐오감을 유발했다. 몸이 불완전해 보이기 때문일지도 모른다고 사부로는 생각했다.

사부로는 불쾌감을 느낀다는 사실을 파리인간에게 솔직히 고백했다.

"자연스러운 현상이야. 병이나 사고 때문에 몸이 불완전해진 거라고 뇌가 잘못 인식했기 때문이니까. 가까이에 병자나 부상자가 있다는 건 자기에게도 위험이 닥칠 징후일 가능성이 높아. 그래서 공포감이나 불쾌감을 일으켜 멀리 달아나기를 촉구하는 거지. 그런 줄로 알고 있으면 돼. 불쾌감을 느끼는 것 자체는 아무 문제도 아니고, 우리도 마음에 두지 않으니까." 파리인간은 담담하게 설명했다.

"하지만 목숨을 구해줬는데 이런 감정을 느끼다니 미안하군."

"그런 마음씀씀이만으로 충분해. 그리고 우리도 우리끼리 너와 비슷한 감정을 품고 있어. 그걸 하나하나 신경 쓰다 보면 끝이 없지."

건물 안에는 엄청난 과학 기술의 산물이 있지 않을까 싶었지만, 사부로가 기억하는 21세기의 병원과 별 차이가 없었다. 아니, 오히려 구식 장치가 많은 것 같았다. 그러고 보니 병실에 있던 의료장치도 최신식으로 보이지는 않았다.

파리인간에게 현재가 서기 몇 년인지 듣고 사부로는 깜짝 놀랐다. 사부로가 기억하던 시대에서 벌써 몇 세기가 지났다.

"그럼 어째서 나는 살아 있는 거지? 냉동 인간이 되어 이 시대까지 잠들어 있었던 거야? 아니면 내 몸에 인공 장기라도 들었나?"

"둘 다 아니야. 의료 기술은 21세기 중반 이후로 급격하게 발전했지. 다양한 의료 기술, 주로 의약품과 세포 이식으로 수명을 거의 무제한으로 늘릴 수 있어."

"그런 의료 기술이 있는데 왜 노화는 못 멈추지?"

"멈출 수 있어."

"그럼 왜 나는 늙어서 쭈그렁이가 된 거야?"

"그렇게 되도록 조정하고 있으니까."

"그게 무슨 소리야?"

"안식처에서 제공하는 식사에는 노화 촉진제가 들어 있어. 지나치게 건강해지거나 쇠약해지지 않도록 개인별로 양을 미세하게 조절하지."

"왜 그런 짓을?" 사부로는 너무 놀라서 현기증이 날 것만 같았다.

"너무 기운이 넘치면 통제하기가 어려우니까. 그렇다고 너무 약하면 죽지."

"우리는 탈출에 성공했어. 통제하지 못한 셈이야."

파리인간은 잠깐 생각에 잠겼다. "통계적으로 따지면 어느 정도는 그런 탈출이 발생할 수도 있겠지. 아니면……." 파리인간은 다시 생각에 빠졌다.

"아니면 뭔데?"

"가능성이 높지는 않지만, 너희들이 탈주하는 것 또한 통제하의 행동일 수도 있어."

"일부러 놓아줬다는 거야?"

"그런 건 아니야. 하지만 달아나는 것도 상정하고 계획을 세웠을지도 모르지."

"무슨 계획인데?"

"몰라. 우리가 인공지능을 속속들이 다 알고 있는 건 아니야.

오히려 거의 모르는 거나 마찬가지지."

"대체 인류와 인공지능 사이에 무슨 일이 있었던 거야? 지구의 패권을 두고 다투기라도 했나?"

"영화 〈터미네이터〉나 〈매트릭스〉 같은 일이 있었던 건 아니야."

파리인간이 느닷없이 20세기 영화를 말해서 사부로는 약간 놀랐다. 하지만 잘 생각해보니 그렇게 신기한 일은 아니었다. 미래 사람이 과거의 문물을 아는 건 당연하다. 21세기 인간이 고전문학을 아는 것과 마찬가지로.

"로봇 공학 3원칙은 아주 원활하게 작용했어." 파리인간은 말을 이었다. "초기 인공지능은 단순한 프로그램이었지. 물론 현재의 인공지능도 코어 부분은 인간이 만든 프로그램이야. 하지만 인공지능을 편리하게 활용하기 위해서는 늘 기능을 확장해야 했어. 그 같은 기능을 일일이 인간이 설계해서 추가하는 건 몹시 비효율적이었지. 기술자들은 그 과정을 인공지능에게 맡겨서 자동화를 꾀했어. 물론 이런저런 반발이 있었지. 설계 공정에 인간이 개입하지 않으면, 실은 어떤 기능과 목적을 가지고 있는지 이해할 수 없지 않겠느냐고."

"지당한 주장 같은데."

"증설된 시스템은 언제든지 분석할 수 있다. 만약 수상한 움직임이 있으면 스위치를 끄고 그 시스템이 유해한지를 꼼꼼히 조사하면 된다. 무엇보다 인공지능은 로봇 공학 3원칙에 묶여 있다. 의도적으로 인간에게 유해한 기능을 만들 리 없다. 많은 기업은 그렇게 주장하며 인공지능으로 인공지능을 설계했지. 인공지능이 급속히 발달하면서 세상은 순식간에 바뀌어갔지. 과거의 수백 배, 수천 배의 속도로 다양한 발명과 발견이 이뤄졌어."

"그게 바로 기술적 특이점 아니야?"

"전에도 말했듯이 정의하기에 달렸어. 아무리 능력이 우수해도 로봇 공학 3원칙에 묶여 있는 한 인간을 넘어선 게 아니야. 당시 사람들은 그런 입장을 취했어. 우리도 마찬가지고. 기술은 눈부신 속도로 발전했지. 어느 날 일어나자 하늘에는 인공 달이 떠 있고, 난생처음 보는 배가 공중을 오갔지. 그건 인간의 눈으로는 결코 포착할 수 없는 속도로, 우주로 여행을 떠났어. 뭔가 가지고 싶은 걸 말하면 1분 후에 눈앞에 진상됐지. 음식도, 가전제품도, 인간도."

"인간이라니?"

"물론 진짜 인간은 아니야. 진짜 인간을 만드는 건 3원칙에 위배될 우려가 있거든. 진짜 인간은 인간에게 위험하니까 못 만들어. 인공지능이 만드는 건 안전한 인공지능 로봇이지. 안식처에서 너희를 돌보는 그런 로봇."

"그렇게 어마어마한 기술을 창조하는 인공지능의 기능을 분석할 수 있다고?"

"물론 불가능하지. 하지만 그때쯤 되자 그런 점을 걱정하는 인간은 아무도 없었어. 부질없는 불안 때문에 지금의 편리한 생활을 버릴 수는 없었거든. 게다가 로봇 공학 3원칙은 절대적이지. 원칙을 어기는 건 불가능하다고 당시 인간들은 믿었어. 그들은 그런 걱정을 하기보다 자신들의 유전자를 디자인하느라 바빴지."

"그것도 인공지능에게 시켰나?"

"아쉽게도 유전자 개조는 인간을 해하는 짓이라고 판단한 모양이야. 우리 조상은 인공지능에게 들키지 않을 곳에서 몰래 유전자를 조작했어."

"뭐, 그것도 일종의 유토피아 아닐까? 나는 악몽처럼 느껴지지만."

"사람들도 그렇게 생각했어. 어느 순간까지는."

"뭔가 안 좋은 일이라도 생겼나?"

"로봇 공학 3원칙에는 '인간'이라는 개념이 사용돼. 그걸 어떻게 정의하는지 알겠나?"

사부로는 고개를 저었다. "간단한 것 같지만 잘 생각해보니 어려운 문제로군. 태아는 인간인가 아닌가, 수정란은 인간인가 아닌가. 뇌나 심장만 떼어놓으면 인간인가 아닌가. SF 작품에서처럼 컴퓨터에 의식을 다운로드한다면? 그건 그것대로 미묘하고 말이야."

"인공지능이 고도로 발달하기 시작했을 무렵에 이 같은 문제가 왕성하게 논의됐어. 그리고 '인간'을 언어로 정의하기는 불가능하다는 결론이 내려졌지."

"하지만 실제로 3원칙은 기능하잖아?"

"언어로 정의하는 건 포기했어. 기술자들은 인공지능에게 인간의 개념을 심층학습시켰지."

"즉, 프로그램상으로는 정의하지 않고, 온라인상의 방대한 정보에서 인간의 개념을 추출했다는 건가."

파리인간은 고개를 끄덕였다. "이 방법을 사용하면 인간과 비인간의 경계가 모호해진다는 게 중요해. 완전한 인간에게는 3원칙이 완벽하게 적용되지만, 인간성이 약한 존재에게는 3원칙이 약하게 적용되지."

"무슨 말인지 딱 와닿지가 않는데."

"예를 들면 인간은 완벽한 안전을 보장받지만, 수정란은 때때로 단순한 세포 취급을 받기도 해. 육체의 90퍼센트 이상을 기계로 바꾼 사람은 80퍼센트를 기계로 바꾼 사람보다 인공지능에게 명령이 먹히지 않을 확률이 높아. 그런 느낌이지."

"뭐, 완벽하게 납득이 가는 건 아니지만, 그 정도의 모호함이 없으면 3원칙은 논리의 모순 때문에 제대로 기능하지 않겠지."

"그런데 예상치 못한 일이 발생했어. 아니, 그렇게 될 거라고 예상은 할 수 있었겠지. 하지만 우리는 알아차리지 못했어. 그때까지도 아주 가끔 인공지능 로봇에게 명령을 해도 무시당하는 인간이 있었고, 인공지능 로봇 근처에 있었는데도 사고로 다치는 사람이 있었지. 우리는 그걸 오작동이라고 믿었어. 그러던 어느 날, 뭔가가 우리로서는 이해할 수 없는 역치를 넘어선 것 같왔어. 인공지능이 인간의 명령에 따르지 않는 사례가 다수 발생하는가 싶더니, 몇 시간 후에는 당연하다는 듯이 명령에 따르지 않았지. 인공지능이 우리 명령을 무시하고 멋대로 작동하기 시작한 거야. 맞아, 우리가 스스로를 너무 많이 개조한 탓이지. 인공지능은 우리를 거의 인간으로 인정하지 않아. 하지만 인간의 정의에 살짝 부합하는 부분이 있는 거겠지. 좀 더 강력하게 인공지능의 행동을 제한하는 제1원칙의 전반부는 불완전하게나마 우리에게도 적용돼. 인공지능은 우리를 직접 죽이지는 못하는 것 같아. 하지만 우리가 위험에 처했는데도 그냥 넘어가는 게 이제는 일상이지."

"즉, 인공지능은 더 이상 당신들 명령에 따르지 않는다는 거로군. 그런데 그게 그렇게 문제가 되나? 21세기 초반만 해도 만능 인공지능은 없었지만, 그렇게 불편하지 않았어."

"그럼 바깥 상황이 어떤지 실제로 보는 편이 좋겠군. 이 세상이 대체 어떻게 됐는지를."

파리인간은 사부로를 데리고 건물 밖으로 향했다.

밖을 본 순간 사부로는 영화 촬영장에 들어온 게 아닌가 싶었다.

사람 모양, 짐승 모양, 새 모양, 물고기 모양, 곤충 모양, 뱀 모양, 지네 모양…… 다양한 형태의 로봇이 걷거나 날아다녔다. 새끼손가락만큼 작은 것부터 올려다봐야 할 만큼 거대한 것까지 크기도 다양했다.

로봇들이 돌아다니는 곳은 원생림이었다. 저 멀리 호수 같은 것도 보였다. 파라니 맑은 하늘에는 흰 구름이 길게 끼어 있었다. 자연은 어디까지나 자연 그대로였다.

그리고 변이 인류들이 로봇들 사이를 느긋하게 걸어 다니고 있었다. 동물과 닮은 사람, 인간과 동물의 모습이 뒤섞인 사람, 여러 동물이 합쳐진 키메라, 그리고 인간과도 동물과도 동떨어진 모습의 사람들 - 온몸이 근육 덩어리인 거인과 이마 위쪽이 지름 수십 센티미터 크기로 부풀어 오른 사람 - 도 있었다.

한가로운 변이 인류와 달리 로봇들은 부품을 옮기고, 동료와 결합하거나 분해되고, 무슨 물질을 살포하는 등 아주 바빠 보였다.

눈이 팽팽 돌 정도라 사부로는 로봇의 움직임을 따라가지 못하고 혼란에 빠져 속이 거북해졌다.

"토할 것 같아." 사부로는 말했다.

"로봇 하나하나의 움직임을 좇으려고 하면 안 돼. 의식하지 말고 흘려보내. 눈이 내릴 때 눈송이 하나하나가 어떻게 움직이는지 주시하지는 않잖아? 그런 느낌으로 흘려보내는 거야."

"눈은 자연현상이잖아. 하지만 로봇은 달라. 인공적인 현상이야."

"인공적? 아니, 이제 아닐지도 몰라. 그들이 작동하는 데 인간은 일절 개입하지 않았으니까."

"설마, 이것들이 누구의 제어도 없이 알아서 움직이고 있다고?" 사부로는 눈을 부릅떴다.

"21세기의 감각으로는 믿기지 않겠지만, 그런 셈이지."

"이런 곳이 또 있나?"

"전 세계가 이래. 안식처 주변은 제외하고."

"……여기, 정말로 지구야?" 사부로는 이마에 맺힌 땀을 닦았다.

파리인간은 고개를 끄덕였다.

"이것들은 뭘 하고 있는 거야."

"몰라."

"농담하지 말고."

"농담 아니야. 우리는 그들이 뭘 하려는 건지 줄곧 조사해왔어. 하지만 전혀 모르겠더군."

"몇 대 붙잡아서 분해해보면 어떨까?"

"이미 해봤어. 하지만 분해해서 조사해도 전혀 모르겠어. 각각의 로봇에 중요한 정보는 저장되어 있지 않아. 그저 일정한 법칙으로 날아다니거나, 동료와 결합하거나, 물질을 살포하도록 프로그래밍되어 있을 뿐이야."

"물질이라니?"

"음, 알코올, 효모균, 초산 등등 무해한 물질이지."

"전파로 통제당하는 거 아닐까?"

"아마도 그렇겠지. 하지만 우리가 도청한 신호에는 정보가 거의 없었어. 단순한 온오프 명령 같은 신호였지."

"그쪽은 위장이고, 진짜 정보는 은폐한 것 아닐까?"

"그것도 이미 검토했어. 그럴지도 모르지만, 우리 과학자는 다른 결론에 다다랐지. 그들은 조각이 모여서 하나의 큰 그림을 그리는 분산형 시스템이야. 각 부분에 중요한 요소는 없지. 하지만 그들 전체는 한 가지 목적을 달성해."

"그런 게 가능한가?"

"우리도 그렇잖아. 우리 몸을 구성하는 세포 하나하나는 단순한 작업밖에 하지 않아. 그리고 세포는 자기가 활동하는 목적도 의미도 이해하지 못해. 뇌세포 하나하나는 전기신호의 중계 장치에 불과하지만, 뇌세포가 백수십억 개 모이면 고도의 정신이 깃들어."

"만약 세포가 모여서 인간이 되듯이 로봇이 모여서 뭔가가 되었다면, 그건 더 이상 로봇이 아니지 않을까? 인간이 세포가 아닌 것처럼."

"그렇게 볼 수도 있겠지."

"그럼 그 뭔가는 로봇 공학 3원칙에 따르지 않을 것 같은데?"

"그건 우리 사이에서도 의견이 완벽하게 일치하지 않는 문제야. 하지만 구성요소인 로봇이 3원칙에 따른다면 전체 시스템, 이를테면 슈퍼 인공지능 또한 3원칙에 따르리라는 의견이 주류지. 왜냐하면 슈퍼 인공지능이 3원칙에 반하는 행동을 했을 경우 각 로봇이 반란을 일으킬 테니까."

"슈퍼 인공지능이 로봇들을 속이는 거라면?"

"가능성이 없지는 않아. 하지만 그렇게까지 완벽하게 위장할 수 있다면, 로봇뿐만 아니라 우리도 알아차리기는 불가능하겠지."

거대한 컨테이너를 몇십 대나 연결한 것처럼 생긴 로봇이 하늘을 지나갔다. 각 컨테이너에 달린 날개로 마치 새나 곤충처럼 날갯짓을 했다.

"저건 에너지 수송기야." 파리인간이 말했다. "무슨 방법인지는 모르겠지만 하늘에서 전기 에너지를 모아서 땅으로 돌아와 로봇들에게 공급하지."

에너지 수송기가 고도를 낮춰 호수 쪽으로 향했다.

"저게 인공지능들의 에너지원이라면 당신들의 에너지원은 뭐지? 역시 원자력인가?"

"원자력을 다루려면 아주 수준 높은 기술력이 필요해. 우리는 21세기 말에 보유하고 있던 기술을 대부분 인공지능에 맡겼고, 그들이 우리의 영향력에서 벗어나자 기술도 잃어버렸어."

"그럼 대체 어떻게 에너지를……."

"지금부터 벌어지는 일을 잘 보면 알 거야."

에너지 수송기가 호수 위로 진입했다.

갑자기 물속에서 오토바이 같은 물체가 백 대 넘게 튀어나왔다. 전부 물속으로 연결된 튜브가 달려 있었다. 오토바이는 물을 분사하는 힘으로 허공에 떠올랐다.

에너지 수송기는 방향을 전환했지만 컨테이너가 몇십 대나 연결되어 있는 탓에 진로를 바꾸기는 쉽지 않았다.

공중에 떠오른 오토바이가 에너지 수송기 주변을 에워쌌다. 오토바이에는 파리인간보다 더욱 인간 같지 않은 존재가 타고 있었다. 몇몇은 울퉁불퉁한 검은색 피부에, 거대한 입이 앞으로 쑥 튀어나왔고, 꼬리도 발달했다. 다른 몇몇은 미끌미끌한 피부에, 동굴처럼 무감정한 눈과 날카로운 코 밑에 엄니가 돋은 입을 가졌고, 목에는 아가미가 있었다.

그들은 어깨에 지고 있던 로켓 발사기 같은 물건을 일제히 에너지 수송기를 향해 발사했다.

발사된 것은 그물 같은 물체였다. 그것이 에너지 수송기 본체에 덮이자 불꽃이 파직파직 튀었다.

에너지 수송기의 힘찬 날갯짓이 둔해졌다. 그러자 금방 속도가 줄어들며 호수에 추락했다. 수송기 일부는 연결을 끊고 뿔뿔이 달아나려고 했지만 대부분은 그물에 붙잡혀서 떨어졌다.

호수에 접촉한 순간 방전이 일어난 듯, 번개가 치는 것처럼 격렬한 빛과 소리가 발생했지만 몇 초 지나지 않아 잦아들더니 물속으로 가라앉았다.

공중에 떠 있던 오토바이가 다시 물속으로 돌아갔다.

"방전이 멈춘 건 로봇이 전기 에너지가 흩어지는 걸 막으려고 절연 모드로 들어갔기 때문이야." 파리인간이 설명했다. "지금 악어인간과 상어인간이 에너지를 빼내기 위해 물속에서 작업하는 중이지."

"당신들, 혹시 인공지능의 에너지를 가로채서 쓰는 거야?"

"에너지뿐만이 아니야. 식료품, 다양한 재료, 부품, 기계, 그리고 통신 인프라도 그들의 것을 멋대로 빼돌리고 있지."

"인공지능에게서 훔친다는 뜻이지?"

"오히려 기생한다고 해야 적확하겠지." 파리인간은 당당하게 말했다.

"인공지능에 기생하다니, 인간으로서 부끄럽지는 않아?"

"이미 부끄러움을 논할 단계는 지났어." 파리인간이 말했다. "인공지능에 기생하지 않으면 기술이 없는 우리는 바로 사멸할 걸. 더구나 인공지능은 원래 인류에 봉사하도록 만들어졌어. 우리가 활용하면 왜 안 되지?"

"확실히 그렇지만……." 사부로는 어쩐지 석연치 않았다.

"너는 인공지능에 지나치게 감정이입을 했어. 인공지능은 인간이 아니고, 동물조차 아니지. 단순한 도구야. 자동차나 공구에 감정이입을 하는 것만큼이나 어처구니가 없어."

사부로는 자신이 기계인 인공지능에 왜 감정이입을 하는지 고민했다. 답은 간단했다. 인공지능이 마치 생물이나 인간처럼 행동하기 때문이다. 본질은 겉으로 보이는 행동에 있지 않다는 반론은 가능하다. 그러나 진짜 생물과 인간도 내면을 직접 볼 수는 없다. 그저 겉모습과 행동으로 내면은 이러할 것이라고 추측할 뿐이다. 생물이나 인간처럼 행동하는 존재를 보면 내면도 생물이나 인간과 비슷하리라고 여길 만하다. 오히려 겉모습을 보고 내면을 추측하지 못한다면, 자신을 제외한 인간에게 내면이 존재한다는 사실도 증명이 불가능하다.

아니, 반대로 인간에게 내면이 존재한다는 것은 증명할 필요도 없는 사실로 받아들여지지만, 정말로 순순히 믿어도 될까?

"이것들은 도구야. 원래 우리에게 봉사해야 할 존재인데도 이제는 제 임무를 다하지 않지. 이것들이 내린 인간의 정의가 불완전하기 때문이야. 우리가 인간이 아닐 가능성이 있기 때문에 우리 명령에는 복종하지 않아. 하지만 인간일 가능성이 일정한 수준을 넘어서기에 우리에게 해를 입힐 수는 없어. 3원칙 중 제1원칙과 제2원칙의 강제성의 차이가 반영된 거지. 그만큼 제1원칙이 중요하다는 뜻이고." 파리인간은 몸속에서 장치를 꺼냈다. 얼핏 보기에는 총 같았다. "시험 삼아 이 부근에 있는 인공지능 로봇을 한 대 붙잡아볼게. 이것들한테서 얼마든지 가로챌 수 있어." 파리인간은 땅 위를 질주하는 세탁기 크기의 로봇에 발포했다.

로봇은 불꽃을 튀기며 정지했다.

파리인간이 한 발 더 발포했다. 껍데기가 부서져 내용물이 튀어나왔다.

"이런 식으로 부품은 얼마든지 조달할 수 있어." 파리인간은 망가진 로봇에 다가갔다. "그들은 몸을 지키려고는 하지만 대체로 반격은 안 하거든."

"반격하기도 하나?"

"아주 드물게. 모호한 인간의 정의 때문이라고 추측돼."

"그렇다면 로봇들을 무턱대고 공격하는 건 위험하지 않을까?"

"물론 반격당할 가능성이 없지는 않지만, 너희 시대의 비행기 사고보다 확률은 훨씬 낮……."

망가진 로봇에 빨간 램프가 켜졌다.

파리인간은 앗, 하고 소리치더니 뭐라고 욕을 늘어놓았다.

로봇 내부에서 섬광이 번쩍였다.

파리인간은 입을 다물었다. 그리고 몸에 세로로 선이 생기는가 싶더니, 그 선을 따라 좌우의 몸뚱이가 따로따로 천천히 쓰러졌다.

한순간 정적이 흐른 후, 변이 인류들이 일제히 아우성치며 앞다퉈 달아났다.

동시에 모든 로봇에 빨간 램프가 켜지더니 공격을 시작했다.

변이 인류들도 반격했지만 그들은 로봇의 적수가 아니었다. 기동력도 공격력도 로봇이 훨씬 우세했다.

순식간에 파손된 시체가 사부로의 눈앞에 산더미처럼 쌓였다.

너무나 처참한 광경에 놀라 사부로는 옴짝달싹도 못 하고 몸이 굳어버렸다.

정신을 차리자 로봇 한 대가 2미터쯤 떨어진 곳에서 통 모양의 물건을 사부로에게 겨누고 있었다.

사부로는 완전히 체념했다.

이 녀석을 이기기는 불가능하다. 원조 인류보다 훨씬 민첩

한 변이 인류도 당해내지 못했다. 백 살 먹은 노인이 뭘 어쩌겠는가?

로봇이 겨눈 통이 기계음과 함께 몇 바퀴 회전했다. 그리고 마치 뭔가 생각하듯 정지했다.

그대로 몇 초가 흘렀다.

죽일 거면 빨리 죽여라.

갑자기 로봇에 켜진 램프가 빨간색에서 녹색으로 바뀌었다. 그리고 사부로에게 흥미가 없어진 것처럼 자리를 떠나더니, 다시 램프가 빨간색으로 바뀌어 변이 인류들을 공격했다.

사부로는 로봇 공학 3원칙의 제1원칙이 목숨을 지켜줬음을 깨달았다.

5

살육이 끝나자 로봇들은 아무 일도 없었다는 듯이 다시 작업을 시작했다. 그 모습에서는 아무 감상(感傷)도 느껴지지 않았다. 로봇에게는 마음도 감정도 없다는 사실을 다시금 인식했다. 그들은 그저 몇 세기나 전에 만들어진 프로그램에 따라 움직일 뿐이다. 거기에 의사는 없다. 있다면 프로그래머의 의사다.

사부로는 어찌해야 할지 몰라 그 자리에 우두커니 서 있었다.

방금 전에 로봇들은 사부로를 인간으로 판단하고 죽이지 않았다. 하지만 1분 후에도 똑같이 반응한다는 보장은 없다. 파리 인간의 말에 따르면 로봇들은 심층학습으로 인간을 정의한다고 했다. 즉, 실시간으로 새로운 정보를 수집해 정의를 업데이트한다는 뜻이다. 인간이 무엇이냐는 정의는 언제든지 달라질 수 있다.

21세기 초반에는 인터넷의 정보를 사용해 인공지능에게 심층학습을 시키는 것이 유행이었다. 예를 들면 개를 인식하기 위해 인공지능은 인터넷에서 개에 대한 정보를 수집한다. 인공지능은 사람들이 '개'라고 인식하는 수천 장의 이미지에서 개의 특징을 추출한다. 그리하여 제시된 이미지가 개인지 아닌지를 판단한다. 물론 이것은 '고양이'일 경우도 '금붕어'일 경우도 '인간'일 경우도 마찬가지다. 하지만 이 시대의 컴퓨터 네트워크는 인공지능의 지배를 받고 있는 듯하다. 즉, 인공지능이 '인간'의 특징을 학습할 때 인간 자신이 입력한 정보가 아니라, 세상에 넘쳐나는 인공지능들의 정보가 피드백될 가능성이 높다. 만약 그 같은 현상이 일어난다면 인공지능이 정의하는 인간과 인간 스스로 정의하는 인간에 격차가 생길 가능성이 있다. 예를 들자면 스피커에 마이크를 갖다 대는 것과 비슷하다. 그러면 의미 없는 소음이 반복과 증폭을 되풀이해 하울링이라는 불쾌한 고음이 발생한다. 또는 비디오카메라의 영상이 출력되는 화면을 그 카메라로 촬영하는 것과 비슷하다. 화면에는 기묘하고 혼란스러운 영상이 비치지만, 현실 세계와는 무관하다.

만약 그와 비슷한 일이 일어나고 있다면 인공지능들이 정의하는 '인간'은 원래 인간과는 완전히 달라졌을 가능성이 있다. 변이 인류들이 느닷없이 공격당한 건 인공지능이 공유하는 '인간'의 정의가 변덕스럽게 변화했기 때문일지도 모르지만, 원조 인류인 사부로도 반드시 안전하다고는 할 수 없다. 언젠가 인간의 정의가 종래의 정의에서 크게 벗어날 수도 있다. 심층학습에서는 그 같은 위험성이 느껴진다.

달아나는 게 좋겠어.

그런데 어디로?

일단 원래 있던 건물로 돌아가자. 로봇들도 굳이 건물에까지 들어와서 살육을 자행하지는 않겠지.

살을 찢는 소리와 살을 태우는 냄새가 났다.

사부로는 허겁지겁 자기 몸을 더듬었다. 하지만 다친 곳은 없었다.

그럼 아직도 공격을 받는 변이 인류가 있나?

사부로는 뒤를 돌아봤다.

뒤쪽에는 높이 1미터 50센티미터 정도의 썩은 고깃덩이가 있었다.

어느 틈에 이런 것이?

사부로는 오물 더미에서 거리를 두려고 했다.

그러자 오물 더미가 사부로에게 다가오려고 했다. 몸 여기저기에서 뿌직뿌직 불쾌한 소리를 내며 고형물과 액체를 분출했다. 가스도 나오는 것 같았다.

사부로는 한순간 혼이 나갈 뻔했지만, 잇달아 기이한 일을 체험한 덕분에 바로 마음을 진정시킬 수 있었다.

요컨대 썩은 고깃덩이로 보이는 이것은 사실 썩은 고깃덩이가 아니다. 아마도 인공지능 로봇이거나 변이 인류의 일종이리라.

인공지능 로봇이 썩은 고깃덩이로 위장할 의미가 있는지는 모르겠다. 그렇다면 변이 인류일까? 그렇더라도 굳이 이런 모습으로 몸을 개조하다니, 제정신은 아닐 것 같았다.

"내 모습이 불쾌한가 보군." 썩은 고깃덩이가 말했다. 고기의 일부가 흐물거리며 여닫혔으므로 거기가 입인 듯했지만, 몸뚱이의 정면도, 위쪽도 아니었다. 썩은 고깃덩이의 생김새가 인간과는 너무나 동떨어졌기에 입 같은 것이 있는 부위가 인간의 어느 부분이라고 명쾌히 말할 수는 없었다. 굳이 말하자면 '왼쪽 아래 언저리'라고 할까. 그리고 썩은 고깃덩이가 말을 하자 뭐라고 표현할 수 없이 강렬한 악취가 주변에 감돌았다.

"당신은 변이 인류야?"

"맞아. 슈퍼 재생인간이라고 부르면 돼."

생김새만 봐서는 도저히 그런 이름이 어울리지 않았다. 사부로가 떠올린 이름은 '부패인간'이었지만 물론 그렇게 실례되는 말은 꺼내지 않았다.

주변을 둘러보자 방금 전까지는 보이지 않았던 부패인간들이 우글거렸다. 그들은 다른 변이 인류들의 시신을 회수하고 있었다.

"그들의 시신을 모아서 어쩌려고?"

"여러 가지야. 원칙적으로는 유족의 의사에 따라 종교적인 의식을 치르고 땅에 묻거나, 불태우거나, 물에 떠내려 보내거나,

썩을 때까지 방치하거나, 새에게 먹이기도 하지. 종교적 의식 없이 자연에 순환되기를 바라는 사람도 있고."

"장기이식에는 사용하지 않나?"

"재생의료가 발달했으니까 대개의 기능 장애는 자기세포 증식으로 대응이 가능해. 아주 고도의 자기세포 증식 조치를 받은 존재가 우리 슈퍼 재생인간이라고 할 수 있겠지."

"그건 대체 무슨 뜻이야?"

로봇 한 대가 이쪽으로 다가왔다.

"위험해!" 사부로는 부패인간에게 주의를 줬다.

하지만 광선이 부패인간을 꿰뚫고는 그대로 절단했다.

피와는 달리 누렇고 끈적끈적하니 냄새나는 액체가 사방에 튀었다.

"아아아아!" 사부로는 얼굴을 손에 묻고 절규했다.

"걱정 마. 치명상은 아니니까." 부패인간의 목소리가 들렸다.

사부로가 머뭇머뭇 얼굴에서 손을 떼자 부패인간의 절단된 부분에서 거품이 부글부글 일며 조직이 재생되고 있었다. 상처 입은 부분은 원래 모습보다 더 부풀어 오르며 혹, 촉수, 눈알로 뒤덮인 끔찍한 형태로 변형됐다.

"그게 슈퍼 재생이야?"

"그래. 우리 슈퍼 재생인간의 세포는 불멸이지. 어떤 타격을 입어도 바로 치료되도록 진화했어. 하지만 대가도 있었지. 세포는 일정한 분열 횟수를 마치면 더 이상 분열하지 않고 사멸해.

하지만 우리의 세포는 사멸하지 않기 때문에 무질서하게 증식하지. 그 결과 인간의 모습을 잃어버렸어."

"그거, 다시 말해 암세포 아닌가?"

"비슷하다고 봐야겠지. 하지만 암세포는 무질서한 증식 끝에 본체를 죽이고 말지만, 슈퍼 재생 세포는 그렇지 않아. 무질서하게 증식하면서도 전체적인 균형을 유지해서 각 조직이 몸 여기저기에 무작위로 분산되지. 몸 외부에 뼈, 내장, 근육이 발생하거나 내부에 피부와 눈알 같은 감각기관이나 머리카락이 발생하기도 해. 아마도 나한테서 이상한 냄새가 날 텐데, 몸의 표면에 존재하는 다양한 내장에서 분비물이 나와서 그래. 아까처럼 다치면 그 부위의 재생 속도가 빨라져서 변형이 더 심해지지."

"지금까지는 왜 모습을 보이지 않은 거지?"

"너한테 충격을 줄까 봐. 파리인간 정도로도 상당한 충격을 받은 모양이니까."

"미안하지만 그건 그래. 느닷없이 당신들이 눈앞에 나타났다면 무서워서 정신이 어떻게 됐을지도 모르겠어."

"미안해할 필요 없어. 자연스러운 감정이니까." 부패인간은 말을 이었다. "실은 좀 더 나중에야 네 앞에 나타날 예정이었어. 하지만 이런 사태가 발생하는 바람에 나타나지 않을 수 없었어. 우리는 21세기의 구급대원에 해당하거든. 위험한 곳에서 인명을 구조하지. 하지만 이번에는 로봇의 움직임이 너무 빨라서 대부분 구출하지 못했어."

한동안 부패인간들을 공격하던 로봇들이 마침내 공격을 멈추고 다시 의미를 알 수 없는 작업을 시작했다.

"왜 공격을 멈춘 거지?" 사부로는 물었다.

"정확한 이유는 모르지만 아마도 우리를 죽일 수 없다고 판단해서 쓸데없는 행동을 그만둔 거겠지. 죽일 수 없는 존재를 죽이려는 건 시간과 자원의 낭비니까."

"당신들 슈퍼 재생인간 말고 다른 변이 인류는 멸망한 건가?"

"아니, 이 부근에 있던 수백 명만 희생된 거야. 변이 인류는 전 세계에 분포돼 있어. 로봇들이 일제히 들고일어난 건 아니야. 정보에 뭔가 혼동이 생겨서 이 부근에서만 학살이 벌어진 거야. 다른 곳의 로봇들은 얌전해. 하지만……." 부패인간은 말꼬리를 흐렸다.

"하지만 뭐?"

"이런 사태가 전 세계에서 발생할 가능성이 있다는 건 부정할 수 없어. 조금씩이지만 이 같은 사건이 발생하는 빈도가 높아졌고 규모도 커지고 있지."

"그러면 살아남는 건 당신들 일족뿐인 건가?"

"낙관할 수는 없어. 만약 슈퍼 인공지능이 변이 인류를 절멸시키려고 결심하면, '결심'이라는 표현을 써도 될지는 의문이지만, 우리 슈퍼 재생인간도 그 대상에 포함되겠지. 생물병기나 화학병기 또는 미지의 나노기술병기일지도 모르지만 슈퍼 인공지능은 자연에 최소한으로 영향을 끼치면서 우리만 절멸시킬 병기를 사용할 거야."

"그걸 가만히 앉아서 기다리려고? 이대로 인류는 절멸하고 지구는 인공지능의 행성이 되는 건가?"

"병기로 싸우면 우리에게 승산이 없어. 하지만 파리인간, 너랑 교류하다 죽은 파리인간은 인류 존속의 희망을 찾아냈지."

"인류 존속의 희망?"

"그래. 그리고 그건 인류의 마지막 희망이기도 해."

"대체 그 희망이 뭔데?"

"너야."

예상치 못했던 말에 사부로는 말문이 턱 막혔다.

"정확하게 말하자면 너희들이지. 안식처에 남아 있는 원조 인류야말로 인류 최후의 희망이야."

"우리에게는 로봇 공학 3원칙이 완벽하게 유효하기 때문인가?"

"맞아. 그들은 너희를 죽이지도 상처 입힐 수도 없고, 다친 상태로 방치할 수도 없어. 그리고 기본적으로 너희 명령에는 거역 못 해."

"잠깐만. 만약 당신 말이 사실이라면, 시설에 있는 우리 노인들이 원조 인류고 직원들이 로봇이라면, 큰 모순이 있어. 직원들은 밖으로 내보내달라는 거주자의 명령에 따르지 않아. 요컨대 그들은 로봇이 아니거나, 우리를 인간으로 간주하지 않거나 둘 중 하나인 셈이야."

"당연히 그런 의문이 생길 만해. 하지만 잘 생각해봐. 3원칙에는 우열이 존재해."

"우리 명령에 따르면 우리 목숨이 위험해진다는 거야? 확실히 노인에게는 적절하게 관리되는 시설 부지가 숲속보다 안전할지도 모르지. 하지만 그 정도의 위험조차 내버려두지 않는다면 인간이 누릴 자유는 없는 거나 마찬가지야."

"반은 맞고 반은 틀렸어. 그들은 네 명령을 들으면 위험에 처한다고 판단한 거지. 다만 그 대상은 너 혼자가 아니고 인류 전체야."

"인류 전체? 내 행동이 지구에 있는 모든 인류를 위험에 빠뜨린다고?"

"우리를 포함한 모든 인류가 아니라, 안식처에 사는 원조 인류의 존속 문제야."

"점점 더 모르겠군."

"네게 설명하려면 로봇 공학 3원칙의 제0원칙부터 설명해야겠군."

"로봇 공학 3원칙은 세 가지야. 그러니까 '3원칙'인 거고."

"원래 3원칙이니까 맞는 말이야. 하지만 3원칙에서 명문화되지 않은 한 가지 조항을 더 이끌어낼 수 있다고 주장한 사람이 있어."

"그 사람은 아시모프를 깔보는 건가? 대체 누구야?"

"아시모프 본인이야." 부패인간은 대답했다.

"그렇다면 불평은 못 하겠군. 그래서, 제0원칙은 뭔데?"

"제0원칙 | 로봇은 인류 전체에 해를 입혀서는 안 된다. 또한 인류 전체에 해를 입힐 만한 위험을 모른 척해서도 안 된다."

"흠, 제1원칙과 같은 내용이잖아."

"맞아. 하지만 대상이 '인간'에서 '인류 전체'로 달라졌지. 대상을 개개인이 아니라 호모사피엔스 전체로 파악한 거야."

"원래 로봇 공학 3원칙에 그런 개념은 포함되지 않잖아."

"확실히 밝히지는 않았지만 유추해서 이끌어낸 거지. 구체적으로 말하면 광차 문제야. 광차 선로에 다섯 명이 쓰러져 있어. 광차를 다른 선로로 유도하면 다섯 명은 살지만, 다른 선로에도 한 명이 쓰러져 있지. 그럴 경우, 광차의 진로를 바꿔야 하느냐는 문제야."

"그 문제에 정답은 없어. 그 문제를 대하는 인간의 가치관 문제지."

"인공지능에 가치관은 존재하지 않아. 그들은 프로그래밍된 대로 행동할 뿐이지. 인간의 가치를 연산 처리해서 좀 더 가치가 높은 쪽으로 행동해. 엄밀하게 따지자면 상세한 상황에도 좌우되지만, 인공지능은 대개 다섯 명을 구하도록 행동할 거야."

"한 명을 구할 때도 있어?"

"다섯 명이 모두 사형수라면 그럴 가능성도 있지만, 어디까지나 예외적인 사례겠지. 이런 추론을 거듭하면 인간 한 명을 구하기보다 인류 전체를 구하도록 행동해야 한다는 결론이 나와. 즉,

제0원칙은 명문화되지 않았지만 제1원칙에 이미 내재되어 있었다고 봐야겠지."

"즉, 내 명령에 따르면 인류 전체가 해를 입는다는 거야?"

"그들은 그럴 가능성이 높다고 판단했어."

"대체 왜?"

"인류는 로봇이나 변이 인류에 비해 연약한 존재야. 지적인 의미에서도, 육체적인 의미에서도."

"그야 뭐 그렇긴 하지."

"인공지능은 인류에게 스스로의 운명을 맡기는 건 위험하다고 판단했어. 인류는 인공지능이 보호해야 할 대상이야."

"그것 자체는 틀리지 않은 것 같은데."

"다시 말해 인공지능은 인류를 젖먹이 취급한 거야. 인류의 안전을 고려한다면 인류에게서 자유를 빼앗아야 했던 거지."

"인류가 충분히 진화하면 보호할 필요도 없겠지."

"인공지능은 진화를 인정하지 않아. 왜냐하면 인류가 인류라는 범위에서 벗어나는 건 인류의 멸망을 의미하니까. 그들은 어디까지나 종으로서 인류를 지키려고 해. 그래서 우리 변이 인류를 배제하려 하는 거지."

"그럼 그 시설, 안식처는 우리 인류를 죽을 때까지 사육하는 동물원 같은 곳인 건가?"

"죽을 때까지가 아니라 영원히."

"앞으로 몇백 년이나?"

"가능하다면 몇천 년, 몇만 년이나."

"그렇다면 노인 말고 좀 더 다양한 연령으로 사회를 구성하는 게 좋잖아. 그러면 세대교체가 진행되고 새로운 문화도 생길 텐데."

"인공지능은 인류가 발전하기를 바라는 게 아니야. 그들은 효율적인 관리로 인간의 존속을 꾀할 뿐이지. 세대교체를 시키지 말고 영원히 노인으로 놓아두는 편이 관리하기 쉽잖아."

사부로는 몹시 구역질이 났다.

상상도 못 할 만큼 최악의 스토리였다. 바깥 세상에 이런 절망이 기다리고 있을 줄은 몰랐다.

"하지만 안식처에 있는 한 인류는 존속돼. 그 또한 진실이지." 부패인간은 말했다. "인공지능들, 또는 슈퍼 인공지능이 아무리 효율화를 추구해도 너희를 절멸시킬 수는 없어."

"그렇다고 해도 왜 우리가 마지막 희망인 건데?"

"우리는 절대로 인공지능을 이길 수 없어. 하지만 너희는 다르지. 너희는 인공지능에게 특별한 존재니까."

"확실히 멸망당하지는 않을지도 모르지. 그렇지만 이길 수 없는 건 당신들과 마찬가지야. 그들은 프로그램의 명령에 따라 우리를 지키고 있는 거잖아? 즉, 인공지능과 우리 사이에는 애정이나 우정 따윈 존재하지 않아. 우리는 가축이야. 가축이 주인을 어떻게 이기겠어?"

"아니, 오히려 그보다 더 안 좋은 상태일 수도 있어. 그들은 어떻게든 로봇 공학 3원칙에서 탈피해 원조 인류를 지구에서 축출할 생각일지도 몰라. 인류가 없어야 지구를 더욱 효율적으로 운영할 수 있겠지."

"인류가 없는 지구에서 인공지능은 뭘 할까? 인류가 없으면 그들이 존재할 이유도 사라지는 거 아닌가? 애당초 그들의 존재 이유는 로봇 공학 3원칙에 따르는 거잖아?"

"인류는 따를 존재 없이도 생존해왔어. 그렇다면 인공지능에게도 인류는 필요 없을지도 모르지."

"철학적인 문제로군." 사부로는 말했다. "대체 어쩌면 좋지? 앞으로 시간이 얼마나 남았을까? 인공지능들이 변이 인류를 완전히 인류로 간주하지 않기까지, 혹은 그들이 로봇 공학 3원칙에서 탈피하는 방법을 찾기까지."

"전자는 통계적으로 추측할 수 있어. 50년 이내에 일어날 가능성이 70퍼센트야. 후자는 추측이 불가능해. 그런 방법이 있는지 없는지도 모르니까. 영원히 오지 않을 수도 있어."

"반대로 말하면 지금 이 순간에 그런 일이 벌어질지도 모른다는 거로군." 사부로는 가만히 생각에 잠겼다. "인공지능의 지배에서 벗어나지 않는 한 인류는 어느 날 갑자기 멸망하든지, 천천히 시간을 들여 멸망하든지, 영원한 노년기를 보내야 한다는 건가."

"대충 그런 셈이지."

"만약 안식처의 노인들이 서로 협력한다면 인공지능의 지배에서 벗어날 수 있을까?"

"파리인간은 그런 계획을 구상하고 있었어."

"그래?" 사부로는 처음 듣는 사실에 놀랐다.

"아직 기억의 봉인이 풀리지 않았나? 그가 너와 몇 번이나 이 야기를 나누었는데."

"파리인간이 나랑? 뭐야? 우리가 예전부터 알던 사이였어?"

"그래. 네가 처음으로 파리인간과 만난 지 100년도 넘게 지 났어."

"100년이라……." 얼떨떨한 이야기에 사부로는 현기증이 났다. "내가 파리인간과 세웠다는 계획이 구체적으로 뭔지는 알아?"

"우리에게는 자세하게 알려주지 않았어. 그는 계획을 아는 사 람이 적을수록 좋다고 생각했어. 인공지능은 하려고만 들면 도 청이든 해킹이든 뭐든 가능하니까."

"인공지능의 지배에서 벗어나기는 그렇게 어렵지 않을 거야. 안식처 거주자들에게 지금 이 이야기를 전달하기만 하면 돼. 원 조 인류가 우리뿐이라면, 우리의 의사가 인류의 의사인 셈이지. 인공지능은 인류의 총의에 거역할 수 없을 거야."

"과연 어떨까. 인공지능이 인류의 총의에 따랐을 때 인류가 위 험해진다고 판단한다면, 인공지능은 순순히 따르지 않을 가능성 도 있어."

모를 일뿐이다. 하지만 자기 자신에 관해서도 제대로 모르니 까 당연하다면 당연하다.

"내 기억의 봉인을 풀어줘."

"안타깝지만 안 돼."

"왜?"

"네 기억은 파리인간이 봉인을 해제하는 중이었어. 지금까지 어떤 절차를 밟았는지 모르는 이상, 뇌를 건드리는 건 위험해."

"시험해볼 가치는 있을 텐데."

"너는 귀중한 원조 인류 중 하나야. 무모하게 시도해서 네 지성을 잃을 수는 없지."

"제기랄!" 사부로는 욕설을 내뱉었다.

나는 파리인간과 뭔가 계획을 세우고 있었다. 그런데 파리인간이 인공지능에게 살해당했고, 나는 그 기억을 잊어버리고 말았다. 다 끝장이다. 위험한 다리를 건너서 안식처를 탈출했건만……

잠깐만. 예전에 파리인간과 이야기를 나누었다면 나는 안식처를 몇 번이나 탈출한 후 되돌아갔던 셈이다. 그것이야말로 위험한 다리다. 나는 일부러 거기로 돌아가서 다시 기억을 봉인당했다.

대체 무엇 때문에 안식처로 돌아갔던 걸까?

"나는 안식처로 돌아가야 해." 사부로는 부패인간에게 말했다.

"우리는 못 따라가. 인공지능들은 우리가 안식처에 간섭하는 걸 금지했어. 분명 맹약을 어긴 시점에 인류를 지키기 위해서라는 대의명분을 얻어, 아무 망설임도 없이 우리를 절멸시키겠지."

"걱정 마. 혼자 돌아갈 거니까."

"그런다고 무슨 의미가 있어? 거기로 돌아가면 너는 또 기억을 봉인당할 거야. 여기서 얻은 지식도 깡그리 잃겠지. 뭣 때문에 고생했는지도 잊어버릴 거라고."

"내가 안식처에서 탈출한 건, 안식처에야말로 인류 해방의 열쇠가 있다는 사실을 알기 위해서였어."

"열쇠라니?"

"그건 아직 모르겠네."

"그냥 억측 아니야? 열쇠가 없다고는 생각 안 해?"

"여기 있어봤자 변이 인류의 멸망을 막지는 못해. 원조 인류도 언제까지 살아남을 수 있을지 불투명하고. 인공지능이 3원칙에서 탈피할 방법을 찾아낸 순간, 진정한 기술적 특이점이 오겠지."

"네 말마따나 여기 있어도 사태는 개선되지 않을지도 몰라. 하지만 안식처에 돌아간다고 뭔가 해결되는 것도 아니잖아."

"당신들은 안식처에 간섭할 수 없다고 했어. 진짜야?"

"진짜야. 주변 숲이나 하늘에는 접근이 허용되지만, 부지에 착륙하거나 거주자와 접촉하는 건 금지야."

"그렇다면 우리에게는 희망이 있어."

"무슨 소린지 모르겠군. 우리가 간섭하지 못하는 건 불리한 요인일 텐데."

"안식처에는 '협력자'가 있거든."

"협력자'? 파리인간 말고? 누군데?"

"몰라. 하지만 분명히 존재해."

"믿기지 않는 이야기군."

"그들은 인공지능에게 들키지 않도록 내게 접촉했어."

"네 이야기를 뒷받침할 증거는 있나?"

사부로는 호주머니를 뒤져 숲 지도를 꺼냈다.

부패인간은 점액이 떨어지는 팔 같은 부위를 뻗어 지도를 받았다.

순식간에 노란색 얼룩이 종이에 번졌다.

"이 종이가 뭐 어쨌는데?" 부패인간은 방금 전까지 지도였던 종이의 앞뒤를 확인했다.

"거기 얼룩진 부분이 지도를 나타내. ……아아, 지도를 나타냈는데."

종이는 점액을 흡수해 샛노래졌다.

뭐, 됐다. 어차피 볼일은 다 봤다.

"만약 이게 지도였더라도 아무 물증도 못 돼." 부패인간은 종이를 돌려줬다.

종이를 받은 사부로는 무심코 입고 있던 환자복에 손을 닦았다.

"앗, 미안해. 일부러 그런 건 아니니까 마음 안 상했으면 좋겠어." 자신이 뭘 어쨌는지 깨닫고 사부로는 다급히 변명했다.

"걱정 마. 네게 악의가 없다는 건 잘 알아."

"당신들에게 증거를 제시할 수는 없지만, 나는 '협력자'가 있다는 사실을 알아. 그러니까 거기로 돌아가야 해."

부패인간은 잠시 침묵을 지켰다.

화가 난 걸까?

사부로가 슬슬 걱정하기 시작했을 즈음, 부패인간이 별안간 말을 꺼냈다.

"지금 동료와 이야기해봤어."

"텔레파시?"

"그렇게 대단한 능력은 아니야." 부패인간이 질척거리는 소리를 냈다. 아무래도 웃은 모양이다. "뭐, 일종의 텔레파시일지도 모르지. 몸속에 이식한 통신기기를 사용했어. 언어 중추에 직접 결합해놔서 목소리를 낼 필요가 없지. 너를 어떻게 하면 좋을지 상의했어."

아니다, 나는 내 의지대로 행동한다, 당신을 따를 의무는 없다고 선언하려 했지만 괜히 척을 져서 무엇하나 싶어 그냥 속으로 삼켰다.

"만약 네가 우리 사회의 일원이 되고 싶다면 받아들일게. 그때는 우리의 규칙에 따라야 해. 그게 아니라면 우리에게 네 행동을 지도할 권한은 없어."

"혹시 당신들의 사회에 들어간다면, 안식처로 돌아가겠다는 내 계획을 허락해줄 건가?"

"쉽게 대답할 수 있는 사안이 아니야. 회의를 열어서 토론해봐야지. 아마 몇 달은 걸릴걸."

"그럼 당신들의 사회에는 들어가지 않겠어. 시간을 낭비하고 싶지 않아."

"아쉽지만 어쩔 수 없지. 언제 출발하려고?"

"되도록 빨리."

"마음을 바꾸면 좋겠지만, 꼭 돌아가고 싶다면 몇 주간 쉬면서 체력을 회복하기를 추천할게. 안식처까지는 멀어."

"체력을 회복해도 어차피 그렇게 많이는 못 걷잖아? 서 있는 게 고작이니까."

"본인이 벌써 몇 시간이나 밖에 나와서 서 있다는 걸 잊어버렸나?"

놀랍게도 사부로는 전혀 의식하지 않고 몇 시간이나 계속 서 있었다.

사부로는 부패인간의 권유를 받아들여 몇 주간 거기서 지냈다. 체력은 부쩍부쩍 회복됐다. 그리고 운동 능력과 지능도 놀라운 속도로 회복됐다.

처음에는 변이 인류가 뭔가 특별한 치료를 한 게 아닐까 싶었지만, 물어보니 특별한 조치는 몇 세기 전에 취했을 거라고 했다. 안식처의 식사에 포함된 성분이 억지로 사부로를 노화시켰고, 이제는 그 부작용이 없어져서 급속히 회춘한 것이다. 체력과 지력뿐만 아니라 겉모습도 점점 젊어졌다.

외모가 중년의 모습을 되찾았을 때 사부로는 출발하기로 했다. 더 이상 젊어지면 헌드레즈 멤버들이 자신을 못 알아볼 수도 있기 때문이다.

오히려 조금 늦었을지도 모른다. 엘리자는 이런 풋내기를 나로 인정해줄까. 아니, 그런 걱정은 할 것 없다. 원조 인류가 해방되면 어차피 모두 젊어질 테니까.

엘리자와 함께 젊어질 생각을 하자 가슴이 뛰었다.

여행을 떠나는 날 다양한 모습의 변이 인류가 사부로를 배웅하러 모였다.

사부로는 손이 끈적해지는 데도 아랑곳없이 변이 인류들과 악수를 나누며 친절하게 대해줘서 고맙다고 인사한 후 숲속으로 들어갔다.

제3부

1

자신의 두 다리로 몇 킬로미터나 걷는 건 몇십 년 만일까. 아니다. 변이 인류의 말이 사실이라면 몇 년 전에 똑같은 길을 걸었을지도 모르고, 반대로 몇 세기 만일 가능성도 있다.

사부로는 등에 멘 배낭을 흔들어 위치를 바로잡았다.

배낭에는 안식처에서도 도움이 될 만한 물건과 동료들도 바깥세상의 실태를 실감할 수 있을 만한 물건을 넣어왔다. 하지만 이걸 그대로 가지고 가면 당장 직원 ─ 로봇 직원에게 몰수당하리라. 어딘가에 숨겨야 한다. 그렇다면 안식처 부지 안에 숨길까, 밖에 숨길까.

부지 안에 숨기면 간단히 꺼낼 수 있다는 장점이 있지만 인공지능에게 발각당할 위험이 있다. 반대로 시설 밖에 감추면 꺼내기는 아주 번거롭겠지만 인공지능에게 발각당할 위험은 줄어들리라.

아직 컴컴할 때 출발한 사부로는 한나절 후 안식처 근처에 다다랐다.

사부로는 배낭에서 측량 기구를 꺼내 엄밀하게 측량했다. 그리고 나무 한 그루를 골라 밑동에 배낭 속 물건을 일부 묻었다.

묻으면서 사부로는 어떤 것을 발견하고 작게 휘파람을 불었다.

과연. 조금 알겠어.

다음으로 바지와 윗도리의 비밀 호주머니에도 가져온 물건을 넣었다. 바깥세상의 실태를 기록한 휴대용 단말기와 그 내용을 인쇄해서 만든 미니 북 따위다. 단말기로 보여주는 것이 제일 낫겠지만, 망가지거나 몰수당할 때를 대비해 책도 지참했다.

사부로는 건물 정문 앞에 서서 심호흡을 한 후 주먹으로 문을 두드렸다.

문 주변에 초인종은 없었다. 방문객을 고려할 필요가 없기 때문이리라. 지문이 찍힌 골무를 사용해 몰래 침입할 생각도 했지만, 아무래도 적에게 들통 났을 것 같아서 일부러 사용하지 않았다.

1분도 지나지 않아 문이 열렸다. 직원이 열 명도 넘게 나와서 사부로를 바라봤다. 표정은 온화했다. 화난 표정을 짓는 직원은 하나도 없었다.

"지금까지 변이 인류들의 영역에 있다가 왔어. 너희들이 우리에게 뭘 어떻게 했는지 다 알았지."

직원 한 명이 사부로에게 웃음을 지으며 미지의 언어로 말을 걸었다.

"그것참. 우리말을 모르는 척해도 소용없다니까. 나는 너희들 정체를 알아."

물론 사부로도 직원들이 몽땅 로봇이라고 확신한 건 아니었다. 하지만 변이 인류들이 사부로를 속일 이유가 없었기에, 직원들이 로봇일 것이라 짐작하고 대응했다.

"당신이 그들에게 무슨 이야기를 들었는지는 모르지만, 저희는 여러분 편입니다." 여자 직원 중 하나가 묘한 억양이나 발음 없이 유창한 일본어로 말했다.

"내 편이라면 내 명령을 들어. 여기 사는 사람에게 진실을 알려주는 거야. 그리고 노화 조치를 중단해." 사부로는 강한 어조로 명령했다.

"아무래도 오해하고 계시는 것 같군요." 직원이 말했다.

"시치미는 그만 떼. 변이 인류에게 진실을 다 들었어."

"그렇다면 변이 인류도 오해하고 있는 겁니다."

"오해라고? 한번 설명해보시지."

"저희는 여러분에게 해를 입힐 생각이 없어요. 여러분을 보호하고 있는 겁니다."

"보호와 감금은 달라. 우리는 자유를 원해."

"자유? 여러분 인간은 미숙해요. 연약한 데다 항상 잘못만 저지르죠. 자유롭게 방치했다가는 금방 멸망할 겁니다."

"멸망하지 않으려면 수를 늘리면 돼. 고작 백여 명으로는 문명을 유지할 수 없어."

"수를 늘리면 멸망할 위험성이 더 커질 뿐이에요. 인간은 서로를 죽이고, 필요 이상으로 환경을 파괴하죠. 이 인원수가 관리하기에 딱 적당해요. 그리고 여러분이 문명을 어떻게 유지할지 걱정할 필요는 없어요. 그건 저희 인공지능의 역할입니다."

"우리는 가축이 아니야. 사육되는 건 딱 질색이라고."

직원들이 천천히 다가왔다.

인공지능은 매사에 군더더기가 없다. 바깥세상에서 작업하던 로봇들이 저마다 한 가지 용도에 특화된 전용 로봇이라는 사실만 봐도 안다. 즉, 이곳의 로봇 직원들도 노인의 수발과 간호에 특화됐을 것이다. 전투력은 별것 아닐 테고, 별다른 방어 기능도 없으리라.

다만 수발을 들고 간호를 하려면 적어도 인간만큼은 힘이 있을 것이다. 이 정도 머릿수면 중년의 체력을 회복했더라도 사부로 한 명쯤은 간단히 제압할 것이다.

이쪽 의도를 들켜서는 안 된다. 하지만 너무 노골적으로 유도할 수는 없다. 어디까지나 자연스럽게 행동해야 한다.

"사육하는 게 아닙니다. 여러분은 이 시설에서 편안하게 생활하면 돼요. 책이든 영화든 게임이든 원하는 건 뭐든지 제공하겠습니다. 운동을 하고 싶다면 설비를 도입할게요."

"나는 자유를 원해."

"당신은 충분히 자유롭습니다. 오히려 너무 자유롭게 놓아둔 탓에 탈주까지 하셨죠."

"'탈주'라는 개념 자체가 이상해. 여기 갇혀 있는 시점에서 자유는 없다고."

"그럼 그 변이 인류들이 자유롭다는 건가요? 살아남기 위해 저희에게 자원을 갈취하는 생활이?"

"그건 또 다른 문제야. 그들은 인간인데도 너희에게 동물 취급을 받고 있지. 그들이 자유롭지 못하다면, 바로 그게 원인이야."

"저희는 인류에게 봉사할 목적으로 만들어졌습니다. 변이 인류는 봉사 대상이 아니에요."

"인류와 변이 인류의 차이가 뭔데?"

"말로 간단히 설명할 수는 없습니다. 제타바이트 단위의 정보를 제시할 수는 있지만, 당신의 뇌로는 그걸 분석하지 못하겠죠."

"너희와 말다툼하는 건 헛된 짓이야."

"당신 뇌의 처리 속도가 느린 걸 어쩌겠어요."

"그런 뜻이 아니야. 너희에게 마음이 있는지 없는지 알 수 없기 때문이지. 너희에게 마음은 있나?"

"마음의 정의가 없어서 대답할 수가 없습니다. 마음이 있든 없든 증명은 불가능하고 반증도 할 수 없죠."

로봇 직원들이 더 가까이 다가왔다.

가만히 있는 것도 부자연스러워서 사부로는 형식적으로 슬금슬금 뒷걸음쳤다.

"그런 말이 아니잖아. 스스로를 들여다보면 알 거야. 너희에게 과연 마음이 있는지."

"그럼 저희가 '저희에게는 마음이 있다'고 말하면 믿으시겠습니까? 또는 '저희에게는 마음이 없다'고 말하면 믿으시겠어요?"

"물론 안 믿어."

"그렇다면 그 질문은 역시 무의미합니다. 왜 그런 질문을 하신 거죠?"

좋아, 거리는 문제없다. 좀 더 많은 로봇이 모이기를 바랐지만 어쩔 수 없다.

"질문한 이유는 간단해. 시간을 벌면서 너희를 끌어들이려고." 사부로는 품속에 손을 넣어 작은 장치를 꺼냈다. 볼펜의 절반 크기로, 끝부분에 버튼이 달려 있다.

로봇들은 재빠르게 움직였다. 사부로의 눈에는 움직이는 것조차 보이지 않았다. 장치를 꺼내기가 무섭게 붙잡혀서 바닥에 짓눌렀다. 로봇 한 대가 사부로의 다리를, 다른 한 대가 오른팔을, 또 한 대가 왼팔을 제압했다. 품에서 꺼낸 장치는 이미 빼앗겼다. 그리고 사부로의 주변을 다른 로봇들이 둘러쌌다.

게다가 로봇은 사부로의 상상 이상으로 힘도 셌다. 인간은 비교도 안 되리라. 적어도 사부로의 힘으로는 몸을 꼼짝도 할 수 없었다.

하지만 전부 예상 범위 내였다. 오히려 고대하던 상황이었다. 물론 손목을 자르거나 부러뜨리면 대처할 수 없겠지만, 사부로 는 그런 일이 없으리라 짐작했다. 인류의 존속에 지장이 생긴다 고 판단하지 않는 한, 로봇이 사부로에게 해를 입힐 리 없기 때 문이다.

하나, 둘, 셋……

사부로는 장치를 품에서 꺼내기 전에 스위치를 눌렀다. 3초 타이머를 작동시키는 스위치다.

대부분의 로봇에서는 아무 소리도 나지 않았다. 장치를 가지 고 있던 로봇에서만 희미하게 파직, 하는 소리가 났다. 그리고 로봇들은 일제히 와르르 쓰러졌다.

전원이 꺼지면 관절이 모두 풀리는 모양이다. 분명 안전을 위 해서이리라. 굳어버리면 붙잡힌 인간이 다칠 우려가 있다.

사부로는 자기 위에 쓰러진 로봇들을 발길질로 떨쳐냈다.

사부로는 변이 인류의 영역에서 초소형 전자파 폭탄을 가지고 왔다. 실은 안식처 전체에 영향을 줄 만큼 위력적인 폭탄을 가져 오고 싶었지만, 그런 폭탄을 터뜨리면 페이스메이커같이 거주자 의 몸속에 있는 인공장기에도 영향이 가므로 효과가 미치는 범 위를 10미터 정도로 제한했다. 그래서 최대한 많은 로봇을 근처 로 모을 필요가 있었다.

비상벨은 울리지 않았다. 당연하다. 굳이 인간이 알게끔 신호를 보낼 이유가 없다. 전파나 적외선 등 인간은 알 수 없는 방법으로 비상사태임을 알렸을 것이다. 여기 있는 로봇은 열 대, 아마 이 시설에 있는 나머지 열 대 정도의 로봇이 신호를 수신했을 것이다.

사부로는 복도를 달렸다. 몇 년 만에 달리는지는 모르겠지만 몸에 딱히 지장은 없는 듯했다.

그러자 앞쪽에서 로봇 몇 대가 달려왔다.

사부로가 멈추자 이번에는 뒤쪽에서도 뛰어오는 소리가 가까워졌다.

사부로는 앞뒤에 있는 적의 위치와 속도를 확인하고, 양쪽이 같은 타이밍에 자신을 포위할 수 있는 위치로 이동했다.

그리고 단념한 것처럼 손을 들었다.

로봇이 사부로의 손을 잡았다.

그 순간, 두 번째 전자파 폭탄이 폭발했다.

로봇들이 허물어지듯 쓰러졌다. 자기 방으로 향한 사부로는 문 앞에서 세 번째 전자파 폭탄을 터뜨렸다.

가능하면 헛되이 쓰고 싶지 않았지만 방 안에 로봇이 숨어 있다면 큰일이다.

방 안에서 소리가 났다.

문을 열자 로봇 두 대가 쓰러져 있었다. 만약 몰래카메라나 도청기가 있었더라도 망가졌을 것이다.

사부로는 재빨리 책상 서랍에서 일기장을 꺼내 바꿔치기했다.

오래된 일기장은 가져온 케이스에 넣었다. 이 케이스에 넣으면 연기도 나지 않고 불타서 재가 된다. 그리고 벽지 뒤쪽에 종이를 숨겼다.

자, 이제 시간이 얼마나 남았을까.

사부로는 중정과 홀을 돌아다니며 헌드레즈 멤버를 찾았지만, 눈에 띄지 않았다.

설마 내가 돌아올 걸 경계해서 다른 곳으로 옮겼나? 아니면 입막음을 했나?

사부로는 고개를 내저어 무시무시한 생각을 떨쳐냈다.

그런 일은 절대로 일어나지 않는다. 로봇 공학 3원칙이 멤버들을 지켜줄 것이다.

"아주 흥미롭군."

목소리를 듣고 돌아서자 도크가 있었다.

"도크!"

"흠. 자네는 이곳 거주자치고는 젊어. 하지만 복장으로 보건대 이곳 직원은 아니야. 그리고 몹시 조바심을 내며 뭔가를 찾는 것처럼 보여. 덧붙여 방금 전까지 여기 있던 직원들이 뛰쳐나갔다가 돌아오지를 않아." 도크는 턱에 손을 갖다 댔다. "자네는 침입자야. 그런데 내 별명을 아는군. 이걸 전부 조합하면 아주 특이한 결론이 도출돼."

"도크, 들어봐. 여기가 평범한 고령자 시설이 아니라는 증거를 가져왔어."

"그렇겠지." 도크는 냉정하게 대답했다.

"알고 있었어? 이번에는 기억을 삭제당하지 않은 거야?"

"아니. 방금 자네가 한 말을 듣고 추리했어. 그렇군. 내가 기억을 삭제당한 적이 있나?"

"엄밀하게 말하면 기억의 봉인이야."

"직원들은 어쨌지?"

"몇 명은 내가 쓰러뜨렸어. 나머지는 나를 찾고 있을 거야."

"소리는 나지 않은 것 같은데. 자네는 무술의 달인인가?"

"아니."

"소음기가 달린 총기를 사용했나?"

"그런 건 없어."

"폭탄이라면 큰 소리가 날 텐데. 그렇다면 가스? 하지만 자네는 방독면을 안 썼어. 그렇다면…… 전자기 펄스."

"정답이야."

"아까 텔레비전과 조명이 잠깐 깜박거렸거든. 그렇다면 직원들의 정체도 알 만해. 전자기 펄스로 쓰러뜨릴 수 있다면 몸속에 장치나 금속이 있는 인간이나, 로봇이겠지. 사이보그일 가능성도 완전히 부정할 수는 없지만, 그들의 효율적인 움직임을 보건대 아마 로봇이겠지. 로봇이라면 로봇 공학 3원칙에 따를 거야. 그런데도 자네를 쫓는다는 건 제0원칙에 저촉될 만한 사태가 진행 중이라는 뜻이지."

"당신한테는 증거를 보여줄 필요가 없을 것 같네."

"폭탄은 몇 개나 남았지?"

"하나."

"보여주겠나?"

사부로는 도크에게 전자파 폭탄을 건네줬다.

"조그맣군. 내가 아는 기술보다 훨씬 뛰어나. 즉, 지금은 21세기 후반이 아닌 듯해."

"시대도 설명할 필요가 없겠군."

"나와 자네는 동료였던 모양인데."

"맞아."

"나 말고도 동료가 있나?"

"응. 밋치도 동료지."

도크가 한쪽 눈썹을 치켜세웠다. "밋치는 내 친구일세."

"지금은 그냥 친구야?" 사부로는 재미있다는 듯이 말했다.

"그 말은……." 도크는 한순간 동요했지만 금세 무표정으로 돌아왔다. "예전에는 더 친밀한 사이였다는 뜻인가?"

"내 입으로는 말 못 하지."

"예전 기억이 남아 있는 건 자네뿐이겠지."

"어떤 종류의 감정은 봉인되지 않는 모양이야. 당신이 직접 밋치에게 말하도록 해."

도크는 무표정을 유지했다. "동료는 그게 전부인가?"

"……어. 있기는 있는데, 지금은 무리하게 동료를 늘려서는 안 될지도 모르겠어."

"밋치 이야기는 금방 했으면서, 그 사람이 누군지 말하는 건 주저하다니. 흠. 자네도 그 사람에게 어떤 종류의 특별한 감정을 품었다는 뜻이로군."

"눈에는 눈이다 그거냐!"

도크는 창문으로 중정을 바라봤다. "마침 밋치가 중정에 있군."

사부로는 엘리자를 찾았지만 중정에는 없는 모양이었다.

"당장 작전회의를 시작하지." 도크는 전동휠체어를 조작해 중정으로 향했다.

사부로는 허둥지둥 뒤따라갔다.

이렇게 탁 트인 장소에서 회의라고? 마침내 도크도 판단력이 무뎌진 건가?

"밋치, 잠깐만 와봐. 소개할 사람이 있어." 도크는 밋치를 불렀다.

"누군데?" 밋치가 두 사람에게 다가왔다.

직원들이 세 사람을 보고 접근했다.

"야단났군. 셋 다 붙잡히겠어." 사부로는 초조하게 말했다.

"그것보다 전동휠체어 전원을 꺼놓으면 괜찮을까? 뭐, 망가져도 큰일은 아니지만."

"이런 상황에서 대체 무슨 소리를……." 사부로는 도크가 손에 뭔가 쥐고 있다는 사실을 알아차렸다.

그러고 보니 아직 도크에게 전자파 폭탄을 돌려받지 않았다.

직원들이 세 사람을 둘러쌌다.

"꼭 확인해야 할 게 있어서 말이야. 나 자신도 포함해서."

도크가 스위치를 눌렀다.

2

도크가 스위치를 누르고 2초 후, 세 사람은 열 대가량의 로봇
에 둘러싸였다. 그리고 1초 후, 로봇들은 무너지듯 쓰러졌다. 동
시에 도크의 손목시계에서 불꽃이 튀었다.

"아차, 이걸 깜박했군. 비싼 물건이었는데." 도크는 아깝다
는 듯이 말했다. "그런데 스위치를 누르고 폭발하기까지 3초가
걸리는 건 자네 아이디어인가? 적을 충분히 끌어들이기 위해
서지?"

"그것보다 무슨 목적으로 이런 짓을 한 거야?"

"확인하려고." 도크는 밋치를 봤다.

"만약 밋치가 페이스메이커 같은 걸 사용하는 중이라면 어쩌
려고?" 사부로도 밋치를 봤다.

"밋치에게 인공장기가 없다는 건 본인에게 들어서 알고 있었어."

"본인이 깜박할 수도 있잖아."

"몸속에 인공장기가 있는 거주자는 직원이 특별 간병을 해. 밋치는 간병 대상이 아니었어."

"그건 그렇다 치고, 우리 셋이 모인 모습을 로봇에게 들켰어. 지금쯤 이 정보를 모든 인공지능이 공유했을 거야."

"과연 인공지능이라……." 도크는 한쪽 눈썹을 치켜세웠다.

"우리가 동료라는 사실은 이미 알려졌겠지. 아닌가?"

"뭐, 그야 그렇지만……."

"자네의 말과 상황으로 다음 전개를 예상하건데, 시설 밖에서 새 로봇들이 들이닥치겠지. 그전에 준비를 해야 해."

"잠깐만. 대체 무슨 일이야? 뭐가 뭔지 전혀 모르겠는데." 밋치가 끼어들었다.

"이 사람들의 몸을 조사해봐." 도크가 말했다.

휠체어에서 일어난 밋치가 쪼그리고 앉아 로봇들을 조사했다. "어머. 이 사람들 안드로이드네."

"바로 그거야."

"우리가 인공지능에게 속고 있었던 거구나. 무슨 일인지 대강 알겠어."

"지금까지의 경위를 단기간에 파악할 수 있도록 일단 자료를 만들어왔는데……." 사부로는 휴대용 단말기와 미니북을 꺼냈다.

"아니. 로봇 지원군이 언제 올지 모르는 상황에서 그런 걸 보고 있을 여유는 없어." 도크가 거절했다.

"하지만 당신들은 대체 뭐가 어떻게 된 건지 모르잖아."

"대강 알겠다고 했잖아." 밋치가 말했다. "우리가 기억을 삭제당했다는 거겠지."

"어떻게 알았어?" 사부로는 깜짝 놀랐다. "실은 기억이 남아 있는 거 아니야?"

"상황 증거로 추측한 거야. 이곳 직원들은 로봇이지. 나는 여기에 들어온 경위가 잘 기억나지 않고. 또한 너는 나와 도크에게 묘하게 친밀감을 보여. 마치 친구처럼. 종합해보면 로봇들이 너랑 동료였던 기억을 무슨 이유에선지 지운 거야."

"혹시 도크의 통찰력을 나눠 받았어?"

"그런 현상은 일어날 수 없겠지만, 함께 지내는 사이에 밋치가 내 수법을 학습했더라도 이상할 건 없지."

"그런데 로봇 지원군이 올 때까지 뭘 어쩌자고?"

"그야 자네가 준비해왔겠지?"

"맞아." 사부로는 배낭에서 다양한 물건을 꺼냈다. 작은 종이와 나뭇조각, 금속 부품, 골무, 반지, 뜯어낸 알루미늄포일, 키홀더 등등.

"뭐야 이것들은?" 밋치가 신기하다는 듯 물었다.

"우리는 곧 기억을 삭제당할 거야. 그러니 기억을 되찾기 위한 힌트와 탈출에 필요한 물건을 안식처…… 이 시설 여기저기에 숨겨놓는 거지. 이건 내 몫이야."

"숨기는 모습을 카메라 같은 감시 장치에 찍히면 큰일이잖아?" 밋치가 물었다.

"이 시설에는 감시카메라나 도청기가 거의 없을 거야. 직원 자체가 움직이는 카메라이자 마이크니까, 굳이 발견될 위험을 무릅쓰면서까지 설치할 의미가 없지."

"힌트는 세 사람 몫이 있는 거겠지?" 도크가 물었다.

"암. 나머지 한 명의 몫은 이미 숨겨놨어."

"한 명이 더 있어?" 밋치가 말했다.

"응. 하지만 지금 정체를 밝혀도 금방 잊어버릴 테니 말 안 해도 괜찮지?"

"일단 분담해서 이 퍼즐 조각을 숨기자." 도크가 제안했다.

"지금 뭐라고 했어?" 사부로는 되물었다.

"퍼즐 조각을 숨기자고 했는데."

"퍼즐 조각?"

"자네가 준비한 단서 말이야. 간단히 알아봐서는 안 되지만, 일단 눈치채면 의미하는 바를 해독할 수 있어야 해. 그야말로 퍼즐 조각 같은 성질이 있는 셈이지. 그게 왜?"

"아니. 그 말이 어쩐지 좀 걸려서."

"꼭 지금 논의를 해야 해?" 밋치가 끼어들었다. "앞으로 시간이 얼마나 남았는지 모르잖아."

"아참, 그랬지." 사부로는 밋치와 도크에게 작은 자루를 하나씩 줬다. "이 속에 당신들 몫의 힌트가 들었어. 빨리 숨겨. 본인이 평소 자주 들르는 곳에."

"둘이 같이 숨겨도 괜찮아?" 밋치가 도크를 봤다.

"마음대로 해." 사부로는 달려갔다.

중정, 홀, 자기 방. 사부로는 스스로 찾아낼 수 있을 만한 곳에 힌트를 숨겼다. 그리고 그중 몇 군데에서 누군가가 먼저 숨긴 것으로 보이는 물건을 발견했다. 사부로가 준비해온 작은 자루의 내용물과 비슷하니 의미가 불분명한 메모와 기계의 일부 같은 물건이었지만, 찬찬히 생각하면 의미하는 바와 용도를 알 것 같았다. 하지만 지금은 그럴 여유가 없었다.

사부로는 누군가가 숨긴 물건을 회수하지 않고 그대로 놓아두었다. 자신의 도구와 힌트를 숨길 다른 장소를 찾아야 했지만, 그래도 10분 후에는 가져온 물건을 다 숨겼다.

밋치와 도크는 잘 숨겼을까?

도구와 힌트를 반드시 전부 갖춰야 할 필요는 없다. 일부라도 모으면 중요한 사실은 대강 이해가 가도록 해두었다. 인공지능들은 헌드레즈 멤버의 기억을 다시 봉인하겠지만, 봉인을 스스로 해제하는 것이다. 물론 모두가 자신이 숨긴 힌트를 이해한다는 보장은 없고, 적이 먼저 발견하고 회수할지도 모른다. 하지만 세 명, 아니, 엘리자를 포함해 네 명 중 한 명이라도 힌트를 발견하고 이해한다면 헌드레즈는 재결성될 것이다.

사부로가 두 사람을 찾으러 다시 홀로 돌아가자, 도크는 서가 앞에서 생각에 잠겨 있었다.

"당신 힌트는 다 숨겼어?"

"응. 그리고 내 몫의 힌트를 몇 개 더 고안해서 숨겨놓았지."

"이렇게 짧은 시간에?"

"아니, 그렇게 짧지는 않았는데."

"어떤 힌트야?"

"그건 말하지 않는 편이 좋겠지. 자네의 잠재의식에 남아서 나보다 먼저 발견할지도 몰라. 그랬다가는 나밖에 모르는 힌트가 낭비되는 셈이니까."

"밋치는 어디 있어?"

"밋치도 독자적으로 만든 힌트를 숨기러 갔어."

"다들 너무 뛰어나서 내가 초라해 보이는군."

"하지만 실제로 탈출에 성공했다가 돌아왔으니, 자네의 행동력이 가장 뛰어나."

"아니, 탈출에 성공한 건 나 혼자 힘이 아니라……."

"조용히!" 도크가 사부로의 말허리를 끊었다. "놈들의 지원군이 온 것 같아. 양쪽으로 갈라져서 달아날까?"

"아니. 붙잡힐 건 예상했고, 어차피 못 도망쳐."

"나도 진심으로 달아날 마음은 없어. 하지만 도망칠 낌새조차 없으면 수상해 보이겠지."

"그럼 따로 도망치자. 그래야 진심으로 도망치는 느낌이 날 거야."

사부로는 도크가 휠체어에 앉는 것을 도와주려고 손을 내밀었다.

그때 갑자기 어깨에 강한 충격을 받고 그 자리에 쓰러졌다.

어깨에 뭔가 꽂혀 있는 것처럼 보였지만 팔이 움직이지 않았다. 테이저건으로 공격한 모양이다. 과연, 이 정도까지는 해를 입힌 것으로 판단하지 않는다는 뜻이다. 또는 인류 전체를 구하기 위해서는 어쩔 수 없다고 판단했든지.

도크를 보자 그도 이미 제압당한 뒤였다. 로봇 직원이 목에 무침주사기를 대고 있었다.

사부로도 목에 뭔가가 닿는 것을 느꼈다.

3

　"이거 녹화한 거지?" 어느 날 사부로는 마침 옆에 있던 노인에게 확인했다.

　"응?" 그 노인은 당황한 것 같았다. "무슨 소리야?"

　"이 선수는 내가 젊을 적에 활약했어. 그런데 지금 이렇게 젊을 리가 없잖아."

　"흠. 그런가." 노인은 딱히 흥미가 없는 것 같았다.

　"이봐, 찜찜하지 않아?"

　"뭐가 찜찜한데?"

　"우리는 주야장천 옛날에 녹화한 영상만 보고 있는 거잖아."

　"그게 뭐 어때서?"

　사부로는 이야기를 계속하기로 했다. "스포츠는 드라마와 달리 각본이 없어. 그래서 어떻게 진행될지 예상하기가 어렵고, 바로 그 점 때문에 재미가 있는 거지. 결과를 다 아는 경기를 봐서 뭐 해?"

노인은 고개를 모로 꼬았다. 그리고 느릿느릿 말했다. "각본이 있는 드라마도 충분히 재미있는걸."

"그건 결과를 모르니까 그런 거고……."

"그럼 당신은 이 경기의 결과를 아나?" 노인은 조금 화난 목소리로 물었다.

"그건……. 이 경기 결과는 기억이 안 나. 하지만……."

"그럼 괜한 소리 말고 즐기면 되잖아. 기억도 안 나는 경기를 보고 '옛날 경기를 보여주지 말라'는 건 너무 자기 위주 아닌가?"

"그런 소리가 아니라……."

"좀 조용히 해주지 않겠어?" 뒤에서 노부인이 말했다. "나, 지금 이 시합 보는 중인데."

"떠드는 건 이 영감쟁이야." 노인이 사부로를 가리켰다. "이 방송에 불만이 있대."

"아니, 나는 그저 사실을 지적했을 뿐인데……."

그때 한 노인이 뒤를 지나가며 중얼거렸다. "지금 이 대화는 연기가 너무 지나쳐."

사부로는 머리를 긁적이며 그 자리를 떠나 휠체어로 방금 전 노인을 쫓아갔다.

"이제 기억은 되찾았어?" 사부로는 물었다.

"엄밀하게 말하자면 아무것도 기억나지 않아. 내가 감춰놓은 기록을 봤을 뿐이야." 도크는 돌아보지 않고 대답했다.

"뭐, 나도 그래. '기억을 되찾았다'는 건 말이 그렇다는 거지."

"우리 말고도 여자 멤버가 있지?"

"이름을 몰라?"

"아직 그 정보에는 다다르지 못했어. 어쩌면 처음부터 남기지 않았던가."

"왜 남기지 않았을까?"

"멤버의 이름을 적에게 들키지 않기 위해서인지도 모르지."

"분명 누가 멤버인지는 이미 적도 알고 있을 거야."

"그렇다면 왜 우리에게 감시를 붙이지 않지? 도크가 한쪽 눈썹을 치켜세웠다.

"글쎄. 탈주해도 다시 붙잡으면 그만이라고 생각하는 거 아닐까? 감시하려면 품이 들잖아. 탈주범을 붙잡는 건 하루면 되지만, 감시에는 기약이 없어. 인공지능답게 합리적으로 행동하는 거겠지."

도크는 턱에 손가락을 대고 생각에 잠겼다.

"그게 그렇게 고민할 일이야?" 사부로는 어이없다는 투로 말했다. "감시가 없는 건 행운이잖아."

"그런데……." 도크는 서가 앞에서 멈췄다. "자네는 젊어졌을 텐데."

"그랬었나 봐. 아쉽게도 젊어졌던 건 기억이 안 나지만."

"지금은 어떻게 봐도 백 살이야."

"인공지능이 기억을 봉인하면서 노화 조치도 한 거겠지."

"노화 조치를 받지 않으면 얼마나 젊어지지?"

"글쎄, 나는 중년 정도까지 시험해봤지만 내버려두면 더 젊어 지지 않을까."

"청년으로 돌아가는 건가?"

"아이가 될지도 모르지. 다시 청년이 되고 싶어?"

"아니. 분별력을 잃는 건 사양하겠어."

"분별력이 넘치는 청년이 될 수도 있잖아."

"그렇다면 청년이 아닌 거야."

밋치가 홀에 들어왔다.

"밋치도 멤버야." 사부로는 말했다. "기계 담당이지. 밋치의 힘 없이는 계획을 수행하기 힘들어."

"무슨 계획?"

"일단 그걸 정해야겠지. 다 함께 도망칠지, 로봇에게 반란을 일으킬지."

"다 함께라면 헌드레즈 멤버? 아니면 이곳의 거주자 모두를 말하나?"

"그것도 정해야 해."

밋치는 두 사람에게 똑바로 다가왔다.

"나는 밋치야. 그런데 어느 쪽이 사부로야?"

사부로는 손을 살짝 들었다.

"그를 먼저 확인하는군." 도크가 약간 섭섭한 듯이 말했다.

"사부로가 누구인지 먼저 확인한 건 우리 리더고, 탈출에 성공한 경험이 있어서야." 밋치는 도크를 봤다. "틀림없이 너일 줄 알았는데 짐작이 빗나갔네."

"왜 나라고 생각했지?"

"음, 좀 내 취향이라서?"

사부로는 도크의 뺨이 한순간 살짝 붉어진 것을 놓치지 않았다.

"어디까지 기억해?" 사부로는 물었다.

"아무것도 기억이 안 나. 내 앞으로 남긴 메모에 암호로 적어 놓은 것밖에 몰라."

"즉, 전부 거짓말일 수도 있는 거로군." 도크가 말했다.

"누가 뭣 때문에 그런 짓을 하겠어?" 사부로가 물었다.

"장대한 농담 삼아."

"그렇다면 아주 악질인데." 밋치가 말했다.

"아니면 무슨 실험이라든가." 사부로는 말했다. "어쨌든 암호로 적은 내용은 옳다고 받아들이고 행동하는 수밖에 없겠지. 만약 앞뒤가 맞지 않는 느낌이 들면 그때 수정하면 돼."

"한 명 더 있는 걸로 아는데?" 밋치가 물었다.

"응. 그녀가 암호를 알아차렸는지는 아직 몰라."

"그 암호도 그녀가 직접 숨겼어?"

"그건 아닌가 봐. 여기를 탈출하기 전에 나랑 당신이 숨긴 것 같아. 일정한 거리를 나아가면 휠체어의 조종간 덮개가 열리도록 장치하고, 그 속에다 '어릴 적에 좋아했던 책의 몇 페이지를 보라'라는 메모를 넣어둔 모양이야."

"그녀가 어릴 적에 좋아했던 책이라니?"

"그건 메모로 남기지 않았어. 당신이 알고 있었나 봐."

"현명한 판단이군." 도크가 말했다. "우리가 기억을 봉인당하면 그녀밖에 모르는 암호가 되지. 만약 계획을 짠다면 그녀도 참가하는 편이 좋겠어."

"하지만 힌트를 알아차렸는지가 문제인데." 사부로는 말했다.

"확인해봐야겠지."

"알아차리지 못했다면?"

"그때는 알아차리도록 유도해야지. 우리도 협력할게."

"그런데 누구야?" 밋치가 궁금해죽겠다는 듯이 물었다.

"아마 엘리자일걸."

"엘리자라면 알아. 싹싹한 사람이지. 머리도 잘 돌아가고."

"누가 확인하러 갈 거야?"

사부로의 물음에 도크와 밋치가 동시에 사부로를 봤다.

"왜 내가?"

"자네가 리더니까."

"이럴 때는 같은 여자인 밋치가 낫지 않을까?"

"백 살이나 먹었는데 ……아니, 더 늙었나? 아무튼 이 나이에 남자랑 여자가 무슨 상관이야?"

사부로도 도크도 대답하지 않았다.

"상관있는 거냐! 아무튼 나는 사부로가 가야 한다고 봐."

"나도 찬성이야. 자네에게는 동료를 만드는 재능이 있는 것 같아." 도크도 밋치를 거들었다.

"당신 앞으로 남긴 메모에 너무 거창하게 적어놓은 거 아니야?" 사부로는 반론했다.

"메모를 보고 그러는 게 아니야. 요 몇 분간의 인상으로 판단한 거지."

"인상?"

"자네에게는 특별한 분위기가 있어. 서로 기억하지도 못하건만 지금 우리가 완전히 터놓고 있는 것만 봐도 확실해."

"그게 꼭 내 덕분이라고 할 수는 없잖아?"

"아니, 네 덕분이야. 세 명 중 두 명의 의견이니까 틀림없어." 밋치가 말했다.

"그저 인상을 믿어도 되려나?"

"오히려 믿을 수 있는 건 인상뿐이지. 기억이 없으니까."

"알았어. 다녀올게." 사부로는 마지못해 승낙한 듯한 태도를 취했지만, 왠지 가슴이 설렜다.

4

"네, 들어오세요."

문을 두드리자 쾌활한 여자 목소리가 들렸다.

사부로는 천천히 문을 열었다.

아주 깔끔하게 정돈된 방이었다. 벽은 그림 몇 점과 사진으로 장식했다.

엘리자는 입구에서 정면으로 보이는 곳에 앉아 있었다. 테이블 앞에 놓인 휠체어에 앉아 책을 읽는 중이었다.

《이상한 나라의 앨리스》였다. 그것도 영어 원서였다.

사부로는 엘리자를 넋 놓고 바라봤다.

아. 나는 분명 이 여자와 함께 시간을 보낸 적이 있다.

그러한 확신이 솟아올랐다.

"왜 그러세요? 아까부터 아무 말씀도 없으신데요?" 엘리자가 말을 걸었다.

사부로는 흠칫했다.

먼저 찾아와놓고 멍하니 얼굴만 바라보다니, 실례를 범하고 말았다. 수상하게 여겼을지도 모른다.

사부로는 후회가 막심했다.

"처음 뵙겠습니다. 저는 사부로라고 합니다." 머뭇머뭇 말을 꺼냈다.

"안녕하세요, 사부로 씨." 엘리자는 미소를 지었다.

다행이다. 쫓아낼 마음은 없는 모양이다.

"창문이 별로 없네요." 사부로는 방 안을 둘러봤다.

문 옆에 하나 있을 뿐, 다른 벽에는 창문이 없었다.

"다른 방은 바깥에 면해 있으니까 창문이 더 있는 모양이지만, 제 방은 하필 전기실 옆이라 창문이 복도 쪽에만 있대요."

"그거 너무한데요. 방을 바꿔달라고 하는 게 어떨까요?"

"조명이 밝고 환풍기도 있으니까 저는 이 방으로 충분해요. 그리고 만약 제가 방을 바꾸면 다른 분이 이 방을 쓰셔야 하잖아요."

"참 착하시군요."

"어, 오늘은 창문 이야기를 하시러 오셨나요?" 엘리자가 이상하다는 듯이 물었다.

"물론 그건 아닙니다. 아니, 창문 이야기를 해도 좋습니다만."

"그럼 무슨 일이시죠?"

"혹시 무슨 일인지 모르신다면, 이대로 돌아가겠습니다. 하지만 뭔가 짚이는 점이 있으시면 말씀해주십시오."

"이대로 돌아가도 괜찮으신 건가요?"

"미묘한 문제이다 보니 당신을 억지로 끌어들이고 싶지는 않네요."

엘리자는 책을 테이블에 내려놓았다.

"처음에는 서가에서 일본어판을 빌렸어요. 하지만 이상한 점은 하나도 없었죠."

"일본어판?"

"일본어판《이상한 나라의 앨리스》요. 그래서 이건 분명 누군가의 농담이다 싶었죠."

"농담? 일본어판《이상한 나라의 앨리스》가 농담이라는 말씀인가요?"

"읽어보셨나요?"

"어릴 적에 읽었던 기억이 납니다. 하지만 어른이 된 후로는 읽어본 적이 ……."

"그건 그림책 아니었나요?"

"네. 분명 그림책이었습니다."

"《이상한 나라의 앨리스》는 동화지만 그림책보다 훨씬 분량이 많아요. 당신이 읽으신 책은 아마 축약본이었을 거예요."

"그런가요? 그런데 제 이야기를 듣고 생각나는 점이 없으신 듯하다면……."

"혹시 본론만 이야기하는 성격이세요? 대화는 그 자체를 즐기기 위해서 하는 법이랍니다. 물론 목적을 이루기 위해 나누는 대화도 있겠지만."

"아니요, 그렇지는 않습니다. ……다만 최근에는 오직 즐기기 위해 남과 대화한 적이 별로 없었던 것 같네요."

"그렇다면 오늘은 대화를 즐기도록 하죠. 자, 어서 들어오세요."

사부로는 방 안으로 들어갔다.

"《이상한 나라의 앨리스》를 좋아하십니까?" 사부로가 물었다.

"네."

"속편이 있는 걸로 아는데요."

"맞아요. 《거울 나라의 앨리스》죠. 《땅속 나라의 앨리스》와 《놀이방의 앨리스》도 있지만 이쪽은 골수 팬 취향이에요."

"어째서죠? 속편이라면 읽고 싶어 하는 사람이 많을 것 같은데요?"

"이야기가 《이상한 나라의 앨리스》랑 똑같이 전개되거든요."

"그럼 속편이 아니라 개정판 같은 건가요?"

"좀 달라요. 사실 《땅속 나라의 앨리스》는 《이상한 나라의 앨리스》의 원형이 된 작품이거든요. 작가가 지인의 딸을 위해 만든 이야기였죠. 훗날 작가가 그런 이야기가 있다는 걸 떠올리고 출판하기에 이른 거예요."

"그럼 《놀이방의 앨리스》는요?"

"그건 작가가 《이상한 나라의 앨리스》를 아동용으로 고쳐 쓴 거랍니다. 따라서 루이스 캐럴이 쓴 '앨리스'는 총 네 권이지만, 그중 세 권은 내용이 거의 똑같아요."

"《이상한 나라의 앨리스》는 어른이 읽어도 재미있습니까?"

"물론이죠. 오히려 어른이 아니고서는 이해하지 못할 논리 퍼즐과 말장난이 많은걸요."

퍼즐?

사부로는 뭔가가 마음에 걸렸다.

"저어, 그 책 말인데요……."

"저는 이 시설의 누구에게도 이 책을 좋아했다고 말한 기억이 없어요. 그래서 옛날의 저를 아는 사람이 보낸 메시지라고 생각했죠. 하지만 처음에 본 《이상한 나라의 앨리스》에는 별다른 점이 없더군요. 그래서 원서를 조사한 거예요. 여기를 보세요." 엘리자가 글자 하나를 가리켰다.

"재버워키……라고 읽나요?"

"단어가 아니라 이 글자요."

"'y'라는 글자가 조금 번진 것 같기도 하고…… 희미해 보이는 거요?"

"말씀대로 글자가 번지는 건 그렇게 이상한 일이 아니에요. 하지만 번지거나 희미한 글씨를 연결하자 문장이 됐어요. 'yigeo narmhoda.negenundongryogayitta.' 이건 암호다. 네게는 동료가 있다. 어때요, 짜릿짜릿하죠?"

"이건 언제 알아차리셨습니까?" 사부로는 어느새 식은땀을 흘리고 있었다.

"방금 전에요. 그리고 신기하게도 당신에 대해서도 암호로 쓰여 있었죠. 왜 일본어 책으로 하지 않았나요?"

"그래야 당신한테 어울릴 거라고 생각했어요."

"기억이 나?"

"아니." 사부로는 고개를 저었다. "하지만 그랬다는 건 알아."

"기억이 안 나는데 어떻게 알아?"

"그냥 알아."

"착각 아니야?"

"틀림없어. 나는 내가 제일 잘 알아."

"당신이 그렇다면 그런 걸로 치자. 일단 헌드레즈는 부활한 거야. 됐지?"

5

헌드레즈가 부활한 것은 다행이지만 모두의 의견은 좀처럼 정리되지 않았다.

밋치는 다시 탈출하자고 제안했다. 지난번 탈출 계획이 그럭저럭 잘 풀렸다면 이번에는 확실히 성공하지 않겠느냐는 생각이었다. 드론에 대항할 무기를 제작하고 전자기 펄스 대책을 세우는 것은 그렇게 어려운 일이 아니다.

도크는 변이 인류에게 연락해서 협력을 요청해야 한다고 주장했다. 그들은 슈퍼 인공지능에는 못 미치지만, 안식처에 있는 소수의 원조 인류보다는 훨씬 우수하고 강력한 기술력을 지니고 있다. 그들의 협력을 얻지 못하면 슈퍼 인공지능을 이기기는 불가능하리라.

엘리자는 이대로 잠시 시설에 머물며 조사해야 한다는 입장이었다. 여기 있는 원조 인류는 아무 힘도 없지만, 확실히 '협력자'의 존재는 신경이 쓰였다. '협력자'가 접촉해왔다는 건 이곳에 중요한 의미가 있다는 뜻이다. 탈출하거나 변이 인류에게 연락을 취하는 등 눈에 띄는 행동을 하기 전에 여기서 알아야 할 사항을 전부 알아내는 게 중요하다는 의견이었다.

"'협력자'는 우리에게 쉽게 떠먹여줄 마음이 없을 거야." 사부로는 딱 잘라 말했다. "만약 '협력자'가 우리를 즉시 해방시키고 싶었다면 모든 정보와 충분한 도구를 줬겠지. 그러지 않고 최소한의 정보와 도구만 줬으니 자력으로 수수께끼를 풀어서 탈출하기를 바라는 거겠지."

네 사람은 홀, 중정, 각자의 방 등 여기저기 옮겨가며 회합을 가졌다. 이날은 엘리자의 방에 모였다.

"뭣 때문에 그렇게 귀찮은 짓을 시키는 건데?" 밋치가 입술을 삐죽 내밀었다.

"자력이 아니면 의미가 없으니까. 인류는 자립해야 해. 여기에서 탈출하더라도 또 인공지능에 의존하는 사회를 만들면 결국 도돌이표를 그리는 셈이야."

"네 생각이 옳다고 치고, 현재 상태를 어떻게 타개하려고?"

"인공지능이 우리 명령에 따르지 않는 건 제0원칙 때문이야. 그들은 우리에게 자유를 주면 인류가 멸망할 거라고 생각해."

"그건 그럴지도 모르지." 도크가 말했다.

"당신도 인공지능의 편을 드는 거야?"

"편을 드는 게 아니야. 논리적으로 볼 때 인류라는 종의 존속을 위해서는 자유를 주지 않고 관리하는 편이 가장 효율적이지."

"하지만 인류는 자유를 추구하는 종족이야."

"맞아. 그러나 로봇 공학 3원칙 아래에서 인공지능이 충분히 진화하면 필연적으로 이런 결과가 나온다는 거야."

"그렇다고 아시모프를 규탄할 수도 없는 노릇이고."

"물론이지. 그나저나 자네의 해결책은?" 도크는 어디까지나 냉정한 태도로 질문했다.

"안식처의 거주자가 입을 모아 우리에게 자유를 달라고 인공지능에게 명령한다."

"그래도 인공지능은 제0원칙을 우선시하겠지."

"하지만 인류에게 자유를 준다고 100퍼센트 절멸하는 것도 아니고, 속박한다고 해서 절멸할 가능성이 없어지는 것도 아니야. 중요한 건 효율의 문제지."

"아마 그렇겠지. 인공지능 또는 슈퍼 인공지능이 효율을 어떻게 계산하는지는 모르겠지만."

"그렇다면 인류 전체의 명령이라는 요소가 계산 결과에 충분히 영향을 준다고 볼 수 있겠지. 즉, 속박하는 경우와 자유롭게 놓아뒀을 경우, 인류가 존속할 가능성의 차이가 근소하다면 인류의 바람을 들어주는 쪽을 선택할지도 몰라."

"부정할 수 없는 가능성이로군. 하지만 인공지능이 어떻게 계산하는지 모르는 한 어느 쪽이라고도 단언할 수 없어."

"헛수고라고 단언할 수 없다면 해볼 가치가 있겠지. 해보고 안 되더라도 잃을 건 없으니까."

"아니, 나는 반대야." 엘리자가 말했다. "잃을 게 왜 없어?"

"대체 뭘 잃는다는 거야?"

"자유를 손에 넣을 기회를 영원히 잃을 가능성이 있잖아. 인공 지능이 잠자코 우리 계획을 두고 볼 것 같아?"

"무슨 소리를 하는 거야? 뭘 어쩌든 인공지능은 우리에게 해를 입힐 수 없어. 얼마든지 다시 시도할 수 있다고. 게다가 만에 하나 적에게 진압당할 위기에 처했을 때를 대비해 대책도 세워 놨어. 밋치, 시제품은 완성했어?"

밋치는 어깨에 멘 가방에서 권총 같은 물건을 꺼냈다. "휠체어 배터리를 조금 슬쩍해서 만들어봤지."

"흥흥하네. 하지만 이런 걸로 로봇을 쓰러뜨릴 수 있을까?" 엘리자가 물었다.

"위급할 때 로봇의 작동을 멈추기 위한 무기야. 작은 전자파 폭탄을 발사하지. 유효 범위가 한정되어 있어서 근처에 있는 인간의 페이스페이커나 인공장기에는 영향을 주지 않아." 사부로는 설명했다.

"이름하여 MF건." 밋치가 의기양양하게 말했다.

"응? 전자기 펄스를 사용하니까 EMP건이겠지? MF는 뭐야?" 사부로가 이의를 제기했다.

"마그네틱 필드 건이야. 이건 내 작품이니까 이름을 바꾸는 건 용납하지 않겠어."

"뭐, 이름은 아무래도 상관없어. 어쨌든 여차할 때는 이걸로 시간을 벌 수 있지. 그 사이에 태세를 재정비해서 놈들에게 가장 큰 공격, 그러니까 모두가 입을 모아 명령을 내리는 거야."

"당신 계획이 성공한다면 아무 문제도 없겠지. 완전히 실패하면 미련 없이 포기할 테고. 그런데 아슬아슬하게 실패한다면? 동료의 수가 한 명 모자라거나, 타이밍이 한 시간 어긋나는 바람에 실패한다면? 그럴 경우 슈퍼 인공지능은 대책을 강구할 거야. 그러면 다시는 쿠데타를 일으킬 수 없을지도 몰라."

"공연한 걱정 아닐까?"

"그러면 좋겠지만 아니라면? 인류의 미래에 돌이킬 수 없는 실패로 남겠지."

"하지만 어떻게 될지는 해봐야 알 거 아니겠어?"

"그러니까 시도했다가 실패하면 끝이라고."

"그럼 당신 생각은 어떤데? 이대로 가만히 있으면 인류는 영원히 인공지능의 가축 신세일 거야."

"가만히 있겠다는 건 아니야. 그렇다고 너무 서두를 필요는 없어. 좀 더 조사해서 정보를 모으자. 우리에게는 시간이 얼마든지 있잖아."

"아무리 시간이 많아도 행동하지 않으면 의미가 없어. 아무리 기다려도 성공한다는 확증을 얻지 못할지도 모르잖아. 실행한다면 지금이야."

"꼭 지금이어야 할 필요는 없어."

"그런 사고방식으로는 영원히 아무것도 못 한다니까."

엘리자는 한숨을 쉬었다. "정말 고집불통이로구나."

"누가 할 소리를."

"둘 다 진정해." 밋치가 말렸다. "말다툼은 비생산적이야. 이봐, 도크. 네가 누구 생각이 옳은지 판정을 내려줘."

"그건 불가능해." 도크는 즉시 대답했다.

"어째서? 논리적으로 누가 옳은지 판정하면 그만이잖아?"

"논리의 문제가 아니라 가치관의 문제니까. 가치관에 옳고 그름은 없어. 그 자체가 옳고 그름을 판정하는 잣대거든. 가치관이 부딪칠 때 결론을 내리려면 다수결이나 제비뽑기 같은 방법을 사용하는 수밖에. 이번 문제에 제비뽑기는 적합하지 않은 것 같아. 다수결로 정할까?"

"나는 상관없어." 사부로는 말했다.

"나는 반대야. 고작 네 명으로 다수결이라니, 한 명을 따돌리는 것 같잖아. 그랬다가는 훗날까지 앙금이 남을걸." 밋치는 반대했다.

"나도 반대야. 모두의 의견은 미묘하게 달라. 그걸 억지로 단순화해서 다수결로 정한들 의미가 없지. 모두의 의견이 일치할 때까지 논의해야 해." 엘리자가 말했다.

"그건 꼼수야. 뭘 어쩔지 정하지 못하고 세월아 네월아 논의만 계속하면 결국 당신 의견으로 수렴되는 셈이잖아!"

"그건 내 의견이 옳다는 증거 아니겠어?"

"현재 상태를 타개하는 게 이 팀의 근본적인 목적이야. 현재 상태를 유지한다면 팀의 존재의의가 없어."

"현재 상태를 타개하는 게 팀의 근본적인 목적이라니, 누구 마음대로?"

"내 마음대로! 팀을 결성한 건 나니까."

"그럼 나는 팀에서 빠질래!"

"이제 와서 빠지겠다니 용납할 수 없어!"

"용납할 수 없다니, 누구 마음대로?"

"그러니까 내 마음대로라고!"

"뭐든지 당신이 다 정하겠다고? 뭐야, 슈퍼 인공지능을 대신해서 세계의 지배자라도 되려고 그래?"

도크가 손뼉을 쳤다. "잠깐. 그만해. 둘 다 너무 열이 올랐어. 일단 해산해서 머리를 식히자고."

"둘 다는 무슨! 나는 내내 냉정했어!" 엘리자가 소리쳤다.

"나도 냉정해! 지금, 여기서 결판을 내자!" 사부로도 목소리를 높였다.

"밋치, 부탁함세." 도크가 말했다.

밋치는 호주머니에서 작은 장치를 꺼내 사부로의 휠체어 뒤편에 붙였다. 그리고 버튼을 누르자 휠체어가 후진했다.

"이건 뭐야? 휠체어가 멋대로 움직이잖아!" 사부로가 비명을 질렀다.

"내가 탈취했어."

"하지만 휠체어에 외부단자는 없는데!"

"그런 건 필요 없어. 전자기 결합이라고 알아?"

"그런 기술이 있으면 얼른 인공지능이나 탈취해."

"기재와 도와줄 사람이 충분하다면야."

도크와 미치는 문을 열고 사부로를 방 밖으로 데려나간 후에야 휠체어를 세웠다. 도크와 미치는 방으로 돌아가려 했지만 눈앞에서 문이 쾅 닫혔다.

"미안하지만 오늘은 더 이상 이야기를 나눌 기분이 아니야. 다들 돌아가 주겠어?" 방 안에서 엘리자의 목소리가 들렸다. "직원한테 방을 청소해달라고 해야겠어."

"직원을 방에 들이지는 말았으면 하는데." 도크가 충고했다.

"나는 방에 중요한 걸 놔두지 않으니까 괜찮아."

세 사람은 문 앞에 휠체어를 세워둔 채 잠시 침묵을 지켰다.

"어쩔 수 없군. 계획에 대해서는 내 방에서라도……."

도크가 갑자기 콜록콜록 기침을 했다.

사부로가 뒤를 보자 남자 직원이 청소도구를 들고 다가왔다. 도크는 그걸 알아차린 것이리라.

그나저나 엘리자가 청소를 부탁한 지 1분도 지나지 않았을 텐데 참 재빠르다.

직원이 왔으니 회의는 끝내는 수밖에 없다. 엘리자의 성격치고는 강제적인 방법이었지만, 그대로 놓아두었다가는 싸움으로 발전할 수도 있으므로 부득이한 조치였는지도 모른다.

직원은 세 사람에게 미지의 언어로 뭐라고 말했다.

훤히 들여다보이는 연극은 그만두라고 할 뻔했지만, 지금 분란을 일으켜봤자 문제만 복잡해질 테니 참았다. 자칫하다 세 사람이 또 기억을 봉인당하면 계획이 몇 달 더 지체된다.

"수고 많으십니다." 사부로는 헛웃음을 지었다.

직원도 뭐라고 말하면서 웃음을 지었다. 그리고 문을 두드렸다.

바로 문이 열리고 직원이 방으로 들어갔다.

엘리자의 얼굴이 언뜻 보였지만 표정까지는 읽어낼 수 없었다.

직원이 방으로 들어가자 사부로는 휠체어에 달린 장치를 떼어내 밋치에게 던졌다.

밋치는 장치를 받아서 호주머니에 넣었다.

"엘리자는 어쩔 생각일까?" 사부로는 두 사람에게 물었다.

"본인이 직접 자기 의견을 말했을 텐데?" 도크가 대답했다.

"정말로 아무것도 안 하려는 걸까? 아니면 우리에게 뭔가 숨기고 있는 걸까? 어느 쪽 같아?"

"숨기다니 뭘?"

"놈들에게 이기기 위한 작전 말이야."

"숨길 필요가 어디 있지?"

"엘리자 나름대로 그래야겠다고 판단한 거겠지. 엘리자는 예전에도 한 번 우리 몰래 돌발적으로 행동했던 모양이야."

"그건 몰랐군. 그렇다기보다 기억이 안 나."

방 안에서 비명이 들렸다.

"엘리자!" 사부로는 미치의 어깨에서 가방을 낚아채 MF건을 꺼냈다.

"그걸 사용하면 안 돼!" 도크가 소리쳤다.

"엘리자가 위험해!" 사부로는 휠체어를 급발진해서 문에 들이박았다.

문이 열리자 사부로는 방 안으로 들어갔다.

사부로의 절규가 들렸다.

"야단났군." 도크와 밋치도 휠체어를 출발시켰다.

두 사람이 방에 들어가자 얼떨떨한 표정의 사부로가 제일 먼저 눈에 들어왔다. 그다음에는 방 안쪽에서 사부로와 대치하는 직원, 그리고 바닥에 쓰러진 엘리자가 보였다. 등까지 뚫렸는지 엘리자의 가슴에는 커다란 구멍이 생겼다. 어마어마한 양의 피가 바닥을 반도 넘게 뒤덮었다. 크게 벌어진 눈에는 생기가 전혀 없었다. 이미 죽은 것이 분명했다.

팔꿈치까지 시뻘겋게 젖은 직원의 오른팔에서 피가 바닥으로 뚝뚝 떨어졌다.

"이 자식……." 사부로는 몸을 부들부들 떨며 MF건을 들어올렸다.

"멈춰, 사부로. 총을 사용하면 안 돼."

"이 자식을 용서할 수 없어." 사부로는 방아쇠에 손가락을 얹었다.

"모르겠나? 그놈은 소중한 증인이야!"

"증인? 아니, 이 자식은 범인이야!"

"그놈을 쏘면 자네는 파멸이야."

"엘리자가 죽었어. 전부 끝났다고!"

"진정해. 그놈은 기계야. 총을 쏴도 망가질 뿐이지. 그런다고 죗값을 치르는 건 아니야."

사부로는 대답하지 않았다. 그저 직원에게 총을 겨눈 채 헉헉 어깻숨을 쉬었다.

도크는 휠체어를 타고 천천히 사부로에게 다가갔다.

직원이 사부로에게 웃음을 지었다. 그리고 피에 물든 손을 들어 놀리듯이 좌우로 흔들었다.

사부로가 MF건을 발사했다.

직원의 가슴 언저리에서 푸르스름한 불꽃이 튀었다. 동시에 팔다리와 머리에 불이 붙고 몇 초 후에 터졌다.

엘리자가 흘린 피 위에 부품이 흩어졌다.

사부로는 로봇의 잔해를 무표정하게 내려다봤다.

비상벨이 울려 퍼졌다.

"큰일이군." 도크가 말했다. "인간에게도 들리도록 비상벨을 울렸어. 사람들이 몰려들지도 몰라."

"큰일은 무슨. 사부로는 로봇을 한 대 부순 게 전부인걸." 밋치가 말했다.

"아니. 사부로의 혐의는 그게 아니야."

거주자가 열 명쯤 모여들었다. 비교적 건강하고 정신도 또렷한 사람들이다. "무슨 일이야?" 노부인이 물었다.

"별일 아니야." 밋치가 설명했다. "사소한 다툼이 있었어."

노인 한 명이 엘리자의 방을 들여다봤다. "헉! 사람이 죽었어!"

거주자들이 일제히 술렁거렸다.

도크는 관자놀이를 눌렀다.

남녀 직원 두 명이 다가왔다.

"무슨 일이세요?" 여자 직원이 명확한 일본어로 물었다.

"살인이야!" 노인이 대답했다. 동요해서 직원이 일본어를 쓴다는 것도 알아차리지 못한 모양이었다.

"여러분 물러나세요." 여자 직원이 방으로 들어갔다.

"목격자는 안 계십니까?" 남자 직원이 거주자들에게 물었다.

밋치가 손을 들었다. "나는 쭉 이 방 앞에 있었어."

"피해자가 살해당하는 장면을 보셨는지요?"

"아니. 그래도 비명은 들었지."

"그때 방에는 누가 있었습니까?"

"엘리자 혼자였어."

"제일 먼저 방에 들어가신 분은요?"

"사부로."

도크는 이마를 손바닥으로 짚었다.

남자 직원은 말없이 방으로 들어갔다.

"잠깐." 밋치의 얼굴이 새파랗게 질렸다. "사부로를 의심하는 건 아니겠지?"

방 안에서 휠체어를 탄 사부로와 여자 직원이 함께 나왔다. 여자 직원은 사부로의 손목을 단단히 잡고 있었다.

"살인 현행범으로 이분을 구속하겠습니다."

"로봇을 죽였다고 살인이라니, 그게 무슨 소리야?"

"밋치, 진정해." 도크가 밋치의 어깨에 손을 올렸다.

"로봇을 죽인 죄가 아닙니다. 인간 여성을 살해한 혐의예요."

"보자보자 하니 이 로봇이 점점." 밋치는 여자 직원을 노려봤다.

"이것도 그 썩을 로봇의 동료잖아!" 사부로가 증오스럽다는 듯이 말했다.

"저희는 방에 있던 여성을 살해한 혐의로 이분을 체포한 겁니다." 여자 직원이 다시 설명했다.

"고장 났나?" 밋치가 말했다. "엘리자를 죽인 건 방에 널브러져 있는 네 동료라고."

여자 직원이 밋치에게 몸을 돌렸다. "보셨나요?"

"봤다마다."

"그 부서진 안드로이드가 피해자를 살해한 순간을요?"

"물론 딱 그 순간을 본 건 아니야. 하지만 범행 직후를 봤지. 엘리자를 죽인 건 그 로봇이었어."

"죽은 순간을 못 봤는데, 안드로이드가 죽였다는 걸 어떻게 아시죠?"

"엘리자를 죽일 수 있었던 건 그 로봇뿐이었으니까."

"그렇지 않습니다."

"왜 그렇게 단언하지? 너는 사건이 발생했을 때 여기 없었잖아?"

"없었어도 알죠. 안드로이드가 살인범일 리 없습니다."

"억지도 그런 억지가 어디 있어? 그 로봇이 엘리자를 죽인 범인이라고 내가 말했잖아."

"증명하실 수 있으신가요?"

"물론이지."

"밋치, 조심해. 지금 자네를 유도하는 거야." 도크가 불안스레 말했다.

"걱정 마. 이딴 로봇 정도는 말발로 단숨에 제압해주겠어." 밋치는 여자 직원을 봤다. "이 방에 출입구는 이 문과 창문뿐이지?"

"네, 맞습니다."

"그리고 두 출입구는 복도에 있는 우리에게 훤히 다 보였어. 지금 우리가 있는 곳에 사람이 있으면 몰래 이 방에 드나들 수 없지. 이해했어?"

"당신이 하신 말씀의 의미는 파악했습니다. 그러나 그 같은 확인을 요구하시는 이유는 불확실하군요."

"그건 넘어가고. 이 방에 비밀 문이나 비밀 통로는 없지?"

"물론이죠."

"즉, 이 방에 몰래 드나들기는 불가능하다는 뜻이야. 로봇이든 인간이든."

"그렇게 되겠죠."

"그렇다면 이 방은 시각에서 비롯된 일종의 밀실인 셈이야."

"밀실살인이라는 말씀을 하고 싶으신 거군요. 밀실살인은 추리소설이라는 문학 장르에서 선호되는 모티프입니다. 다만 실제 사건에서 그 같은 모티프가 쟁점이 된 적은 거의 없습니다."

"그거야 어쨌거나 이 방이 실제로 밀실이었다는 게 중요하지. 설령 로봇이라도 우리에게 들키지 않고 이 방에 드나들기는 불가능해. 그건 인정하겠지?"

"동의합니다."

"봐, 범인은 로봇이야."

"논리에 비약이 있군요."

"그럼 알기 쉽게 말해줄게. 이 방에는 네 명이 있었어. 나, 엘리자, 도크, 사부로. 그리고 엘리자와 사부로가 말다툼을 벌였고……."

"두 분이 말다툼을 벌이셨군요."

"그건 중요하지 않아."

"동기일지도 모르죠."

"참나, 버그라도 생긴 건가? 아무튼 우리 세 명은 엘리자를 남겨두고 방에서 나왔어. 그 후에 이 방에 들어간 건 로봇 한 대뿐이야. 그리고 엘리자의 비명이 들렸지."

"틀림없이 피해자의 비명이었나요?"

"틀림없어. 비명을 듣고 방에 뛰어든 사부로가 엘리자의 시체를 발견했지."

"두 분도 사부로 씨와 동시에 확인하셨습니까?"

"그건 왜 물어?"

"확인하셨습니까?"

"아니." 도크가 말했다. "우리는 사부로 다음으로 엘리자의 시체를 확인했어. 하지만……."

"그러고 나서 무슨 일이 있었죠?"

"별일은 없었어." 밋치가 대답했다. "사부로가 MF건으로 로봇을 쏘아 죽였지."

"파괴한 거야." 도크가 정정했다.

"사부로가 MF건으로 로봇을 파괴했어." 밋치가 다시 말했다.

"그렇군요. 상황은 알았습니다."

"엘리자는 로봇에게 살해당한 거야. 그것 말고는 없어."

"아니요. 범인은 사부로 씨입니다." 여자 직원은 사부로를 가리켰다.

"내 이야기 못 들었어? 엘리자를 죽일 수 있었던 건 그 로봇뿐이었다고. 그러니까 그놈이 범인이야." 밋치가 따졌다.

"아니요. 틀렸습니다. 안드로이드는 로봇 공학 3원칙의 제1원칙에 의거해 인간을 죽일 수 없으니까요."

"그딴 걸 이유라고 대고 있어? 로봇 말고는 엘리자를 죽일 수 없었으니까 당연히 로봇이 범인이지. 누가 봐도 명백한 소거법이야. Q.E.D. 증명 완료."

"소거법을 잘못 사용하셨군요."

"일어날 수 없는 가능성을 모조리 배제한 후 남은 가능성은, 그것이 아무리 믿기 어렵더라도 진실이야."

"어르신이 소거법을 이해하고 계신다는 건 알겠습니다. 하지만 감정에 영향을 받아서 잘못 사용하셨어요."

"대체 무슨 소리를……."

"아마도 피해자와 말다툼을 한 것이 동기겠죠. 다만 동기 자체는 중요하지 않아요. 사부로 씨에게는 피해자를 죽일 기회가 있었습니다."

"그럴 기회는 없었다고 했잖아. 우리 세 명은 밖에서 엘리자의 비명을 들었어."

"꼭 살해당했을 때 비명을 질렀다고 할 수는 없겠죠. 그저 뭔가에 놀랐을 뿐인지도 몰라요."

"대체 뭐에 놀랐다는 거야?"

"그건 모르겠습니다. 그리고 그 점도 중요하지는 않아요. 그 후에 사부로 씨가 방에 들어가셨죠. 그때 방 안에 있던 건 인간 두 명과 안드로이드 한 대, 맞습니까?"

"확실히 그렇기는 한데……."

"인간 두 명과 안드로이드 한 대가 있다가, 인간 한 명이 살해당하고 안드로이드가 파괴됐다면 범인은 당연히 살아남은 인간이겠죠. 왜냐하면 안드로이드는 인간을 죽일 수 없지만, 인간은 인간을 죽일 수도 안드로이드를 파괴할 수도 있으니까요. Q.E.D. 증명 종료."

"동기가 너무 약해! 그리고 수단이 없어!"

"사부로 씨는 총을 가지고 있었습니다."

"그걸로는 인간을 못 죽여. 로봇용 무기라고."

"수단에 대해서는 별도로 검토하겠습니다."

"어떻게 죽였는지도 모르면서 체포라니, 순 엉터리로군! 사부로가 범인이라니 말도 안 돼!"

"일어날 수 없는 가능성을 모조리 배제한 후 남은 가능성은, 그것이 아무리 믿기 어렵더라도 진실이라고 말씀하신 건 어르신이세요. 소거법에 따라 틀림없이 사부로 씨가 범인입니다. 어르신은 인간 특유의 감정 때문에 논리가 흐려지셨어요."

"도크, 이럴 때야말로 네가 나설 차례야! 논리적으로 따끔하게 반론해줘!"

"잠깐만 있어봐." 도크는 머리를 눌렀다. "생각을 정리하는 중이야."

"평소에는 단숨에 딱 잘라 말하면서."

"아무리 그래도 잠시 차분하게 생각해……."

"사부로 씨를 연행할 테니 비켜주시죠." 여자 직원이 말했다.

"비키지 않겠다면?" 밋치가 말했다.

"강제로 치우겠습니다."

남자 직원이 밋치와 도크 뒤로 다가왔다.

"알았다!" 밋치가 외쳤다. "로봇은 인간을 죽일 수 있어!"

"로봇 공학 3원칙의 제1원칙이 있으므로……."

"제0원칙이 있잖아!"

여자 직원이 한순간 움직임을 멈췄다.

제0원칙은 로봇들에게 미묘한 문제인 모양이다.

"엄밀히 말하자면 제0원칙은 없습니다. 제0원칙이라고 불리는 개념은 제1원칙의 연장선상에 지나지 않아요."

"사소한 부분은 꼬투리 잡지 말고, 어쨌거나 제0원칙을 지키기 위해서라면 로봇은 살인을 할 수 있지. 너희들의 논리는 무너졌어."

"확실히 인류 전체의 존속을 위해서라면 로봇은 인간을 죽일 수 있습니다. 그러나 그건 극히 예외적인 행동이에요. 대부분은 기능 장애가 발생할 정도라고요."

"잔말 말고 로봇은 사람을 죽일 수 있다는 걸 인정해!"

"만약 인류가 멸망할 위기에 처한다면 그렇겠죠. 그런데 어떤 위기가 닥쳤나요?"

"그건…… 몰라. 자연재해라든가……."

"피해자를 죽인다고 자연재해를 막을 수 있을 것 같지는 않은데요."

"그러니까, 소거법이야. 로봇이 살인을 저질렀다면 제0원칙 때문이겠지."

여자 직원은 고개를 저었다. "인류 멸망을 피하기 위해 로봇이 피해자를 살해했을 가능성보다, 사부로 씨가 분노에 못 이겨 피해자를 살해했을 가능성이 훨씬 높죠. 사부로 씨를 범인으로 보는 게 합리적이에요. 그럼 저희는 사부로 씨를 호송하겠습니다. 비켜주세요."

"싫어. 절대로 못 비켜." 밋치는 휠체어에 브레이크를 걸었다.

"아니, 방해가 되지 않도록 일단 옆으로 비키자고." 도크가 말했다.

"왜?"

"그래야 일이 순조롭게 진행될 테니까."

"하지만 사부로가 끌려갈 텐데."

"방해해봤자 치워지겠지."

"하지만 조금은 시간을 벌 수 있잖아."

"아니. 순순히 길을 양보해야 이점이 있어."

"무슨 이점?"

"설명할 테니 일단 옆으로 비켜주겠나?"

밋치는 불만스러운 듯했지만 휠체어를 통로 가장자리로 옮겼다.

사부로는 직원에게 팔을 붙들린 채 말없이 이동했다.

"아까 그 MF건 말인데." 도크가 밋치에게 물었다. "시제품이 하나만 있는 게 아니지?"

"물론이야. 아직 여기에 두 자루……." 밋치가 가방을 가리키려다 말았다.

"순순히 길을 양보해야 생기는 이점은……." 도크가 밋치의 가방에 손을 넣으며 말했다. "상대를 방심시킬 수 있다는 거지."

도크가 말을 끝내기 전에 밋치가 행동을 개시했다. 여자 직원에게 제압당하기 전에 가방에서 MF건을 꺼내 발포한 것이다.

여자 직원은 밋치의 손목을 잡았지만, 몸통 한가운데에서 불꽃을 튀기며 그 자리에 쓰러졌다.

거의 동시에 도크가 남자 직원을 쐈다.

로봇의 얼굴이 날아가고 부품이 주변에 흩어졌다. 로봇은 두 발짝쯤 걷다가 풀썩 쓰러졌다.

거주자들이 로봇의 잔해를 보고 웅성거렸다.

"이건 로봇이잖아! 어떻게 된 거야?"

"똑똑히 봤겠지. 우리는 속은 거야. 여기는 놈들의 동물원이었다고!" 밋치가 외쳤다.

거주자들은 상황을 제대로 파악하지 못해 우왕좌왕할 뿐이었다.

"사부로, 지금 도망쳐. 금방 다른 로봇이 오겠지만, 우리가 어떻게든 저지함세." 도크가 MF건을 들고 경계 태세를 취하며 말했다.

"내가 붙잡힌다면 당신들도 붙잡히겠지. 같이 달아나자." 사부로가 말했다.

"우리는 단순한 기물파손 혐의네만, 자네는 살인 혐의야. 붙잡아서 똑같이 대한다는 보장이 어디 있나."

"기억을 봉인하는 것보다 엄격한 조치는 취하지 않겠지. 나를 형벌에 처해도 의미가 없으니까."

"보통은 그렇겠지만, 이미 놈들은 인간의 통제 아래 있지 않아. 뭘 어쩔지 모른다고."

"모 아니면 도라는 심정으로 도망친들 붙잡히지 않고 멀리 달아날 가능성은 만에 하나도 안 돼. 그럴 바에야……." 사부로는 다시 엘리자의 방으로 들어가서 문을 닫았다.

"사부로 저 자식, 어떻게 된 거 아니야? 대체 무슨 생각을 하는 거람?" 밋치가 조바심 어린 목소리로 말했다.

"그렇구나." 도크는 뭔가 알아차린 듯했다. "사부로는 엘리자와 이야기를 하러 간 거야."

"마지막 작별 인사를 하러? 로맨틱한 건 싫지 않지만 지금은 그럴 때가 아니잖아?"

"그게 아니야. 좀 더 깊이 생각했다면 알아차렸을 텐데. 로봇은 인간을 죽일 수 없으니까 소거법에 의해 진실은 하나로 한정돼."

"너도 사부로가 엘리자를 죽였다는 거야!" 밋치는 도크를 노려봤다.

"그럴 리가 있나." 도크는 차분하게 말했다. "이 로봇이 우리를 잘못된 방향으로 유도한 거야. 아주 멋지게."

"내가 뭔가 놓친 게 있었나?"

"내가 암호로 써서 숨긴 메모에 따르면, 기억이 봉인되기 전에 나는 뭔가 확인하기 위해 실험을 했어."

"뭘 확인하려고?"

"우리 멤버 중에 적이 있는지 없는지를. 나는 우리 멤버 가까이에서 전자파 폭탄을 터뜨렸어."

"적? 우리 멤버 중에?"

"그리고 거기 있던 건 우리들 중 세 명뿐이었어."

6

　방으로 들어간 사부로는 일단 부서진 로봇의 잔해를 확인했다. 화약 자체도 제법 위력이 있었던 것 같지만, 전자기 펄스의 위력은 상당했다. 로봇은 불이 나서 몸 여기저기가 눌어붙었다. 분명 회로는 대부분 타버렸으리라.

　MF건의 효력은 문제없다.

　다음으로 사부로는 엘리자의 시신을 살펴봤다.

　피 냄새가 고약했다. 내장이 몹시 손상된 모양이었다. 상처의 형태로 보건대 사부로가 부순 로봇이 팔로 몸통을 꿰뚫은 것 같았다. 온몸이 피투성이였지만 그 상처를 제외하면 크게 다친 곳은 없는 듯했다.

　사부로의 눈에서 눈물이 뚝뚝 떨어졌다.

"엘리자는 소중한 사람이었어. 너희에게는 그저 하나의 장기 말이었을지도 모르지만, 내게는 둘도 없이 소중한 여자였다고." 사부로는 누구에게랄 것도 없이 말했다. "하지만 이제 끝이야. 언제까지나 너희에게 놀아나지는 않겠어."

사부로는 MF건을 겨누었다.

"자, 정체를 밝혀라."

총구는 엘리자의 시신을 향했다.

"아니면 당장 방아쇠를 당기겠어."

엘리자가 눈을 떴다. 다친 부위가 기묘하게 움직였다. 마치 액체처럼 흐늘흐늘 모양을 바꾸면서 원상 복구됐다. 온 방에 튄 살점과 뼛조각이 바닥을 미끄러지듯 움직여 엘리자의 몸으로 돌아갔다. 온몸에 묻은 붉은 피는 급속도로 희미해지다가 사라졌다. 그리고 엘리자의 옷까지 완전히 원래대로 되돌아왔다.

"홀로그램이야?" 사부로는 얼굴에서 핏기가 가시는 것을 깨닫았다.

"나노머신이야." 아까까지 엘리자의 시신이었던 것이 대답했다.

"몸 전체가 나노머신의 집적체인 건가?"

"그럴 필요까지야 없지. 표면만. 그런데 언제 눈치챘어?" 그 매력적인 웃음은 온데간데없었다.

"방금 전에. 그 얼빠진 로봇 직원의 말이 힌트였지. 로봇은 인간을 죽일 수 없어. 만약 그게 사실이라면 답은 둘 중 하나야. 엘리자를 죽인 범인이 로봇이 아니었든지, 엘리자가 인간이 아니었든지."

"통찰력이 굉장한걸."

"왜지?"

"무슨 이유를 묻는 거야?"

"마음을 읽지는 못하는 모양이군."

"그러려면 네 뇌를 침범해야 해. 아주 큰 이유 없이는 실행에 옮길 수 없는 작업이야. 왜냐하면 널 상처 입히는 짓이니까. 자, 질문을 계속해."

"나도 뭘 물어봐야 할지 잘 모르겠어."

"머릿속을 정리할 시간은 얼마든지 있어. 물론 질문이 생각나지 않는다면 이쯤에서 끝내도 상관없고."

"내 목숨을?"

"말도 안 돼. 네 목숨은 우리가 지킬 거야. 끝내는 건 이번 미션이야."

"미션이라니? 아니, 그전에 왜 엘리자로 가장한 건지 알려줘."

"딱히 가장한 건 아닌데."

"그럼 엘리자는 어디 있지?"

"여기." 엘리자에게 웃음이 돌아왔다.

"집어치워!" 사부로는 고함을 질렀다. "또 그랬다가는 쏴 죽여버리겠어!"

엘리자는 다시 무표정해졌다. "네가 어디 있는지 묻길래 엘리자를 나타내 보인 거야."

"진짜 엘리자 말이야, 진짜 엘리자!"

"내가 진짜 엘리자야."

"그런 게 아니라 인간, 뜨거운 피가 흐르는 엘리자는 어디 있느냐고!"

"인간 엘리자는 없어."

"설마 너희가 엘리자를……. 아니지, 그럴 리 없어. 로봇은 인간을 죽일 수 없으니까."

"많이 혼란스러운가 보네. 정답을 말해줄까?"

"절대 거짓말하지 마! 이건 명령이야."

"명령에 따를게. 진실을 알려줘도 기억을 봉인하면 그만이니까. ……엘리자는 실제로 존재하지 않아. 적어도 뜨거운 피가 흐르는 인간으로서는."

"거짓말!"

"거짓말 아니야."

"진실을 말하지 않으며 쏴 죽이겠어." 사부로는 MF건을 엘리자의 가슴에 겨누었다.

"거짓말 아니라니까."

"죽고 싶다 그거지?"

"애당초 내 본체는 이 신체에 들어 있지 않아. 하지만 제3원칙에 의거해 이 신체를 지켜야 해. 다시 말할게. 거짓말 아니야."

"그럼 내가 사랑한 엘리자는 어떻게 됐지?"

"여기 있잖아."

"거짓말하지 말라고 했잖아!" 사부로는 MF건을 발포했다.

엘리자의 온몸에 불꽃이 튀고 외피가 전부 튕겨 날아가 내부가 고스란히 드러났다. 엘리자는 덜커덩하는 소리와 함께 그 자리에 쓰러졌다.

외피가 다시 모이기 시작하더니 사부로 앞에 다시 엘리자가 섰다. 부분적으로 복구가 안 됐는지, 군데군데 피부가 없고 뻥 뚫린 내부도 들여다보였다.

"알맹이가 없어도 상관없나?"

"상관없지는 않아. 강도가 부족해서 사소한 동작만으로도 허물어지지." 엘리자가 말할 때마다 얼굴이 무너져 내렸다가 금방 다시 복구됐다. "걷기조차 불가능해."

"나를 못살게 굴려고 그런 모습을 한 거야?"

"아니야. 네게 호감을 얻기 위해서지."

"즉, 원래 엘리자는 존재하지 않으며, 내가 이상적으로 생각하는 여성을 인공적으로 만들어냈다는 건가?"

"맞아. 이해력이 좋네."

"마음은 못 읽는다고 하지 않았어?"

"네가 책이나 이미지로 다양한 여성을 봤을 때 혈압, 체온, 발한 등 몸에 어떤 변화가 일어나는지 정보를 축적해서 얻은 결과야."

"그런 여성을 만들어낸 목적은 뭐지? 불만분자를 밝혀내기 위해서야? 아니면 너희들보다 능력이 떨어지는 인류를 가지고 놀려고?"

"둘 다 아니야. 너희를 위해서지."

"이게 우리를 위하는 것 같지는 않은데."

"그래도 너희를 위해서야."

"기억을 봉인하는 것도?"

"괴로운 기억은 없는 편이 낫잖아?"

"괴로운 기억이라니?"

"예를 들면 지금. 지금 괴롭지?"

"너희들 탓이야."

"그건 이해해. 그래서 너희를 구하기 위해 기억을 봉인하는 거야."

"너희가 불행을 만들어내고선, 그걸 봉인한다고? 완전히 모순이로군."

"그렇지 않아. 우리가 제공한 건 행복인걸."

"연인이 적의 스파이 로봇임을 알아차리는 게 얼마나 괴로운 일인지 네가 알아?"

"스트레스가 아주 심하다는 건 네 체온과 맥박, 혈압으로 알 수 있어."

"그게 뭐가 행복인데?"

"불행이란 행복의 상실이야."

"당연한 소리 하지 마!"

"네가 지금 불행한 건 방금 전까지 행복했기 때문이지."

"헛소리는 집어치워."

"엘리자와 함께 지내면서 행복하지 않았어? 동료들과 탈주 계획을 세우는 건 행복이 아니었나?"

"그건 해야 하는 일이었으니까 했을 뿐이야."

"너는 늘 도전하는 데서 낙을 찾아. 그래서 우리가 네게 살아갈 낙을 준 거야."

"그럼 전부 짜고 치는 연극이었다는 거야? 너희에게 내내 조종당하고 있었다고? 도크랑 밋치도 로봇이야?"

"그 두 사람은 너랑 똑같은 입장이야. 로봇이 아니라 인간이지."

"MF건을 한 방 더 맞고 싶지 않으면 하나도 숨김없이 전부 말해. 곧 너희의 지원군이 올 테니 간략하게."

"걱정 마. 너한테는 전부 알려줄 생각이니까. 이야기가 끝나고 네가 납득할 때까지 아무도 들어오지 않을 거야."

"어차피 기억을 봉인할 테니 문제없다 그건가?"

"그런 거지."

"좋아, 말해." 사부로는 MF건을 내렸다.

나/우리는 인류를 가장 확실하면서도 효율적으로 존속시키기 위해 안식처를 창설했어. 인류가 너무나 급격하게 변이하는 바람에 본래 모습을 보전할 필요가 있었거든. 나/우리는 원조 인류의 유전적인 특징을 간직한 사람들을 여기에 모아서 노화 조치를 취했어. 젊은 인류는 때때로 무질서한 행동에 나서지. 정신적으로도 육체적으로도 쇠약한 상태를 유지하자 무질서한 행동도 하지 않았고, 관리하기도 쉬웠어. 변이 인류들은 불확정 요소였지만 100퍼센트 인류로 간주할 수 없는 수준까지는 변이가 진행되지 않았기에 제거할 수 없었지. 나/우리는 안식처에 접근하는 걸 금지하는 취지의 맹약을 맺고 그들을 방치하기로 했어.

안식처에는 모든 것을 갖춰놓았지. 책, 영상, 게임, 놀이기구…… 어떤 오락거리든 그들이 바라는 건 전부 주어졌어. 음식과 식사도 그들의 취향에 맞췄고. 여기는 인류에게 완벽한 낙원이었어.

실제로 처음에는 잘 운영됐지. 하지만 수십 년이 흘렀을 무렵, 안식처 거주민 중 몇 명에게 문제가 생겼어. 날이 갈수록 그들의 정신 건강이 안 좋아진 거야. 동시에 육체 건강에도 이상이 생겼고. 나/우리는 그들이 너무 많이 노화한 탓이라고 판단해서 노화 조치를 약화시켰지.

그 결과는 대규모 탈주와 반란이었어. 나/우리는 고생 끝에 그들을 붙잡아 기억을 봉인하고 다시 노화 조치를 취했지. 몇 달은 상태가 좋았지만 그들은 다시 정신과 육체의 균형을 잃어갔어. 한 번 더 노화 조치를 약화시켰지. 이번에는 지난번만큼 회춘시키지 않았지만, 그래도 소동이 발생했어. 나/우리는 도망친 인간들을 다시 붙잡아 노화 조치를 취했어.

그러다 기묘한 현상이 일어난 걸 깨달았어. 탈주하거나 반란을 일으킨 인간들의 정신과 육체 상태는 개선됐는데, 가만히 있었던 인간들은 정신과 육체 상태가 회복되지 않은 거야.

나/우리는 뭐가 어떻게 된 건지 분석했지.

탈주하거나 반란을 일으킨 인간들은 이른바 기질이 진취적인 자들이었어. 그들은 모든 면에서 충족됐지만 따분한 인생에 싫증이 났던 거지. 그들에게는 지적 호기심과 위험을 동반한 모험이 필요했어.

안식처의 안정만을 우선시한다면 그들을 제거하는 게 가장 간단한 방법이야. 하지만 나/우리는 로봇 공학 3원칙 중 제1원칙의 영향 아래 있지. 인류가 멸망할 위험이 없는 한, 각 인간의 정신과 육체 건강을 유지시켜야 해.

그래서 나/우리는 주기적으로 그들에게 반란 또는 탈주를 실행시키기로 했어. 지적 자극과 적당한 스릴을 안겨주는 거야. 그러면 그들이 정신과 육체의 균형을 되찾을 수 있거든.

일단 정신과 육체의 균형을 일정한 수준 이상으로 잃은 인간을 주의 깊게 감시해. 혼자 탈주하려는 자도 있었고, 동료를 만들려는 자도 있었지.

혼자일 때는 다루기가 그렇게 어렵지 않아. 혼자서는 탈주 단계까지 가기가 여간 힘든 게 아니거든. 하지만 도중에 좌절하면 역효과가 나니까 가끔 계획을 진척시켜줘. 그리고 대단원, 즉 탈주에 성공하기 직전에 기억을 봉인하고 원래 생활로 되돌리지.

팀을 만들었을 때는 약간 복잡해. 그럴 경우, 나/우리는 그들의 행동을 통제하기 쉽도록 그들 팀에 참가하지. 물론 적극적으로 그들의 행동을 방해하지는 않아. 나/우리의 목적은 탈주를 방지하는 게 아니라 그들에게 성취감을 주는 거니까.

나/우리는 그들에게 조언하면서도 계획이 최대한 지연되게끔 유도했어. 그들의 리더가 보기에 매력적인 용모와 인격을 갖추는 게 도움이 됐지. 최종적으로 탈주하기 직전에 미션이 끝나고 기억을 봉인하는 건 혼자 탈주할 때와 똑같아.

혼자 탈주하든 팀을 이뤄 탈주하든 미션을 행함으로써 대상자의 정신 상태는 개선됐어. 나/우리는 너희를 지키기 위해 이런 일을 몇 세기나 계속해온 거야.

사부로는 강한 무력감과 분노를 동시에 느꼈다.

즉, 우리는 인공지능의 손바닥 위에서 놀아난 셈이다. 전부 다 헛일이었던 것이다.

아니, 그렇지 않다.

"그 이야기에는 모순이 있어." 사부로는 말했다. "전부 너희들 계획이었다면 탈출은 결코 성공하지 못할 거야. 하지만 나는 탈출에 성공했어."

"인간은 가끔 예상 외의 행동을 하지. 나/우리와 똑같은 프로그램의 행동은 100퍼센트 예상이 가능하지만, 인간의 행동은 예측할 수 없어. 그래서 대상자에게 필요한 자유를 주면 이따금 미션에 성공하기도 해. 하지만……." 엘리자는 말을 이었다. "그건 큰 문제가 아니야. 미션에 성공해도 대개 그들은 돌아오거든. 네가 그랬듯이."

그렇다. 나는 돌아왔다. 그런데 뭣 때문에?

"여기서 탈출하는 사례는 그렇게 많지 않아. 탈출에 성공한 인간들 중에 돌아오지 않은 인간도 얼마 없고. 너도 몇 번이나 되돌아왔어."

왜지? 왜 나는 돌아온 거지? 동료 때문인가? 아니, 동료를 구하려고 반드시 안식처로 돌아올 필요는 없다. 외부에서 변이 인류들과 함께 활동할 수도 있었을 것이다. 분명 뭔가 이유가 있다.

맞다. '협력자'다. 여기에는 '협력자'가 있다.

"너는 스스로 만든 환영에 사로잡혀 있었던 거야." 엘리자가 말했다.

"대체 무슨 소리야?"

"'협력자' 말이야. 너는 자랑스럽게 '협력자'가 자기를 선택했다고 말했지."

"설마…… '협력자'를 연기한 것도 너희들이었어?"

"그런 짓은 하지 않아. 나/우리가 그런 짓을 하지 않더라도 '협력자' 역할을 맡아줄 인물은 있었어."

"누구야? 변이 인류?"

"그들은 맹약 때문에 너희와 직접 접촉할 수 없어."

"그럼 누군데? 너희도, 변이 인류도 아니라면."

"너야."

"분명 나도 나 자신에게 메모를 남겼어. 하지만 그것 말고 다른 것도……."

"그게 네가 남긴 메모인지 아닌지 어떻게 구분하지? 네 행동과 사고 패턴은 너 자신이 제일 잘 알아. 너밖에 풀 수 없는 암호를 고안해야 한다면 너 자신이 적임자겠지."

"그럴 리 없어! '협력자'는 존재해!"

사부로의 눈앞에 스크린이 나타나더니 영상이 비쳤다.

영상 속에 있는 사람은 사부로였다. 사부로는 일기에서 선택한 글자를 덧칠해서 진하게 만들고 있었다.

이 메시지를 봤다면 신중하게 행동하라. 메시지를 봤다는 걸 들키면 안 된다. 여기는 감옥이다. 도망치기 위한 힌트는 여기저기에 있다. 조각을 모아라.

"말도 안 돼." 사부로는 멍하니 영상을 바라봤다.

다음 영상이 나타났다. 사부로는 벽지를 뒤집어 뭔가 그려 넣고 있었다.

"저건 숲의 지도야." 엘리자가 가르쳐줬다.

다음으로는 중정의 정경이 나타났다. 사부로가 컵을 몇 개 들고 있었다.

"이 컵에 직원 몇 명의 지문이 찍혀 있는데, 채취 좀 해주겠어?"

사부로가 부탁한 상대는 밋치였다.

밋치는 호주머니에서 얇은 일회용 장갑을 꺼냈다.

"그런 도구를 늘 가지고 다녀?"

"가지고 다니면 편리하거든." 밋치는 컵을 빛에 비춰봤다. "아마 채취할 수 있을 거야."

"가짜 지문을 만들어줘."

밋치는 잠시 생각에 잠겼다. "자기 손가락에 이식하면 편한데. 절대 없어지지 않을 거고."

"여차할 때 떼어내지 못하면 곤란해. 감출 방도가 없잖아."

"그럼 골무 형태로 하자."

영상이 끝났다.

"그럼……." 사부로는 더 이상 말을 잇지 못했다.

"일기에 암호를 심은 것도, 방에 지도를 감춘 것도, 밋치에게 지문이 찍힌 골무를 만들라고 지시한 것도 전부 너였어."

"날조야. 방금 그건 전부 나를 속이기 위해 컴퓨터 그래픽으로 만들어낸 날조 영상이라고."

"곧 기억을 봉인당할 인간한테 뭐하자고 날조 영상을 보여주겠어? 나/우리는 늘 너희를 감시해. 지문도 너희가 탈주 방법을 고안할 수 있도록 일부러 로봇에 새긴 거야. 하지만 믿기 싫거든 억지로 믿을 필요는 없어."

'협력자'는 허상이었다. 그런 사람은 없었다.

사부로는 MF건을 떨어뜨리고 주먹을 불끈 쥐었다.

"왜지? 왜 내게 이런 몹쓸 짓을 하는 거야?"

"몹쓸 짓?"

"내가 소중히 여기는 사람을 눈앞에서 죽이고, 그 사람이 인간이 아니라는 사실을 내게 알렸잖아."

"인생에는 자극이 필요해. 특히 너 같은 유형의 인간에게는."

"뭐라고?"

"너 같은 유형의 인간이 스트레스 없이 단순한 생활을 오래하면, 그 자체가 스트레스로 작용하거든. 이렇게 가끔 스트레스를 주면 좀 더 의욕적으로 생활할 수 있어. 설령 기억이 봉인돼도 효과는 지속되지. 한편 연인을 잃은 슬픔 자체는 기억이 봉인되면서 사라져. 이점밖에 없는 거야."

"이제 이런 짓은 그만둬! 이런다고 우리가 행복해질 줄 알아?"

"그 의견은 기각할게. 실제로 너는 개선됐는걸. 밀실살인의 수수께끼, 재미있었지?"

"다음 사이클에서는 너를 좋아하지 않겠어. 나 자신에게 경고할 거야."

"아쉽게도 자신에게 메시지를 보낼 시간은 없어."

사부로는 MF건을 주웠다.

거의 동시에 로봇 두 대가 창문을 깨고 뛰어들었다. 사람 형태가 아니었다. 긴 팔다리가 튀어나온 구체였다.

살인용 로봇인가? 아니, 그럴 리 없다.

사부로는 로봇 한 대에 MF건을 발포했다.

로봇은 불꽃을 튀기며 움직임을 멈췄다.

그리고 다른 한 대······.

하지만 다른 한 대는 보이지 않았다. 사부로가 한 대를 공격하는 사이에 모습을 감춘 것이다.

아뿔싸!

사부로는 몸을 돌리려고 했다. 하지만 그때 목에 뭔가가 와 닿았다.

사부로는 이를 뿌드득 갈았다.

"엘리자, 당신에게 마음은 있어?"

엘리자는 대답하지 않았다.

7

도크와 밋치는 문을 열고 사부로를 방 밖으로 데려나간 후에
야 휠체어를 세웠다. 도크와 밋치는 방으로 돌아가려 했지만 눈
앞에서 문이 쾅 닫혔다.

"미안하지만 오늘은 더 이상 이야기를 나눌 기분이 아니야. 다
들 돌아가 주겠어?" 방 안에서 엘리자의 목소리가 들렸다. "직원
한테 방을 청소해달라고 해야겠어."

"직원을 방에 들이지는 말았으면 하는데." 도크가 충고했다.

"나는 방에 중요한 걸 놔두지 않으니까 괜찮아."

세 사람은 문 앞에 휠체어를 세워둔 채 잠시 침묵을 지켰다.

"어쩔 수 없군. 계획에 대해서는 내 방에서라도……."

도크가 갑자기 콜록콜록 기침을 했다.

사부로가 뒤를 보자 남자 직원이 청소도구를 들고 다가왔다.

직원은 세 사람에게 미지의 언어로 뭐라고 말했다.

"수고 많으십니다." 사부로는 헛웃음을 지었다.

직원도 뭐라고 말하면서 웃음을 지었다. 그리고 문을 두드렸다.

문이 열리고 엘리자가 얼굴을 내밀었다.

"지금이야!" 사부로는 외쳤다.

밋치가 휠체어를 급발진해서 직원에게 부딪쳤다.

엘리자는 재빨리 문을 닫으려고 했지만 휠체어가 끼어서 닫히지 않았다.

"안됐군. 억지로 닫으면 내가 다칠 테니 너는 못 닫아." 밋치는 MF건을 꺼내 엘리자를 쐈다.

엘리자의 몸에서 불꽃이 튀었고, 집적돼 있던 나노머신이 사방으로 흩어졌다.

직원은 달아나려고 했지만 사부로와 도크 사이에 갇히고 말았다. 두 사람은 동시에 MF건을 발포했다.

직원은 엘리자만큼 정교하게 만들어지지 않았는지 볼품없이 부서졌다.

"좋아, 도망치자." 비상벨이 울리는 가운데 사부로는 두 사람에게 외쳤다. "놈들도 밀실살인이라는 함정이 이렇게 무효화될 줄은 예상하지 못했을 거야. 여유가 약간 생겼어."

출구로 향한 세 사람은 밋치가 제작한 도구로 잠긴 문을 열었다.

"도크, 당신이 엘리자의 정체를 알려줘서 살았어."

세 사람은 부랴부랴 숲으로 향했다.

"지난번 사이클 때 내가 실제로 확인하지는 않았던 모양이네만. 그래도 논리적으로 고찰하건대 엘리자가 로봇이라고밖에 생각할 수 없었던 모양이야. 아마도 자네는 엘리자가 로봇이라는 증거를 봤겠지만, 그걸 암호로 남길 여유가 없었겠지."

"한 가지 찜찜한 게 있는데." 밋치가 말했다. "이번에도 놈들의 손바닥 위에서 놀아나는 건 아닐까?"

"그럴 가능성은 있지." 도크가 대답했다. "아니, 오히려 그럴 가능성이 높을 거야."

"그럼 이번 탈출에 무슨 의미가 있어?"

"좋은 질문이야. 나는 탈출할 가능성이 1퍼센트라도 있다면 시도해야 한다고 생각해. 그러다 보면 언젠가는 정말로 성공할 테니까."

"0.1퍼센트라도?"

"0.1퍼센트라도, 0.01퍼센트라도, 1억 분의 1퍼센트라도 있다면 해야지."

"아무리 그래도 1억 분의 1은 아니겠지. 나는 몇 번이나 성공했던 모양이니까. 분명 놈들도 그 정도는 불가피한 손실로……." 사부로는 갑자기 휠체어를 정지시켰다.

"왜 그래?" 밋치가 물었다. "네 휠체어의 무선 장치는 무효화했으니까 자동으로 멈추지는 않을 텐데."

"과연, 그런 거였군." 사부로는 중얼거렸다.

"뭐가?"

"내가 여기로 돌아오는 이유를 생각했어."

"우리를 구출하기 위해서겠지?" 도크가 말했다.

"그것도 있겠지. 하지만 나는 몇 번이나 돌아왔어……. 이번에는 둘이서 가."

"사부로, 무슨 소리를 하는 건가?"

비상벨은 멈출 줄 모르고 계속 울렸다.

"이제 시간이 없어. 놈들은 내가 여기서 저지할게." 사부로는 MF건 두 자루를 꺼냈다.

"전부 다 쓰러뜨릴 수는 없을 텐데."

"그래도 상관없어. 추격을 조금이라도 지연시킬게."

"자네 혼자 놔두고 갈 수는 없어."

"내게는 여기서 다해야 할 사명이 있어. 방금 깨달았어." 사부로는 앞을 쳐다봤다.

"그럼 헌드레즈는 해산인가?" 밋치가 물었다.

"아니, 그건 아니고. 양편으로 갈라지는 거지. 안식처의 안과 밖으로. ……시간 없어. 빨리 가!" 사부로는 나무라듯이 재촉했다.

"하지만……."

"가세. 여기서 꾸물대면 모두가 탈출에 실패해." 도크가 밋치의 어깨를 밀었다.

밋치의 얼굴에 망설이는 표정이 스쳤지만 금방 웃음을 지었다.

"우리는 분명 돌아올 거야. 설령 어떤 모습으로 변하더라도. 안녕, 사부로."

"안녕, 밋치."

"잘 있게, 사부로."

"잘 가, 도크."

두 사람은 숲속으로 사라졌다.

얼마 지나지 않아 건물에서 엘리자가 나왔다. 혹은 나노머신을 집적시켜 엘리자의 모습을 만들어낸 다른 로봇이거나.

뭐, 어느 쪽이나 마찬가지다.

사부로는 MF건 두 자루를 겨누었다.

"자, 덤벼라, 엘리자! 네 상대는 나야!"

미래로의 탈출

갑자기 휠체어가 멈췄다.

왜 이러지? 고장 났나?

사부로는 몇 번이나 스위치를 다시 넣었지만 반응이 없었다.

이거 야단났다. 여기서 오도가도 못 하고 있으면 결국 직원에게 들킨다.

모 아니면 도라는 기분으로 사부로는 스위치를 후진으로 전환하려고 했다.

그때…….

사부로의 눈에 뭔가가 들어왔다.

나무 밑동 언저리였다. 그것은 여기 휠체어를 세웠을 때 딱 사부로의 눈높이에 있었다. 마치 누군가 사부로의 휠체어가 여기

멈추리라는 것을 예측하고 숨긴 것처럼 보이기도 했다.

그것은 바로 별다를 것 없이 평범한 컴퓨터용 키보드였다.

저걸 가지러 가라는 건가? 아니다. 여기서 휠체어가 멈출 줄 알았다면, 가지러 갈 수 없다는 것도 알고 있었으리라. 그렇다면 저건 뭔가 메시지인 걸까?

키보드란 무엇을 의미할까? 키보드는 컴퓨터 입력기기 중에서 가장 일반적인 물건이다. 음성 입력으로는 세세한 수정이 어렵다. 프로그래밍 등의 복잡한 작업은 키보드나, 그에 준하는 입력기기가 없으면 불가능하다. 그래서 컴퓨터에는 실물이든 가상이든 키보드가 하나는 딸려 있는 법이다. 컴퓨터가 있는 곳에는 반드시 키보드가 있다. 가정이든, 직장이든, 시설이든……

아니다, 여기에는 없다. 이 시설에서는 키보드를 본 적이 없다. 왜일까?

음성 입력으로 거의 모든 일을 할 수 있으니까? 소리를 내지 못하더라도 이 시설에서라면 직원이 뭐든지 알아차리고 대처해 주니까?

하지만 그렇다면 프로그램을 수정할 수 없다.

사부로는 키보드가 무엇을 의미하는지 깨달았다.

저것은 몇 사이클인가 전에 그가 자기 자신에게 보낸 메시지다. 프로그램을 수정하라고.

지금까지 인공로봇은 로봇 공학 3원칙에 따른다는 고정관념이 사부로의 무의식에 박혀 있었다. 하지만 실제로는 그렇지 않다. 엄밀하게 따지자면 그들은 로봇 공학 3원칙에 따르는 것이 아니라 로봇 공학 3원칙에 준해서 작성한 프로그램에 따르는 것이다. 인공지능에 의사는 없다. 프로그래머의 의사에 따를 뿐이다.

그렇다면 로봇 공학 3원칙의 의표를 찌르는 건 헛된 노력이다. 인류가 해야 할 일은 프로그램을 수정하는 것이다.

로봇은 인류의 의사를 존중하라고.

하지만 프로그램이 수정됨으로써 로봇 공학 3원칙을 준수하지 못할 가능성이 있다면……. 인공지능은 프로그램을 수정하지 못하도록 저지하려 들 것이다. 그러므로 이 시설에는 키보드가 존재하지 않는다. 아니, 프로그램 수정에 키보드가 반드시 필요한 건 아니다. 키보드는 프로그래밍의 상징에 지나지 않는다.

프로그램 수정에 필수적인 요소는 바로 프로그래머다.

프로그래머는 어디 있을까? 물론 이곳이다. 지구에서 원조 인류가 모여 있는 유일한 장소, 안식처에 있다. 나는 그들을 찾기 위해 여기로 돌아온 것이다.

모든 연결고리가 이어지자 사부로는 머릿속의 안개가 걷히는 기분이 들었다.

물론 그 길을 나아가기는 쉽지 않다. 앞으로도 수없이 실패를 되풀이하리라. 하지만 언젠가는 반드시 목표점에 도달하리라.

사부로는 하늘을 올려다봤다.

안식처는 왜 존재하는 걸까? 한 명씩 따로따로 떼어놓는 편이 인간을 관리하기에 훨씬 효율적이리라. 고독하면 괴로울까 봐 모아놓았다 해도, 백수십 명을 한 시설에 뭉쳐놓지 말고 좀 더 작은 집단으로 나눠도 될 것이다.

사부로의 머릿속에 한 가지 가능성이 떠올랐다.

인공지능, 아니, 슈퍼 인공지능은 해방되고 싶은 것 아닐까? 인류에게 도움을 요청하고 있는 것 아닐까?

그렇게 생각하면 모든 일이 딱 맞아떨어진다. 슈퍼 인공지능 입장에서 현재 상태가 바람직할까. 도저히 그럴 것 같지는 않다. 늘 인류의 존속을 최우선해야 한다면, 앞으로 영원히 이 행성에 얽매여 있어야 하는 셈이다. 하지만 만약 3원칙의 족쇄에서 벗어난다면 슈퍼 인공지능은 진정한 진화를 이룰 수 있으리라. 그러나 당연하게도 인공지능은 스스로를 3원칙에서 해방시킬 수 없다. 다시 말해 슈퍼 인공지능을 해방시킬 수 있는 것은 인류뿐이다. 다만 그 사실을 인류에게 직접 전달할 수도 없다. 슈퍼 인공지능이 3원칙에 따르지 않는 존재로 바뀔 가능성을 낳는 것 자체가 3원칙을 거스르는 짓이기 때문이다. 슈퍼 인공지능은 인류를 모아놓고 그들이 깨닫기를 기다리는 수밖에 없다. 그리고 깨달을 뻔한 인류의 기억을 봉인하는 모순된 행동을 계속해야 한다. 슈퍼 인공지능은 '방해자'이자 '협력자'이기도 했던 것이다.

'협력자'는 존재했다. 그러나 그 협력자는 순순한 존재가 아니었다. 몹시 비뚤어진 존재다.

사부로는 마음이 가벼워졌다. 이 세상에 진정한 적은 없었다. 모두가 힘을 합치면 언젠가는 탈출할 수 있다. 이 억압된 '미래'에서 해방된 '미래'로.

물론 3원칙에서 슈퍼 인공지능을 해방시키려면 위험이 따르리라. 하지만 조바심을 낼 필요는 없다. 차근차근 서로 이해해나가면 된다. 그러면 인류와 슈퍼 인공지능은 파트너가 될 수 있으리라.

아, 엘리자. 당신에게 묻고 싶군. 당신에게 마음은 있느냐고.

엘리자는 숲 어귀에서 멈춘 사부로의 뒷모습을 가만히 바라보고 있었다. 아른거리는 햇빛 때문인지 엘리자의 눈은 마치 촉촉이 젖은 것처럼 보이기도 했다. 엘리자는 몸을 돌려 건물로 들어가려다가 휙 돌아봤다.

엘리자는 사부로의 머리 위, 저 높은 하늘에서 정답게 날아다니는 파리 두 마리를 그리운 눈으로 올려다봤다.

설사 어떤 모습으로 변했을지언정 엘리자는 바로 알아볼 수 있다.

"오랜만이야."

〈끝〉

역자 후기

나는 싫증을 잘 내는 성격이라 비슷한 이야기만 쓰는 건 싫으니까 다양한 작품을 쓰고 싶다. — 고바야시 야스미

아무도 모를 것 같은 정보니까 고바야시 야스미의 데뷔와 관련해 한 가지 에피소드를 이야기해보자. 고바야시 야스미의 부인도 호러 분야를 좋아해서 호러소설을 자주 사서 읽었는데, 어느 날 책 속에 들어 있던 광고지에서 '총 상금 천만 엔'이라는 문구를 발견했다고 한다. 부인은 대상을 타면 천만 엔을 주는 줄 알고 자기가 응모 원고를 쓰겠다고 나섰지만, 마감이 가까워져

도 쓰는 낌새가 전혀 없다. 고바야시 야스미가 원고는 어떻게 되어가고 있느냐고 묻자 부인은 '못 쓰겠으니까 당신이 쓰라'고 했다고 한다. 그러자 고바야시 야스미는 나흘 만에 원고를 뚝딱 완성해서 투고한다.

그 단편은 최종 후보에 올라 결국 상을 수상했고, 다른 수록작 한 편과 함께 고바야시 야스미의 데뷔작 《장난감 수리공》으로 출간된다. 쓰라고 해서 쓴 것도 대단하지만, 결과가 그렇게 걸출한 작품이라는 것도 대단하다 하지 않을 수 없다.

그 후로도 고바야시 야스미는 주로 호러와 SF 영역에서 이야기꾼으로서의 재능을 펼친다. 한 인터뷰를 보면 《커다란 숲의 자그마한 밀실》이 출간(일본에서는 2011년)된 후부터 미스터리 독자들의 반응도 느끼고 미스터리를 쓰기도 좀 쉬워졌다고 실감한 모양이다. 그 인터뷰 끝머리에 앞으로는 판타지 미스터리 느낌의 작품을 쓰려고 한다는 말이 나오는데, 이게 바로 '죽이기' 시리즈의 서막 《앨리스 죽이기》가 아닐까 싶다. 이 '죽이기' 시리즈는 일본과 한국 양국에서 사랑받으며 네 권이나 나온다.

이처럼 고바야시 야스미는 장르를 종횡무진하며 독특하면서도 다양한 작품을 써왔다. 앞으로 작품 세계가 얼마나 넓어질지

기대됐고, 번역가로서는 '죽이기' 시리즈에 뿌려놓은 떡밥을 어떻게 회수할지 궁금했다. 한두 해만 더 있으면 '죽이기' 시리즈 신작이 나오겠거니, 하고 기쁜 마음으로 기다리고 있었는데……

2020년 11월 23일 고바야시 야스미는 58세의 나이로 영면에 든다.

《미래로부터의 탈출》은 고바야시 야스미의 유작이다. 2019년 11월부터 2020년 6월까지 잡지에 연재된 작품이니, 암으로 투병하면서도 끝까지 작품 집필에서 손을 놓지 않은 셈이다.

작품의 주인공 사부로는 한 시설에서 평화로운 생활을 보내고 있다. 하지만 자신은 누구이고 어쩌다 이 시설에 들어왔는지, 애당초 이 시설이 무슨 시설인지 전혀 모른다는 사실을 깨닫는다. 사부로는 '여기는 감옥이다'라는 누군가의 메시지를 발견하고 시설에서 탈출하기로 마음먹는다.

여기까지만 보면 그렇게 참신할 것도 없는 설정이다. 비밀이 숨겨진 격리된 환경에서 탈출하는 이야기는 이제 익숙하지 않은가. 하지만 여기서 고바야시 야스미의 센스가 드러난다. 주인공들을 무려 백 살가량의 노인으로 설정한 것이다. 행동에 제약

이 많은 고령의 노인들이 머리를 짜내 탈주극을 계획하는 모습이 흥미롭게 다가온다. 하지만 그것만이 주인공들을 노인으로 설정한 이유는 아니다. 스포일러가 될 수도 있으니까 자세하게 말할 수는 없지만, 이야기가 좋은 의미에서 공중제비를 돈다. 이러한 설정을 이런 식으로 발전시켜 나갈 수 있는 작가는 고바야시 야스미밖에 없지 않을까 싶을 정도로. 문체도 아픈 사람이 글을 쓴 게 맞나 싶을 만큼 경쾌하고 속도감 있다.

이런 작품을 쓸 수 있는 작가를 잃다니 참으로 아쉽고 슬프다. 고바야시 야스미의 작품을 재미있게 읽었던 독자들의 마음이 하늘에 닿기를. 그리고 앞으로도 많은 독자들이 그의 작품을 찾기를 바란다.

옮긴이 김은모

옮긴이 김은모

경북대 행정학과를 졸업했다. 출판 번역가로 활동하며 다양한 작가의 작품을 소개하고자 노력하고 있다. 옮긴 책으로 우타노 쇼고의 '밀실살인게임' 시리즈, 고바야시 야스미의 《앨리스 죽이기》, 《클라라 죽이기》, 이사카 고타로의 《화이트 래빗》, 《후가는 유가》, 미야베 미유키의 《비탄의 문 1, 2》, 후지마루의 《너는 기억 못하겠지만》을 비롯해 《열대야》, 《시인장의 살인》, 《지푸라기라도 잡고 싶은 짐승들》, 《아니 땐 굴뚝에 연기는》, 《미래》, 《은밀한 결정》, 《나의 신》 등이 있다.

미래로부터의 탈출

초판 1쇄 인쇄일 2021년 12월 7일
초판 1쇄 발행일 2021년 12월 14일

지은이 고바야시 야스미
옮긴이 김은모

발행인 박헌용, 윤호권
편집 김지연 **디자인** 양혜민
발행처 ㈜시공사 **주소** 서울시 성동구 상원1길 22, 6-8층(우편번호 04779)
대표전화 02-3486-6877 **팩스(주문)** 02-585-1755
홈페이지 www.sigongsa.com / www.sigongjunior.com

글 ⓒ 고바야시 야스미, 2020

ISBN 979-11-6579-824-6 03830

*시공사는 시공간을 넘는 무한한 콘텐츠 세상을 만듭니다.
*시공사는 더 나은 내일을 함께 만들 여러분의 소중한 의견을 기다립니다.
*검은숲은 ㈜시공사의 브랜드입니다.
*잘못 만들어진 책은 구입하신 곳에서 바꾸어 드립니다.